In einer Villa im Berliner Südwesten finden sich sechs Menschen zu einer ungewöhnlichen WG zusammen – aus Geldmangel, aus Einsamkeit, auf der Suche nach einer raschen Lösung. Die fünfundfünzigjährige Gloria kocht für alle – und sie kocht hervorragend –, nur ihr griesgrämiger Ehemann Herbert war von vornherein dagegen, dass sich andere Menschen in ihrem Heim einnisten. Als Erstes Chemieprofessor Gregor mit seiner Tochter Alissa, die permanent schlecht gelaunt unter der Trennung ihrer Eltern leidet. Wenigstens reißt sich Alissa zusammen, wenn sie sich in Herberts hauseigenem Antiquariat aufhält. Dann ist da noch Jay, ein Student, der sich dagegen sträubt, die Erwartungen seiner Familie zu erfüllen, und bemüht ist, Herbert den Internetversandhandel nahezubringen.

Schließlich zieht Lou-Ann, genannt Lou, in die Villa ein. Mit Mitte dreißig hätte sie längst irgendwo ankommen müssen, doch stattdessen ist in ihrem Leben alles ungeplant und unfertig. Vielleicht ist sie gerade deshalb diejenige, die all die um sich selbst kreiselnden Gestalten zusammenbringt. Etwas verschiebt sich in dem Gefüge. Die Zweckgemeinschaft wird zur Wahlfamilie, aber das Konstrukt ist zerbrechlich.

Franziska Fischer

Unsere Stimmen bei Nacht

© Birte Filmer

Franziska Fischer wurde 1983 in Berlin geboren, hat einige Zeit im Ausland verbracht und ist mittlerweile aus der Stadt herausgezogen. Sie studierte Germanistik und Spanische Philologie an der Universität Potsdam und arbeitet als freiberufliche Autorin und Lektorin. Bei DuMont erschien zuletzt der SPIEGEL-Bestseller ›In den Wäldern der Biber‹.

Franziska Fischer

Unsere Stimmen bei Nacht

Roman

DUMONT

Von Franziska Fischer sind bei DuMont außerdem erschienen:
Und das Meer vor uns
In den Wäldern der Biber

MIX
Papier | Fördert gute Waldnutzung
FSC® C083411

Dieses Buch wurde klimaneutral produziert.

Klimaneutral
Druckprodukt
ClimatePartner.com/17531-2110-1001

Erste Auflage 2023

Dieses Werk wurde vermittelt durch die Michael Meller
Literary Agency GmbH, München.

Umschlaggestaltung: Lübbeke Naumann Thoben, Köln
Umschlagabbildung: © istockphoto/ChrisGorgio,
© istockphoto/Jolygon, © istockphoto/channarongsds
Satz: Angelika Kudella, Köln
Gesetzt aus der Adobe Garamond
Druck und Verarbeitung: CPI books GmbH, Leck
Gedruckt auf säurefreiem und chlorfrei gebleichtem Papier
Printed in Germany
ISBN 978-3-8321-8225-0

www.dumont-buchverlag.de

Kapitel 1

Die Dämmerung klammerte sich an den schwermütigen Morgen, wie um ihn zu beschützen, und hüllte die Straße in dunstig-graues Licht. Eine Autotür wurde zu schwungvoll zugeworfen, kurz darauf startete der Motor, ein Fahrradfahrer fuhr eilig über den Asphalt. Unbeirrt von den Geräuschen des Aufbruchs lief eine junge Frau in einem zu großen Mantel an den Wohnhäusern vorbei und blieb schließlich vor einem Gartentor stehen. Aus der Manteltasche holte sie einen zerknitterten Zettel, überprüfte noch einmal die Adresse und richtete den Blick dann auf das in einem gelbstichigen Weißton gestrichene Haus. Eigentlich war es eher eine Villa, eine Villa mit zwei Etagen und eierschalenfarbener Fassade und Säulen vor dem Eingang, nicht wirklich prunkvoll und klein im Vergleich zu anderen in der Gegend. Als Lou genauer hinsah, bemerkte sie die Risse in der Fassade, sie bemerkte die Rostspuren an dem Metallzaun und das leicht schief hängende Gartentor. Mit einem hellen Quietschen schwang es nach innen.

Sachte schleiften Lous Schuhsohlen über einen Weg aus vorwiegend lapislazuliblauen Mosaiksplittern, der bis zum Haus führte. Nur kurz blieb sie stehen, um das elegante Muster zu bewundern, dann erklomm sie die Stufen zu einer breiten Eingangstür aus dunklem Holz, neben der ein großer mit Erde und den Resten einer längst verstorbenen Pflanze gefüllter Blumentopf stand. Eine halbe Sekunde bevor sie die Klingel berühren konnte, öffnete sich mit einem Mal die Tür, ein Mädchen kam heraus, vierzehn oder fünfzehn Jahre alt. Beinahe stieß sie mit Lou zusammen, blieb aber gerade rechtzeitig stehen und schwenkte dann in einem Bogen um Lou herum, ohne den Blick von ihr zu wenden. Am Absatz der Treppe hielt sie inne, noch immer eher Lou zugewandt als dem Weg, den sie eigentlich vorhatte zu gehen, so wie fast jeden Morgen, seit einem Monat schon.

»Durch die Fenster zieht es durch, die Heizung funktioniert nur manchmal, und zwar meistens nachts, und dein Zimmer geht nach Norden raus«, sagte sie. Damit wandte sie sich ab und ging die Stufen hinunter. Ihr vollgestopfter schwarzer Rucksack lag schwer auf ihren Schultern.

»Was?« Lous Blick war dem Mädchen gefolgt.

Am Gartentor hielt Alissa inne und drehte sich noch einmal um. »Dein Zimmer. Deshalb bist du doch hier, oder?« Die olivefarbene Beanie betonte das helle Blond ihrer glatten langen Haare, selbst um diese Jahreszeit wirkten sie wie gerade erst von der Sonne ausgeblichen. »Such dir lieber was anderes.«

»Was anderes?«

»Ja, ein anderes Zimmer in einer anderen WG. Kann ja nicht so schwer sein.« Damit öffnete sie das Gartentor und warf Lou einen letzten Blick zu. »Das Essen ist aber ganz gut.« Nun musste sie sich wirklich beeilen, wenn sie ihren Bus noch erwischen wollte.

Immerhin, das Essen ist ganz gut, dachte Lou, und sie dachte das wie einen Slogan, wie ein Motto, das sie weitertrug. Sie betätigte die Klingel und wartete, drückte, als nichts geschah, die von dem Mädchen nur angelehnte Haustür weiter auf und rief ein »Hallo« in die dahinterliegenden Räume.

Ihre Antwort wurde verschluckt von dunkler Stille. Lou suchte im Graublau der Dämmerung nach einem Lichtschalter, löste dabei wohl einen Bewegungsmelder aus, der helle Deckenlampen entflammen ließ. Sie befand sich in einem kleinen Eingangsbereich. Durch einen offenen Durchgang war er mit dem anschließenden Zimmer verbunden, in dem es kaum etwas anderes gab als Bücher, Bücher in deckenhohen Wandregalen, in Stapeln auf Tischen und auf dem Boden und auf jedem herumstehenden Hocker, sie stand vor einer Bibliothek. Zwischen allen Möbelstücken war eben so genügend Platz, dass Lou sich hindurchquetschen könnte. Das konnte wohl kaum der richtige Weg sein. Gerade wollte sie das Haus wieder verlassen, als sie das Geräusch einer sich öffnenden Tür hörte. Kurz darauf lief eine Frau zwischen den Büchertischen hindurch auf den Eingang zu.

»Sie müssen Lou-Ann Weber sein.« Gloria streckte Lou die Hand zur Begrüßung entgegen, zog sie jedoch sofort wieder zurück. »Entschuldigen Sie, ich habe gerade Zwiebeln für das Mittagessen geschnitten.« Sie lächelte ein schmales Lächeln, das einladend hatte wirken sollen, jedoch im Entstehungsprozess ein wenig verrutschte, einfach weil Gloria für einen Moment an einen Spätsommertag vor vierzig Jahren dachte, als sie sechzehn Jahre alt und zum ersten Mal verliebt gewesen war und der Geruch der Zwiebelsuppe ihrer Mutter genau dieses Haus erfüllte, während Gloria am Fenster saß und dem zwei Jahre älteren Alain hinterherblickte. Er würde nicht mehr wiederkommen, das wusste sie damals noch nicht, aber sie ahnte es bereits.

»Jetzt schon?«, unterbrach Lou Glorias Gedanken. In dem Moment, in dem sie die Frage stellte, wurde ihr bewusst, dass sie wahrscheinlich unhöflich klang.

»Ja, Eintopf schmeckt am besten, wenn er gut durchziehen konnte.« Nun gelang Gloria das Lächeln. »Kommen Sie doch herein. Ich bin Gloria Sobrowski, wir haben miteinander telefoniert.«

»Danke. Die meisten nennen mich Lou.«

»In Ordnung, Lou.« Gloria trat ein Stück zur Seite, um ihren Gast in die Diele zu lassen. In dem gelbweißen Licht glänzten ihre von grauen Strähnen durchzogenen rotbraunen Haare wie frisch nach einer Haarkur, sie trug einen hellen Pullover und eine dunkle Jeans. Manche Menschen strahlten eine natürliche Eleganz aus, fand Lou, sie war wie eine zweite Haut, eine unsichtbare Hülle.

Hintereinander schlängelten sie sich durch zwei Räume voller Bücher und landeten erneut in einem Eingangsbereich, von dem aus eine Treppe in die obere Etage führte. Auch ohne Aufforderung streifte Lou ihre Stiefel ab und hängte ihren Mantel an einen freien Garderobenhaken, sie achtete darauf, alles ordentlich abzulegen, sodass ihre Sachen kaum zwischen denen auffielen, die schon da waren. Anschließend folgte sie Gloria in den nächsten Raum.

»Das ist unser Salon.« Gloria blieb völlig ernst, als sie das Wohnzimmer so bezeichnete, und immerhin wirkte es mit der ausladenden Sofaecke, dem gemütlichen Sessel und der antiken Schrankwand recht groß. Dominiert wurde die Einrichtung jedoch von einer Harfe, die bei den Fenstern stand. Schwaches, durch schlichte Gardinen gefiltertes Morgenlicht streichelte über den Korpus und die Saiten, es spielte stumm auf dem Instrument. Lou hatte noch nie eine echte Harfe von Nahem gesehen, und es juckte in ihren Fingerspitzen, sie wenigstens einmal zu berühren.

»Die habe ich vergessen abzudecken«, sagte Gloria und holte eine zusammengefaltete Schutzhülle vom Sofa, geradezu hastig zog sie sie über das Instrument, als müsse sie es rasch vor fremden Blicken verbergen wie ein peinliches Hobby, während sie gleichzeitig damit begann, etwas zur Geschichte des Hauses zu erzählen. »Ich weiß nicht mehr genau, wann das Haus gebaut wurde, aber es war ungefähr Mitte des neunzehnten Jahrhunderts.«

Lou nickte, etwas irritiert von der zusammenhanglosen Information, sie war schließlich nicht hier, um das Anwesen zu erwerben.

Gloria beschloss, die Hülle später ordentlich zurechtzuziehen und sich jetzt auf ihre eigentliche Aufgabe zu konzentrieren. »Nach dem Krieg stand das Haus eine Weile leer und ging durch diverse Hände, bis mein Großvater es in den Sechzigerjahren kaufen konnte.« Gemeinsam verließen sie den Raum und betraten einen weiteren Flur.

Lou spürte die vielen Jahrzehnte, in die sich das Haus gekleidet hatte, so viele Leben hatte es bereits beobachtet, so viele Anfänge und so vieles, das zu Ende ging.

Die an den Flur anschließende Küche wurde von angenehmer Wärme erfüllt, es roch nach Zwiebeln, und das große Bambusbrett voller geschnittenem Gemüse zeugte von der Beschäftigung, bei der Lou Gloria unterbrochen hatte.

»Die Küche haben wir vor ein paar Jahren neu machen lassen, aber wir wollten sie nicht komplett modernisieren«, fuhr Gloria fort, und Lou versuchte, aufmerksam zu bleiben, spürte dabei jedoch mit plötzlicher Wucht die Sehnsucht nach der Wärme eines Bettes, eines richtigen Bettes, nicht nach dem Schlafsofa in Mels Wohnzimmer, das auch heute wieder viel zu früh von den beiden Kindern erobert worden war. Mit beeindruckender Selbstverständlichkeit waren sie um sechs Uhr mit fünf Büchern unter ihre Decke gekrochen und hatten ihr genau erklärt, in welcher Reihenfolge diese vorgelesen werden sollten, am besten sofort, damit sie alle schafften, bevor sie zur Kita aufbrechen mussten, und Mel hatte Lou nur mit verständnisvoll-dankbarem Lächeln eine Tasse Kaffee gereicht.

Von dem Zwiebelgeruch begannen ihre Augen zu tränen.

Schlichte weiße Fliesen kleideten die Wände ein, die Fronten der Einbauküche waren aus weißem Holz mit schwarzen Knaufgriffen und verströmten den rustikalen Charme moderner Landhausküchen. Für einen Moment blieb Lous Aufmerksamkeit an dem fünfflammigen Gasherd mit den kupferfarbenen Knäufen hängen, sie hatte so einen noch nie in einem normalen Wohnhaus gesehen.

»Möchten Sie einen Kaffee?«, bot Gloria an und hoffte, dass die Fröhlichkeit in ihrer Stimme die darunterliegende Unsicherheit verbarg, obwohl Lou bei Weitem nicht die Erste war, der Gloria das Haus zeigte, ihr Haus, ihr Leben eigentlich, genau genommen war sie bereits die Vierunddreißigste. Dieses eine letzte Zimmer war das schwerste von allen, bisher war keine Person die richtige gewesen.

»Danke, gern.« Lou ließ sich an dem kleinen Tisch unter dem Fenster nieder. Die bordeauxfarbene Jalousie war hochgezogen und eröffnete freie Sicht auf den Vorgarten, nur der Rhododendron malte eine grüne Oase in die spätwinterliche Landschaft.

»Kommen Sie aus Berlin?«, fragte Gloria, während sie die wiederverwendbare Kaffeekapsel mit Kaffeepulver befüllte.

»Hm. Ja. Also, nein. Schwer zu sagen.«

Gloria wandte sich um und bedachte Lou mit einem fragenden Blick.

»Meine Eltern arbeiten beide für das Auswärtige Amt, deshalb habe ich meine Kindheit an verschiedenen Orten verbracht. Oder eigentlich größtenteils in Asien. Als ich zehn oder elf war, sind wir nach Berlin gezogen. Meine Mutter hat hier Familie. Seit ich mit der Schule fertig bin, wohne ich mal hier, mal woanders.«

Gloria nickte langsam, als könnte sie gut nachvollziehen, was Lou meinte, dabei hatte sie in ihrem ganzen Leben nur an zwei Orten gelebt. »Und wieso suchen Sie ein Zimmer?« Das Spiel des Lichts in Lous fast schulterlangen Locken erinnerte Gloria an etwas, ohne dass sie zuordnen konnte, woran.

»In den letzten Monaten war ich unterwegs und wohne seit ein paar Wochen übergangsweise bei einer Freundin.«

Gloria stellte den ersten Kaffeebecher vor Lou ab, mitternachtsblau war er, mit gelborangefarbenem Muster darauf wie ein Sternenhimmel. Wie ein Sternenhimmel betrachtet aus einer einsamen Wüste, dachte Lou, einem Ort ohne menschengemachtes Licht.

»Milch, Zucker?«

»Beides, bitte.« Dankbar umschloss sie mit den Händen die warme Tasse, während Gloria ein Milchkännchen und ein Porzellangefäß mit Zucker auf dem Tisch platzierte und sich mit ihrem Getränk auf dem Stuhl Lou gegenüber niederließ.

»Normalerweise unterhalte ich mich mit den Bewerbern erst ein bisschen, bevor ich sie durchs Haus führe«, erklärte

Gloria und rührte mit dem mit filigranen Mustern versehenen Löffel in ihrer Tasse.

»Gern«, erwiderte Lou. »Wollen Sie etwas Bestimmtes wissen?« Bei allen anderen Wohnungsbesichtigungen hatte sie sich nicht darum bemüht, einen besonders guten Eindruck zu hinterlassen, meistens floss sie einfach in eine Situation hinein, doch heute wollte sie nicht wieder zu Mel zurückfahren und keine Option auf eigene vier Wände mit sich nehmen, sie wollte hierbleiben und Kaffee aus mitternachtsblauen Tassen trinken und das stumme Murmeln eines alten Hauses erkunden.

Gloria stellte den Becher ab und stand auf, um eine Karaffe aus einem der Hängeschränke zu nehmen. »Das Übliche«, antwortete sie, während Leitungswasser in die Glaskaraffe rauschte. »Womit verdienen Sie Ihren Lebensunterhalt?«

»Ich … schaue immer, was ich finde. Nachdem ich von meiner letzten Reise zurückgekommen bin, habe ich recht schnell einen Job in einem Programmkino gefunden. Da habe ich früher schon mal gearbeitet. Außerdem gebe ich Streetdance-Tanzkurse für Jugendliche. Das ist zwar nicht viel, reicht aber zum Leben. Ich bin nicht so anspruchsvoll.« Der Kaffee schmeckte cremig und für ihren Geschmack ein bisschen zu mild, trotzdem trank sie mehrere Schlucke, um endlich wach zu werden. Gloria hatte diesen frühen Termin vorgeschlagen, und Lou hatte nicht wie jemand wirken wollen, deren Tag erst mittags begann. Dabei mochte sie die Stille in Mels Wohnung, wenn alle endlich gegangen waren und sie sich wieder hinlegen konnte, sie mochte es, erst dann aufzustehen, wenn der Tag schon voller Leben war.

Gloria stellte zwei Gläser neben die Karaffe und setzte sich wieder. »Was tun Sie, wenn Sie auf Reisen sind? Arbeiten Sie dann auch?«

»Ja, sonst ginge das nicht. Mal hier, mal dort, was sich eben anbietet.« Das Unerwartete liebte Lou am Reisen am meisten, all die Kurven und Abzweigungen, all die Umwege.

»Jetzt wollen Sie aber für eine Weile in Berlin bleiben?«

»Genau. Mindestens für ein Jahr. Ich suche auch noch nach anderen Jobs, vor allem würde ich gern mehr Tanzkurse geben.«

»Haben Sie das gelernt?«

»Tanzen? Ja, schon als Kind.«

Nur eines von Glorias Kindern bewegte sich auf eine ähnliche Art wie Lou, mit einer inneren Kraft, die jede Bewegung akzentuierte, es tanzte durch sein Leben wie durch einen Traum. »Wieso interessieren Sie sich ausgerechnet für dieses Zimmer?«

Lou ließ den Blick durch die Küche schweifen. »Also, wenn ich ehrlich bin, weil man für den Preis sonst kein Zimmer in einer alten Villa bekommt, und normalerweise wohnt man fast nur mit Studierenden zusammen oder Leuten, die eine Ausbildung machen. Nicht mit …«

»… alten Menschen?« Trotz der Fältchen, die Glorias Lächeln in ihr Gesicht zeichnete, und der grauen Strähnen wirkte sie mit einem Mal jünger, fast jugendlich.

»Na ja, wenn ich das richtig verstanden habe, ist das Konzept recht gemischt.«

»Ist es, ja. Mein Mann betreibt das Antiquariat vorne, der Rest des Hauses ist privat. Außer Herbert und mir wohnen hier drei weitere Leute. Mittlerweile ist aber nur noch ein Zimmer frei. «

»Und wer sind die anderen drei?«

»Leider sind sie gerade alle nicht zu Hause. Alissa geht noch zur Schule. Sie wohnt hier zusammen mit ihrem Vater, Gregor. Der ist Professor für ... eine Naturwissenschaft. Ich glaube, es war Chemie. Und Johann studiert Politik.«

»Alissa habe ich vorhin kurz gesehen, glaube ich. Wohnen die anderen schon lange hier?«

»Nein. Wir haben erst vor etwa einem Monat angefangen, die freien Zimmer zu vermieten.« Gloria erhob sich. »Wir können uns gern während des Rundgangs weiter unterhalten«, bot sie an und lief bereits auf die Tür zu, durch die sie die Küche betreten hatten. Nun, nachdem der Kaffee die Müdigkeit und die Kälte des Februarmorgens aus Lous Körper vertrieben und ihre Energie geweckt hatte, wollte sie endlich durch die Flure und Zimmer streifen, um ein Gefühl für das Haus und die Menschen darin zu bekommen, sie wollte wissen, ob sie ein Teil davon werden könnte.

Von dem kleinen Flur vor dem Salon gingen vier Türen ab, eine führte nach draußen, wie Lou durch die Scheibe erkennen konnte. Wahrscheinlich war das der Eingang, den diejenigen benutzten, die sich nicht durch das seltsame Antiquariat kämpfen wollten.

Sie folgte Gloria eine Treppe hinauf. »Im Erdgeschoss befindet sich noch das Esszimmer gleich neben der Küche und ein kleines Bad. Die Zimmer hier oben waren früher die Zimmer unserer Kinder. Die kleine Küche und das Bad sind Gemeinschaftsräume, die müssen Sie sich also mit den anderen teilen.«

Der Flur in der ersten Etage war mit einem dicken, in verschiedenen Grün- und Blautönen dunkel gemusterten Teppich ausgelegt. An den Wänden hingen altertümliche, das Licht smaragdgrün filternde Schirmlampen und dazwischen Bilder und Gemälde verschiedenster Kunstrichtungen, von abstrakt über impressionistisch hin zu einem düsteren Renaissancedruck, ein Museum im Zeitraffer. Für einen Moment blieb Lou stehen und ließ die mehrschichtige Vergangenheit auf sich wirken, sie wartete darauf, dass das Haus von sich erzählte, doch es war noch nicht bereit dazu.

»Die Miete ist natürlich nicht nur für das Zimmer, sondern auch für die Küche und das Bad. Wasser, Heizung, WLAN und Strom sind schon mit eingerechnet. Den Salon unten können Sie auch benutzen. Wer möchte, kann an den Mahlzeiten teilnehmen. Dafür berechne ich eine Pauschale. Ich muss nur rechtzeitig Bescheid wissen, wer mitisst, damit ich genug einkaufen und kochen kann.«

»Mahlzeiten?«

»Ja. Ich weiß, das ist ein bisschen ungewöhnlich, aber ich dachte, es wäre sinnvoller so, als wenn jede Person nur für sich selbst kocht. Am Wochenende hänge ich einen Plan auf, in den man sich eintragen kann. Meistens koche ich abends, weil ich in der Regel tagsüber bei der Arbeit bin. Wenn ich zu Hause bin, mache ich manchmal aber auch mittags eine Kleinigkeit für die, die da sind. Abendessen gibt es um halb acht.« Gloria krempelte die etwas zu langen Ärmel ihres Pullovers um.

Während ihres Studiums hatte Lou ebenfalls in WGs gewohnt, aber dort hatte niemand nach einem Plan gekocht, es hatte keine Zeiten gegeben, keine Regeln, meistens nicht einmal einen Putzplan. Vielleicht würde es ihr guttun, Fixpunkte in ihrem Alltag zu haben, sie müsste nicht jeden Morgen von Neuem überlegen, wohin sie der Tag führen sollte, ob überhaupt irgendwohin.

»Ein Grundstock an Tellern und Töpfen ist da, aber es sollte auch noch Platz in den Schränken sein für die Sachen, die Sie sich mitbringen«, fuhr Gloria fort, während Lou einen Blick in die kleine Küche warf, schlichte weiße Fronten, mittelgroßer Kühlschrank mit Tiefkühlteil, Gasherd wie unten, nur als Standardversion.

Der Gang machte einen Bogen, Gloria öffnete gleich die erste Tür in der Biegung und wies damit den Weg in das Zimmer, das immer ihr liebstes gewesen war, obwohl es so eigensinnig war wie die Person, der es auf eine Art gehörte, oder vielleicht gerade deshalb. Sie würde das nur nie zugeben, Mütter hatten keine Lieblingskinder.

Für einen Moment blieb Lou im Türrahmen stehen und versuchte, den ersten Eindruck möglichst langsam auf sich wirken zu lassen. Der erste Eindruck, das war ein breites Bett mit einer augenscheinlich neuen Doppelmatratze, unter dem Fenster ein Schreibtisch aus dunklem Holz, auf dem eine Bibliothekslampe mit grünem Glasschirm stand, ein Kleiderschrank und ein leeres, mit einer hauchdünnen Staubschicht bedecktes in die Wand eingelassenes Regal. Lou vermutete, dass die Möbel schon seit Anbeginn hier standen, vielleicht die ersten, die Glorias Großeltern erworben hatten, als sie in das Haus gezogen waren, und nun warteten sie darauf, benutzt zu werden, sie warteten auf ihre Kleidung, auf ihre Bücher.

»Falls Sie eigene Möbel mitbringen wollen, können wir die hier auch woanders unterbringen«, sagte Gloria, obwohl sie nicht wirklich wusste, wohin sie sie stellen sollte, das ganze Haus war voller alter Möbelstücke.

Vorsichtig betrat Lou den Raum, setzte sich auf den unter ihrem Gewicht leicht nachgebenden Korbstuhl vor dem

Schreibtisch und blickte hinaus in einen Garten mit Schuppen und kleinem Gewächshaus und leeren Hochbeeten, während sie gedankenverloren über den Messingfuß der Bankerlampe strich. Der Garten würde schön aussehen, sobald der Frühling kam, die ganze Gegend mit all den Gärten würde aufblühen. Sie erhob sich und setzte sich kurz prüfend auf die Matratze. »Ich habe keine Möbel«, sagte sie schließlich. »Wie viel nehmen Sie für die Mahlzeiten?«

Die Leere tat diesem Zimmer nicht gut, doch nun stand diese Frau auf den alten Dielen und fügte sich ein, diesen Moment hatte es immer gegeben, bei allen Zimmern, mit Alissa, mit Gregor, mit Jay. Sie waren hineingegangen, und die Räume hatten sie leise begrüßt.

Eine Anspannung, die Gloria vorher nicht registriert hatte, wich von ihr, endlich würde sie nicht mehr immer ähnliche Unterhaltungen führen und mit Fremden durch das Haus gehen müssen, der Vermietungsprozess war anstrengender, als sie gedacht hatte. »Darüber reden wir in der Küche weiter.« Kein Wort verlor sie darüber, dass sie ihr Gespräch nicht fortgesetzt hatten, weil sie es eben doch getan hatten, stumm zwischen den Worten. »Wenn Sie wollen, können Sie heute noch den Vertrag unterschreiben.«

Lou wollte, obwohl die Vernunft ihr riet, sich erst die anderen Mitbewohner anzusehen, andererseits konnte sie jederzeit wieder kündigen und sich etwas Neues suchen. Sie besaß nicht so viel, dass ein Umzug eine aufwendige Sache war, und so schnell würde sie kein derart günstiges Angebot mehr finden. In der Küche las sie in Ruhe den zweiseitigen Vertrag, ein Standardvertrag aus dem Internet mit wenigen Änderungen.

»Wann wollen Sie einziehen?«, fragte Gloria.

»Geht noch heute?«

Sie lächelte, endlich würde das Haus komplett sein. »Natürlich geht gleich heute.«

Nachdem Lou den Vertrag unterschrieben und sich von Gloria verabschiedet hatte, schlenderte sie durch das Antiquariat, kaufte einen Roman und stellte ihn in ihr neues altes Regal. Anschließend fuhr sie zu Mel, um ihre wenigen Sachen zu packen, und dachte an dieses unbekannte Buch, das schon vor ihr eingezogen war und nun in dem leer möblierten Zimmer auf sie wartete.

Kapitel 2

Alissa blickte immer wieder in den Himmel, während sie durch den vom Winter gezeichneten Garten lief. Sie mochte diese Jahreszeit, wenn alles tot wirkte, obwohl es nur schlief, verborgen unter graugrünem Gras oder – selten – weißen Schneedecken. Igel schlummerten in Laubhaufen, Insekten hatten sich in altes Holz zurückgezogen, selbst die kahlen Bäume warteten lediglich auf die ersten wärmeren Sonnenstrahlen.

Heute nahm sie nicht den Weg durch das Antiquariat, denn Herbert kurierte noch seine Bronchitis aus, und es kam ihr falsch vor, zwischen den Bücherstapeln herumzustromern, ohne dass er anwesend war. Dieses Antiquariat war sein Reich, allein würde sie kein einziges Buch finden, egal, wie gründlich sie in den letzten beiden Wochen die Regale erkundet hatte. Er sortierte sie immer wieder um, oder vielleicht waren es auch die Bücher selbst, die sich umsortierten, weil sie nicht jahrelang in derselben Perspektive auf den staubbedeckten Raum gefangen sein wollten.

Aus der Jackentasche angelte sie ihren Schlüssel und klimperte damit vor dem Schloss herum, obwohl es sich nicht mehr abschließen ließ. Alissa bildete sich ein, potenzielle Einbrecher auf Beobachtungsposten so in die Irre führen zu können. Niemand musste wissen, wie leicht es war, in dieses Haus einzudringen, derart leicht, dass Alissa manchmal nachts aufwachte und mit unterdrücktem Atem in ihrem Bett verharrte, um auf verdächtige Geräusche zu lauschen. In Häusern zu leben, war Alissa nicht gewohnt. Bis vor gerade mal einem Monat hatten ihr Vater und sie sich eine Vierzimmerwohnung mit ihrer Mutter und ihrem Bruder geteilt, es hatten Menschen über ihnen gewohnt und Menschen unter ihnen, ständig war alles voller Anwesenheit gewesen, Schritte und Waschmaschinenschleudern und Musik, Stimmen von draußen, jeder Einbrecher wäre sofort aufgefallen.

Alissa streifte die Schuhe im Flur ab und stellte sie sorgsam in das extra dafür montierte Regal neben der Tür. Die schweren Winterschuhe ihres Vaters standen noch nicht da, auch sein Mantel hing nicht am Haken, und obwohl sie damit gerechnet hatte, war sie ein wenig enttäuscht.

Aus der Küche drang der Geruch von Linseneintopf. Alissa hasste Linseneintopf, schon immer, außerdem kochte Gloria ihn mit viel Speck, den Alissa noch weniger leiden konnte. Daher lief sie gleich die Treppe hoch, denn die Ruhe ihres Zimmers war das, wonach sie sich bereits den ganzen Tag lang sehnte, sie hatte das Gefühl, ein Wort noch, ein einziges Wort, und sie würde mit einem lauten Knall explodieren. Manchmal waren Wörter so sehr zu viel, dass Zuhören genauso anstrengend wurde, wie selbst zu reden, all die empfangenen Worte mussten ja irgendwohin, und dann stauten sie sich in ihr und wurden in ihrem Kopf immer lauter.

Kurz bevor sie ihr Zimmer erreichte, floss eine sanfte Melodie in den dunklen Flur, zart gezupft auf einer perfekt gestimmten Gitarre, aber stark genug, um Alissa festzuhalten. Sie blieb stehen und lauschte, und dabei stellte sie sich vor, wie Jay in seinem Zimmer saß, wahrscheinlich auf dem kleinen

Sofa, die dunkelblonden Haare zusammengebunden, und wie immer fragte sie sich, was er dachte, ob er überhaupt an etwas dachte. Erst als er begann, den Text zu singen, erkannte sie »Where's My Love« von SYML. Jays Stimme klang etwas rauer als die des SYML-Sängers, aber es lag eine ähnliche Melancholie in ihr. Langsam hob sie den leicht angewinkelten Arm und strich vorsichtig durch die Luft, wie um die Melodie zu berühren. Ihre Fingerspitzen kribbelten, und etwas floss durch sie hindurch, das Atmen fiel ihr schwer, das Denken fiel ihr schwer, nur das Stehenbleiben nicht, kaum wahrnehmbar wiegte sie sich im Rhythmus der Musik. Erst als die Melodie plötzlich abbrach und das Rollen des Schreibtischstuhls auf den Dielen verkündete, dass Jay aufstand, riss sich Alissa los, lief in ihr Zimmer und schloss die Tür hinter sich.

Schwer atmend lehnte sie sich von innen gegen das Türholz. Kein Laut verkündete, dass Jay sein Zimmer verlassen wollte, und das tat er auch nicht, er verstaute nur die Gitarre in ihrer Hülle, denn heute war kein Tag zum Spielen, seine Finger fühlten sich steif an, die Musik war nicht mehr als zufällig aneinandergereihte Töne, und seine Gedanken blieben plump und holprig, sie wurden nicht warm und lebendig durch die Musik. An seinem eigenen Song konnte er in dieser Stimmung sowieso nicht weiterarbeiten, er schaffte es einfach nicht, sich zu irgendeiner Art von Inspiration hinzuspielen.

In ihrem Zimmer warf Alissa ihre Schultasche auf das Bett, doch bevor sie die Hausaufgaben erledigte, würde sie erst einmal etwas essen müssen. Rasch lief sie über den Flur in die kleine Küche und stellte erleichtert fest, dass in ihrem Kühlschrankfach noch ein Becher Kokosjoghurt mit Heidelbeeren stand, ungeöffnet sogar und nicht einmal abgelaufen. Sie füllte den halben Becher in eine Schüssel, und während sie die Dinkelpops mit Honig und die Zimttaschen auf den Joghurt rieseln ließ, verließ Jay sein Zimmer. Sie hielt die Luft an, als er die Küche betrat, bestimmt zwei Sekunden lang, und atmete erst wieder aus, als er ein müdes »Hey, Ali« von sich gab.

»Lass mich in Ruhe«, sagte sie und verstaute die Cerealien im Schrank.

»Ich will mir nur einen Müsliriegel holen.«

Wortlos nahm sie einen Löffel aus dem Schubfach und huschte an Jay vorbei, ohne ihn anzusehen, fast ohne ihn anzusehen. Zumindest auf seine Füße schaute sie, die in absurd bunten Wollsocken steckten, darüber der Saum einer grauen Jogginghose, und obwohl sie gern sein Gesicht gesehen hätte, obwohl sie überhaupt gern alles an ihm gesehen hätte, rauschte sie in ihr Zimmer und warf keinen einzigen Blick zurück. Als er ihr »Wenn du gute Laune brauchst, du kannst meinen Netflix-Account benutzen« hinterherrief, knallte sie die Tür zu, um seinen Satz einfach abzuschneiden, damit er ihr nicht folgen konnte, nur leider funktionierte das Türenknallen in diesem Haus einfach nicht. Gloria hatte drei Kinder großgezogen, sie wusste, wie man Türen dämpfte, damit die Pubertät nicht nur aus unaushaltbarem Lärm bestand.

Jay seufzte, sehr leise nur. Es war nicht seine beste Idee gewesen, in dieses Haus zu ziehen, und er suchte weiterhin nach anderen Möglichkeiten, doch solange er die nicht fand, würde er wohl mit diesen merkwürdigen Mitmenschen zurechtkommen müssen. Immerhin kannte er sich mit pubertierenden Mädchen einigermaßen aus, schließlich hatte er zwei ältere Schwestern. Er überlegte, an Alissas Tür zu klopfen und sie zu fragen, ob sie etwas brauchte, doch in diesem Moment rief

Gloria von unten die Treppe herauf. »Das Essen ist fertig«, rief sie, und das war kein Satz, dem Jay widerstehen konnte. So merkwürdig er es auch immer noch fand, von einer Fremden bekocht zu werden, praktisch war es durchaus.

»Keinen Hunger«, rief Alissa aus ihrem Zimmer, was Gloria nicht hörte. Jay sagte es ihr, als er kurz darauf die Küche betrat.

»Ach, schade«, erwiderte Gloria und räumte einen Teller wieder ab, den mit den Sonnenblumen, von dem ihre Tochter Milla immer am liebsten gegessen hatte, selbst als sie eigentlich schon zu alt für Kinderteller geworden war.

Es war sehr still, als Alissa allein ihr Mittagessen löffelte, und während sie in ihrem Lieblingsbuch blätterte, das genau genommen Emilys Lieblingsbuch war, und die angestrichenen Passagen zum bestimmt zwanzigsten Mal las, parkte draußen vor dem Haus ein metallicblauer Kombi etwas zu nah am Bürgersteig.

Lou blieb für einen Moment regungslos sitzen, nachdem ihre Freundin Mel den Motor ausgeschaltet hatte.

»Ist alles in Ordnung? Willst du doch lieber bei uns bleiben?«

»Nein, ich will eure Gastfreundschaft nicht überstrapazieren. Räumen wir die Kisten aus dem Auto.« Lou wandte sich um und öffnete die Beifahrertür. Die Kälte biss in ihre Haut, als sie aus dem gemütlich warmen Auto ausstieg. Von der Rückbank zog sie einen Karton, Mel nahm sich ebenfalls einen und folgte Lou zu dem Seiteneingang des Hauses, wo Lou ihren Karton auf der alten Bank daneben abstellte, um die Tür zu öffnen. »Wollen wir uns aufteilen? Du musst mein Zeug durch die Kälte schleppen, dafür muss ich Treppen steigen.«

»Einverstanden.«

Nacheinander trug Lou alles nach oben, fünf unterschiedlich große Kartons, eine Reisetasche, einen Trekking- und einen Stadtrucksack und eine Yuccapalme, die Mel ihr als Einzugsgeschenk auf dem Weg von ihrer Wohnung zu dem neuen Haus in einem Pflanzencenter gekauft hatte, zusammen mit einem violetten Topf, weil das Lous Lieblingsfarbe war, und obwohl sie dabei mehrmals durch das halbe Haus lief, begegnete ihr keine einzige Person.

Nun standen all die Sachen in ihrem neuen Zimmer und sahen nach sehr viel aus.

»Wie fühlst du dich?«, fragte Mel auf diese einfühlsame Art, die Lou manchmal auf die Nerven ging. Gefühle waren zum Fühlen, nicht zum Reden, jedenfalls in Momenten wie diesen, in Momenten ohne Worte.

»Ich mag Veränderungen, weißt du doch.«

»Hm. Ich glaube dir zwar nicht, aber jetzt gibt es erst mal Kuchen. Der hilft dir vielleicht beim Ankommen.« Mel schenkte immer Kuchen statt Brot und Salz zum Einzug, davon hatte Lou nun schon einige Male profitiert. Dieselben Kartons hatten sie erst vor ein paar Monaten aus ihrer letzten Wohnung getragen und in Mels Keller eingelagert, weil Lou manchmal, wenn sie eine Beziehung aufgab, auch die ganze Wohnung, die ganze Stadt, das ganze Land aufgeben wollte. »Finde ich gut.«

Lou ging in die kleine Küche. Der Raum war leer, ebenso wie der Flur leer und still war.

Sie öffnete Schränke und Schubladen, bis sie Teller und Gabeln gefunden hatte, und ging mit ihrer Ausbeute zurück, an den Türen der anderen Zimmer vorbei, und irgendwie merkte sie, wie Alissa in ihrem Zimmer die Luft anhielt und den Geräuschen draußen lauschte.

Es war ein wenig merkwürdig, mit dem Geschirr in den Händen im Flur herumzustehen und darauf zu warten, dass sich jemand rührte, aber sie wollte auch nicht einfach anklopfen und fragen, ob noch jemand Kuchen haben wollte, nicht jetzt. In ihrem Zimmer hatte Mel in der Zwischenzeit das Papier von dem Bäckerkuchen gewickelt. Der Raum fühlte sich für Lou nach einer anderen Person an, nach jemandem, der nicht sie war, und dieser Jemand schien nicht einfach gehen, sondern ihnen zusehen zu wollen, da war eine Anwesenheit neben ihrer und Mels. So etwas fühlte Lou häufig, wenn sie irgendwo anzukommen versuchte. Nie war sie die Erste, immer hatten schon anderen Menschen in einem Zimmer geweint und gelacht und geliebt und gehasst.

»Hier ist es ein bisschen frisch«, sagte Mel. »Ich glaube, die Heizung muss mal entlüftet werden. Sie gluckert komisch.«

»Ich weiß. Man hat mich vorgewarnt.«

Nebeneinander setzten sie sich auf den Boden, sie aßen erst den Quarkkuchen mit Heidelbeeren und dann die Apfeltaschen. Nur einmal hörte Lou Schritte auf dem Flur, doch bevor sie sich entschließen konnte, aufzustehen und sich vorzustellen, verschwanden sie hinter einer sich schließenden Tür.

»Yannick hat mir geschrieben«, sagte sie, während sie ein Stück von dem Blätterteig abrupfte.

»Wieso das?«

»Er hat mitbekommen, dass ich aus Las Palmas zurück bin, und wollte wissen, wann ich mein Zeug abhole.«

»Welches Zeug? Du hast doch alles mitgenommen, als du aus der Wohnung raus bist.« Mel stellte ihren Teller ab und sah Lou aufmerksam an.

»Keine Ahnung. Angeblich hat er noch was gefunden.«

»Du bist ein halbes Jahr lang ohne den Kram zurechtgekommen, jetzt brauchst du den auch nicht mehr. Soll ich ihm schreiben?«

Lou lachte, nicht wirklich fröhlich, sie wollte nur Mels Sorgen weglachen und ein bisschen auch dieses drückende Gefühl, das einfach nicht verschwinden wollte. So oft sie auch von irgendwo ging und irgendwo ankam, es fühlte sich jedes Mal gleich an, als würde sie etwas suchen, das unmöglich zu finden war, immer wieder rannte sie blind daran vorbei. »Ich hab ihm schon geantwortet. Er soll die Sachen spenden.«

»Männer. Echt. Der will sich nur wieder in deinen Kopf drängen.«

»Er kennt mich eben nicht besonders gut. Jetzt habe ich es dir erzählt, und damit ist er auch wieder aus meinem Kopf raus.«

»Gut.« Mel biss von ihrer Apfeltasche ab. »Und falls er doch nicht raus ist, sag Bescheid. Ich kann zwar nicht mehr viel zu lange abends mit dir in der Küche sitzen und Wein trinken, weil ich jetzt erwachsen und verantwortungsvoll bin, aber mein Handy funktioniert.«

»Danke.«

Sie pickte ein paar Krümel von ihrem Teller. »Las Palmas klingt so schön nach Urlaub.«

»Ich weiß, das hast du schon mal gesagt. Touristen zu unterhalten sieht auch quasi aus wie Urlaub machen, selbst wenn es keiner ist.«

»Ja, wahrscheinlich.«

»Ich kann nicht mehr.« Lou legte die halbe Apfeltasche auf ihren Teller zurück. »Zu viel Zucker. Willst du noch?«

»Nein danke. Wir hätten Kaffee kaufen sollen oder wenigstens Tee, um das Zeug runterzuspülen.«

»Zu spät«, sagte Lou und sammelte beide Teller ein, hatte jedoch keine Lust, sie gleich zurück in die Küche zu bringen. »Danke für deine Hilfe. Wir haben das erstaunlich schnell geschafft.«

»Du hast ja auch nichts, und das meiste war noch eingepackt. Wenn du was brauchst, meldest du dich bei mir, ja?«

Irgendwann während ihrer Ankunft und des Essens war das letzte bisschen Licht aus dem Tag gewichen. Die Deckenlampe war für Lous Geschmack viel zu grell, dennoch schaltete sie sie ein, weil die Bankerlampe allein zu wenig Licht spendete, außerdem gab sie ihr das Gefühl, in einer alten Bibliothek voller Stille und hoher Wände zu sitzen, und in Bibliotheken gab es noch mehr Anwesenheiten als in einem Schlafzimmer. Sobald Mel gegangen war, würde sie sich überlegen, was sie alles brauchte, um aus diesem Zimmer ihres zu machen.

»Werde ich«, antwortete Lou schließlich. Sie blickte aus dem Fenster, obwohl sie kaum mehr sah als Dunkelheit und Reflexionen. Mel erhob sich und verabschiedete sich, ihre Umarmung war etwas länger und stärker als sonst.

»Die Kinder werden es vermissen, dass ihnen jemand morgens vorliest und abends mit ihnen die Duplo-Eisenbahn aufbaut«, sagte sie, und Lou versuchte, nicht an Mels warmes Zuhause zu denken, an das Spielzeug, das überall herumlag, an den immer gefüllten Kühlschrank, an die Stimmen und den lebendigen Alltag, der keinen Platz für Leere ließ.

»Und ich werde den Kaffee morgens ans Bett vermissen«, erwiderte sie, als sie sich von ihrer Freundin löste.

Zusammen gingen sie hinunter, Lou winkte dem Auto hinterher, bis die Rücklichter um eine Abzweigung bogen. Tief atmete sie die kalte Abendluft ein und wandte sich dem Haus zu, in dem sie zukünftig wohnen würde. Das Fenster neben ihrem in der oberen Etage war erhellt, und gerade in dem Moment, in dem Lous Blick darauf traf, bewegte sich der Vorhang. Sie lächelte in die Dunkelheit und in das Zimmer hinauf, sie lächelte der Person zu, die sie nicht sehen konnte.

Drinnen räumte sie das Geschirr in die schmale Spülmaschine und begann damit, ihre Kartons auszupacken. Die Bücher hatte sie schnell im Regal verstaut, die Kleidung in dem schmalen Schrank, für den Rest würde sie sich eine Kommode besorgen müssen, womit sie auch gleich anfing, indem sie in ihre Lieblingshose und ihren Schlafpullover schlüpfte, zwei Kerzen anzündete und sich mit ihrem Laptop im frisch bezogenen Bett verkroch, um auf Kleinanzeigenportalen auf die Suche zu gehen.

Etwa fünfundachtzig Anzeigen und sechs Nachrichten später klappte sie das Notebook zu. Eine der Kerzen war in der Zwischenzeit ausgegangen, die zweite flackerte noch still in dem leichten Luftzug, der durch das undichte Fenster in den Raum kroch. Für eine Weile beobachtete Lou still das warmgelbe Licht und die tiefen Schatten.

Im Flur waren Schritte zu hören. Eine Tür wurde geöffnet, leise Stimmen folgten, eine männliche und eine weibliche verschmolzen in einer gemurmelten Unterhaltung, bevor die Geräusche durch Schritte und das erneute Klappen von Türen ihr Ende fanden. Lou nahm ihre Waschtasche vom Schreibtisch und betrat den Flur, aus der Küche fiel Licht.

»Hallo«, sagte sie zu dem blonden Mädchen, das neben dem Wasserkocher an der Arbeitsplatte lehnte.

»Du bist also eingezogen«, sagte das Mädchen. Diesmal trug es eine Brille, die Haare hatte es zu einem Pferdeschwanz zusammengebunden.

»Bin ich. Das Zimmer ist weniger schlimm, als ich nach deiner Beschreibung befürchtet habe.«

Eigentlich hatte Alissa nicht lächeln wollen. »Es ist ja nicht nur das Zimmer«, sagte sie und wandte sich ab, um das kochende Wasser in die Wärmflasche zu füllen, ihr liebster Luxus in kalten Winternächten, vor allem in diesem zugigen Haus. Sie lauschte auf das Schweigen, auf Lous »Gute Nacht«, das sie nicht erwiderte, auf die Schritte, die sich Richtung Bad entfernten. Mit der Wärmflasche kehrte sie in ihr Zimmer zurück. Die meisten Möbel hatte sie mitgebracht, und trotzdem fühlten sie sich fremd an, es waren nicht mehr ihre Möbel, es war nicht ihr Zimmer. Sie verkroch sich in ihr Bett, die Wärmflasche an den Füßen, hörte, wie Lou durch den Flur lief und wie danach alles leise wurde.

Kapitel 3

Wann immer Gregor Mader aus einem Traum gerissen wurde, blieb ein seltsames Gefühl des Verlustes zurück. Gregor war nicht der Typ Mensch, der sich morgens lange ans Bett klammerte, im Gegenteil. Kaum dass er den Wecker ausgeschaltet hatte, stand er auf, nahm ein frisches Hemd aus dem Schrank und ging mit seiner Kleidung direkt ins Bad, um sich mit einer raschen Dusche – dreieinhalb Minuten, davon die letzten zwanzig Sekunden kaltes Wasser – auf die nächsten Stunden einzustellen. Das warme Wasser vertrieb den Nachhall des Traumes, an den er sich schon nicht mehr erinnern konnte, das kalte weckte seinen Kreislauf, und erst ab dann gelang es ihm, wirklich mit dem Tag zu beginnen.

Wie jeden Morgen klopfte er auch heute an Alissas Zimmertür, die mit einem mürrischen »Bin wach« antwortete, und obwohl das alles andere als wach klang, klang es immerhin auch nicht nach Schlaf. Für einen Moment verharrte Gregor vor der Tür und überlegte wieder einmal, wie seine Frau den Morgenablauf geregelt hatte, ob sie in Alissas Zimmer gegangen war oder nicht. Er vergaß jedes Wochenende, wenn sie sich zum Essen trafen, danach zu fragen, entschied jedoch nun, dass Alissa bisher ganz gut zurechtgekommen war.

Im Gegensatz zu ihrem Vater wusste Alissa schon vor dem Handywecker, wann der Tag begann, und zwar meistens eine

Viertelstunde früher. Dann lag sie in der dunstigen Winterdämmerung und dachte daran, dass der Wecker bald klingeln würde, sie dachte an Frau Kreiskis Vorliebe für unlernbare Französischvokabeln und an die Kälte, die jenseits ihrer Bettdecke auf sie wartete, sie dachte daran, wie voll der Bus sein würde, und sie dachte an Emily.

In den letzten Wochen, seit ihrem Umzug, hatte Alissa sich angewöhnt, am Vorabend die Kleidung auf einem Stuhl neben dem Bett bereitzulegen, sodass sie unter der noch schlafwarmen Decke hineinschlüpfen konnte. Während sie das tat, ging ihr Vater in sein Zimmer zurück, machte sein Bett und packte seine Tasche für den Tag. Sobald das erledigt war, setzte er sich an seinen Schreibtisch und führte die Arbeiten fort, die er für die Nacht und die Notwendigkeit des Schlafens hatte unterbrechen müssen. An diesem Morgen war das die Durchsicht einer Doktorarbeit. Im Licht der Schreibtischlampe fuhr sein Rotstift über bedrucktes Papier und hinterließ seine Signatur in Form von Korrekturen und Anmerkungen. Vertieft in den Text hörte er zwar, wie sich die Zimmertür seiner Tochter öffnete, achtete jedoch nicht weiter darauf.

Alissa betrat die kleine Küche. Das Brot war fast alle, sie würde auf dem Rückweg von der Schule frisches kaufen müssen. Immerhin dachte sie inzwischen meistens morgens daran, kurz die Vorräte zu sichten. Ihre Mutter tat das ja nicht mehr, oder schon, nur nicht mehr für sie alle vier, sondern nur noch für sich selbst und für Alissas Bruder. In ihre App trug Alissa alle nötigen Einkäufe ein, während sie erst ihr Sandwich zubereitete und anschließend die Lunchbox ihres Vaters füllte. Wenn er zu vertieft in seine Arbeit war, vergaß er manchmal, in die Mensa zu gehen, außer er verabredete sich mit Kollegen.

Sie schälte einen Kohlrabi und schnitt ihn klein, biss von einem Stück ab, während sie sich von Vokabeln weg und zu leisen Gitarrenklängen hindachte, warf eher zufällig einen Blick auf die Uhr und beeilte sich mit dem Rest. Mit der Brotbox betrat sie das Zimmer ihres Vaters und verstaute sie schweigend in seiner altmodischen Aktentasche. Manchmal kochte sie auch eine Thermoskanne mit Tee – Pfefferminztee mit Honig –, bevor sie aufbrechen musste, heute hatte sie sich allerdings zu viel Zeit mit allen anderen Dingen gelassen. Selbst ihr Frühstück schaffte sie nicht mehr, nur für ihren Vater füllte sie noch etwas Milch und Müsli in eine Schüssel und brachte es in sein Zimmer.

»Hab einen schönen Tag«, sagte sie.

Gregor blickte auf. »Du auch, Spatz.«

Eigentlich hasste sie es, wenn er sie so nannte. Ein Spatz war ein kleiner, nichtssagender Vogel, von denen es Millionen gab, er fiel nicht auf, er stach nicht hervor. Sie wandte sich ab, nahm sich aber den Moment, kurz stehen zu bleiben und in den Flur zu lauschen, obwohl sie doch wusste, dass Jay so gut wie nie um diese Uhrzeit aufstand. Er lebte in der Nacht, so wie auch sie gern in der Nacht leben würde. Auch aus dem Zimmer der neuen Mitbewohnerin kam kein Geräusch, vielleicht war sie wie Jay, vielleicht schlief sie, wenn andere wach waren.

»Schreibst du mir, wann du nach Hause kommst?«, fragte sie, und Gregor murmelte ein »Ja«, schon wieder vertieft in seinen Text. Sie wusste, er würde es vergessen.

Im unteren Flur zog sie ihre Schuhe an. Das Haus fühlte sich schlafend still an, als hätte es den graurosa Morgenschimmer noch nicht bemerkt. Sie würde rennen müssen, wenn sie ihren Bus noch erwischen wollte, denn sollte sie ihn verpassen und erst den nächsten nehmen können, kam sie anderthalb Minuten zu spät, und anderthalb Minuten waren für Frau Kreiski mindestens eine halbe Stunde und damit Anlass genug, sämtliche Vokabeln auf einmal abzufragen, die lernbaren und die unlernbaren. Eilig öffnete Alissa die Tür zum Garten, ein kalter Windzug stieß ins Haus und sorgte dafür, dass das geöffnete Fenster in Glorias und Herberts Schlafzimmer viel zu schwungvoll zufiel.

»Dieses alte Haus«, grummelte Herbert unwirsch und verriegelte das Fenster, die ganze Draußenkälte war bereits zu Drinnenkälte geworden.

»Du magst das Haus genauso gern wie ich«, entgegnete Gloria auf seinen eigentlich zu sich selbst gesprochenen Satz. Ihre Haare waren noch feucht, und die helle Bluse saß ein wenig zu eng, obwohl sie sie erst vor wenigen Monaten gekauft hatte, aber sie zog es vor, diese Tatsache zu ignorieren.

Herbert antwortete nicht auf ihre Feststellung. Es spielte ohnehin keine Rolle, ob er das Haus mochte, sie lebten nun mal darin, das würden sie noch viele Jahre lang tun. Stattdessen brach er auf ins Erdgeschoss, um nach den Büchern zu sehen. Er war noch immer schwach und wirkte blass und kränklich, und Gloria hatte eigentlich etwas sagen und ihren Mann davon überzeugen wollen, noch einen Tag länger im Bett oder wenigstens in seinem Lesesessel im Salon zu verbringen, doch der Moment war verstrichen. Immerhin hatte sie so Zeit, um die Kopfkissen und Decken aufzuschütteln und glatt zu streichen, sie hatte Zeit, um etwas Make-up aufzutragen und die schlichte Perlenkette anzulegen. Mittlerweile arbeitete sie nur noch vier Tage die Woche am Empfang des Immobilienbüros, zusammen mit den Mieteinnahmen würde das Geld schon reichen, und Herbert sagte immer, Geld müsse nur reichen, mehr nicht, für ein Mehr gaben sie es ohnehin nicht aus.

Jemand lief über den Gang. Gregor bewegte sich leise, seine Schritte waren nur halb anwesend, selbst jetzt, da er sich beeilen musste, um noch rechtzeitig zu seiner Lehrveranstaltung da zu sein. Im Gehen warf er sich den Wollschal um, den seine Frau ihm vor ein paar Jahren auf einem Weihnachtsmarkt gekauft hatte, nun, jetzt war Marion nicht mehr wirklich seine Frau.

Gloria seufzte leise in das leere Schlafzimmer, das leere Schlafzimmer seufzte zurück. So ein altes Haus sprach viel, es beobachtete und erinnerte sich. Wenn sie müde war, dachte Gloria die merkwürdigsten Gedanken, aber sie halfen ihr, sich nicht daran festzuklammern, dass zumindest das Haus ein Mehr vertragen könnte, wenn sie es schon nicht taten.

Sie föhnte ihre Haare in dem mattbraun gefliesten Bad, das direkt an ihr Schlafzimmer anschloss und das nur sie und Herbert benutzten. Als ihre Haare trocken und frisiert waren und das Mascara endlich gut aussah, ging sie hinunter in die Küche, schnitt etwas Brot auf, während das Öl in der Pfanne heiß wurde, gab zwei Eier hinein und würzte sie sparsam, so, wie Herbert es bevorzugte – eine Prise Salz, ein Hauch Pfeffer, keine Kräuter. Ihre Kinder hatten alle ihre eigenen Frühstückseivorlieben gehabt, Rührei oder Spiegelei oder gar kein Ei, und natürlich war das umständlich, aber diese Aufgeregtheit hatte Schwung in ihren Morgen gebracht, alle hatten sich in der Küche getroffen, bevor sie in ihre Tage gestürzt waren, jeder für sich, um erst abends wieder zusammenzufinden.

Nun bestrich sie eine Brotscheibe dünn mit Butter, legte die beiden Spiegeleier darauf und trug den Teller und eine

Tasse Kaffee in das kleine Büro im Antiquariat, wo Herbert bereits über einer Enzyklopädie saß und sich mit dem Begriff *Hypertrophie* auseinandersetzte, dem Übermaß von etwas, und er reagierte nur mit einem »Danke«, als seine Frau den Teller auf dem Schreibtisch abstellte, weit genug von dem kostbaren Buch weg. Hypertrophie der Muskeln, las Herbert, Hypertrophie des Verlangens, und für einen Moment hielt er inne und fragte sich, ob er sich selbst durch ein Übermaß von etwas auszeichnete, Hypertrophie der Literatur, beispielsweise, Hypertrophie des Schweigens, doch er kam zu dem Entschluss, dass all diese Dinge kein Übermaß sein konnten, wenn sie doch seinem Wesen entsprachen, denn Charakter war nicht zu viel oder zu wenig, er war einfach.

Herbert blickte auf, um sich nach Glorias Gedanken zu erkundigen, und registrierte, dass sie bereits gegangen war. Sein Frühstück stand auf dem Schreibtisch, die Eier nur noch warm und das Brot durchgeweicht.

Gloria selbst aß ihr Brot mit Speisequark oder Hüttenkäse und Honig, seit Jahren schon, eine Scheibe musste reichen. Während sie langsam kaute, blickte sie aus dem Fenster. Die Dämmerung hatte sich fast vollständig zurückgezogen und einem blassen Morgen Platz gemacht. Einladend wirkte er dennoch nicht, zu schwach war die Sonne hinter dichten Wolkenschleiern und zu kahl die Vegetation im Garten, dennoch überlegte Gloria, was sie dieses Jahr anpflanzen würde, welches Gemüse sie bereits für die Hochbeete vorziehen konnte. Sobald es so weit war, würde sie sicher besser wissen, was die anderen gern aßen und was nicht.

Gloria trat aus dem Haus, gerade als Herbert sich aus seinem Stuhl erhob. In seinem gemächlichen Gang schlurfte er zur Haustür, schloss sie auf und sah, wie Gloria den Garten verließ. Er trug das schlichte Schild zum Gartentor, das Laufkundschaft auf das Antiquariat hinweisen sollte, danach drehte er sich um und betrachtete das Haus, in dem all seine Bücher warteten. Vielleicht würde er Musik einschalten. Ein wenig Mozart oder, nein, Bruce Springsteen, heute war Herbert ausgesprochen guter Laune, da brauchte er etwas mit intensiverem Rhythmus. Zurück in seinem Büro suchte er eine CD, die er in der aus dem Salon ausrangierten Stereoanlage verschwinden ließ, und weil er, wie meistens, die Lautstärke in die falsche Richtung korrigierte, krachten die ersten Klänge derart laut durch das Haus, dass sie Jay aus einem wirren Traum voller düsterer Bilder rissen.

Er blieb liegen und spürte den Bildern nach, sie waren Erinnerungen an Erinnerungen, mehrmals abgepaust. Müde tastete er nach seinem Handy neben dem Kopfkissen und stellte fest, dass er ohnehin bald aufstehen musste, wenn er, wie er sich vorgenommen hatte, vor dem Seminar noch in die Bibliothek gehen und für sein Referat recherchieren wollte, das er immerhin kommende Woche halten musste, die letzte Woche vor den Semesterferien. Davor wollte er noch ein wenig Gitarre üben, denn morgens und vormittags, wenn alle das Haus verlassen hatten und die Räume leer und frei waren, konnte er das am besten, er konnte die alten Mauern mit seinen Melodien füllen und sich vorstellen, dass sie sich zwischen den Wänden einnisteten, und selbst wenn sie später niemand mehr hörte, waren sie noch da, sie lebten mit ihnen mit wie der für die Figuren unhörbare Soundtrack eines Films.

Überhaupt fragte Jay sich das oft. Woher man wissen konnte, wie echt das eigene Leben war. Wenn er mit seiner Mutter sprach, ohne wirklich mit ihr zu reden, war das echt? Wenn sich die Tage in immer ähnlichen Abläufen wiederholten, ohne dass je etwas Richtiges geschah, war das echt? Und wenn er einen Song fand, wenn sich die Teile zusammenfügten und aus Melodie und Rhythmus und Text eine Einheit wurde, die ein freudiges Kribbeln in ihm auslöste, war das nicht echt?

Jay beeilte sich im Bad, zog sich an, spielte ein paar Tonfolgen auf der Gitarre, um die Finger aufzuwärmen, und arbeitete danach an der Melodie, die er vor einigen Tagen begonnen hatte. Noch war der Song voller Löcher, Lücken zwischen den Noten, sie lief nicht zusammen, aber er spürte die Melodie in ihrer Gesamtheit und wartete darauf, dass sie sich hervorwagte. Bisher blieb sie allerdings schüchtern, deshalb ließ er sie in Ruhe, feilte ein bisschen an den Lyrics, die noch lückenhafter waren als die Melodie, *I lost your key, but still, you found me*, was wollte er damit eigentlich sagen? Schließlich packte er seine Sachen zusammen. Kurz bevor er aufbrach, ging er in die Küche, um wenigstens ein Toast zu essen. Mit weichen, sanften Schritten lief jemand über den Flur.

Eine Frau tauchte im Türrahmen der Küche auf. Das musste die letzte Mitbewohnerin sein, die Gloria am Vortag beim Mittagessen erwähnt hatte.

»Ich bin Jay«, sagte er mit vollem Mund.

»Lou«, antwortete die Frau. Sie war ein paar Zentimeter größer als er und schien sich wenig darum zu kümmern, dass sie in schlabbrigen Klamotten, ungebändigten Locken und – ja, das fiel ihm sofort auf – ohne BH vor einem Fremden stand. Aus einem der Schränke nahm sie Kaffee und füllte das Pulver in die Espressokanne. »Ich kaufe auch neuen«, sagte sie, während sie den Gasherd anzündete.

»Schon gut«, erwiderte Jay. Genau genommen war er der Einzige, der regelmäßig Kaffee trank, und er hätte auch heute welchen getrunken, wenn er noch Milch gehabt hätte, aber ohne Milch bekam er den nicht runter. »Du bist gestern eingezogen?«

Trotz der offenkundigen Überflüssigkeit seiner Frage lächelte Lou ihn freundlich an. »Ja, genau. Bei der günstigen Miete konnte ich nicht widerstehen.«

»Das ging uns wohl allen so.« Er steckte den letzten Bissen seines Toasts in den Mund, die Erdbeermarmelade war viel zu süß, noch einmal würde er diese Sorte nicht kaufen.

»Gefällt es dir hier?«

Diesmal kaute er fertig und schluckte das Essen hinunter, bevor er antwortete. »Weiß nicht, ob ›gefallen‹ das richtige Wort ist. Wie du schon sagst, die Miete ist günstig. Erst recht für die Gegend hier. S-Bahn und Bus sind nicht weit weg. Ich studiere außerdem, zur FU ist es auch nicht weit. Insofern, ja, es ist sehr praktisch.«

»Du hast recht. ›Praktisch‹ und ›gefallen‹ sind zwei völlig unterschiedliche Dinge.«

Er erwiderte ihr Lächeln. »So lange wohne ich hier auch noch nicht. Erst seit etwa drei Wochen. Gregor und Alissa waren vor mir da.«

»Drei Wochen schon? Und die ganze Zeit stand mein Zimmer leer? Es muss doch Tausende Interessenten gegeben haben.«

»Gab es auch, aber Gloria ist wählerisch. Sie hat einfach gebraucht, bis sie sich entschieden hat.«

Es fühlte sich merkwürdig an, handverlesen worden zu sein, als müsste Lou unbekannte Erwartungen erfüllen, aber vielleicht war Gloria einfach nur sehr eigen.

»Man gewöhnt sich an das alte Haus«, sagte Jay. »Und an die Sache mit den Mahlzeiten. Ist ganz praktisch, wenn man nicht selbst kochen muss.«

»Kommst du aus Berlin?«, fragte Lou und wandte sich wieder den Oberschränken zu, um eine Tasse zu suchen.

»Ja, aus Charlottenburg. Tassen sind oben rechts.«

»Ah, danke.«

Verschiedene Teller, Tassen und Gläser waren ordentlich in dem kleinen Schrank verstaut, kaum etwas passte zusammen, als hätte Gloria alles, was übrig war, aussortiert und hier untergebracht. »Welches Fach ist deins?«

»Das da unten. In Gregors und Alissas Schrank ist die Hälfte noch frei. Da kann dein Zeug rein.«

Lou wandte sich wieder Jay zu, einen rot-orange gemusterten Kaffeebecher in den Händen. »Dann habe ich gestern wohl zwei Teller von dir ausgeborgt. Sorry.«

»Macht nichts.« Er öffnete die Spülmaschine, Lou musste sich gegen die Arbeitsfläche drücken, um ihm Platz zu machen.

Die Espressokanne begann zu pfeifen. »Hast du dir dein Zimmer ausgesucht?«, fragte sie, nachdem er sich wieder aufgerichtet hatte.

»Ausgesucht?«

»Hast du dir alle angeguckt und dann gesagt: ›Das hier‹?«

»Hm. Ja? Also, doch, ich glaube. Gloria meinte, das wäre das beste, also habe ich es genommen. Deins ist das größte, glaube ich. Aber meins hat schöneres Licht.«

Lou drehte die Gasflamme aus und goss den Kaffee in den Becher. Eigentlich war es an der Zeit für Jay aufzubrechen, aber etwas hielt ihn fest, diese fremde Frau mit nicht mehr als einem Namen hielt ihn fest, und er hätte gern mehr über diese neue

Mitbewohnerin gewusst, nur fiel ihm keine einzige vernünftige Frage ein.

»Du musst los«, sagte Lou und drehte sich wieder zu ihm um.

»Woher weißt du das?«

»Du bist unruhig, und ich will dich nicht aufhalten. Wir laufen uns hier sicher noch häufiger über den Weg.«

Natürlich würden sie das tun, es ließ sich nur schwer vermeiden, also verabschiedete er sich und verließ die Küche. Lou hingegen ging mit ihrem Kaffee zurück in ihr Zimmer, das noch immer nicht ihr Zimmer war, verkroch sich wieder in ihr Bett und zog den Laptop zu sich heran. Unter der Decke ließ sich die Kälte ertragen, tief kuschelte sie sich hinein. Sie suchte nach Möbeln, sie suchte nach kleinen Geschenken für Mels Familie, sie suchte nach Dingen, die sie schön fand, auch wenn sie sie nicht kaufen würde. Schöne Dinge, das waren: farbenfrohe Kleidung, alte Möbel, Landschaftsfotografien, Gepardenbabys.

Auf ihre Nachrichten vom Vorabend hatten zwei Leute geantwortet, die eine Kommode konnte sie sich heute schon ansehen. Lou legte ihre Route für den Tag zurecht und teilte die Stunden ein. Sie glaubte an Planung und Organisation und die Ordnung in solchen Plänen, obwohl sie sie meistens nicht einhielt. Am Nachmittag gab sie ihren Streetdance-Kurs in einem Jugendzentrum, zum ersten Mal, sie hatte ein winziges bisschen übertrieben, als sie Gloria von diesem Job erzählt hatte. Davor würde sie die Kommode anschauen und auf dem Rückweg die nötigsten Lebensmittel einkaufen, und all diese Erledigungen würden ihren Start in dieses neue Zuhause begleiten. Sie würde hier ankommen, sie würde aufhören können, darüber nachzudenken, wie sinnvoll es war, mit fast Mitte dreißig in eine WG zu ziehen, ob dieser Schritt bedeutete, dass sie irgendetwas falsch entschieden hatte, denn ankommen, das sollte man mit zwanzig oder maximal noch dreißig an einem Ort, bei einem Menschen, danach gab es kein Ankommen mehr, nur ein Weitergehen.

Sie klappte den Laptop zu und schälte sich widerwillig aus dem Bett, sie drängte die Gedanken davon, weil sie begannen, sich um sich selbst zu drehen. Vielleicht gab es kein Ankommen für immer, vielleicht nicht einmal für lange, doch erst einmal würde sie es versuchen, und wenn sie irgendwann wieder aufbrechen müsste, würde sie auch das in Ordnung finden. So einfach war das.

Kapitel 4

Mel und Mels Mann hatten keine Zeit, deren Auto und der Anhänger aber schon, deshalb nutzte Lou beides, um die Kommode abzuholen. Am Vortag hatte sie sich das Möbelstück angesehen, es war schon etwas ramponiert, aber Lou mochte ramponiert, denn das bedeutete, dass sie das alte Holz abschleifen und es so streichen konnte, wie sie wollte, in allen Farben, die sie kannte, oder auch nur in einer, darauf kam es gar nicht an. Beim Einladen hatte ihr der Verkäufer geholfen, das mit dem Ausladen hatte sie allerdings nicht zu Ende bedacht. Solche Dinge passierten ihr häufiger, zum Beispiel, als sie vor einem Monat fast schon spontan nach Berlin zurückgegangen war ohne einen richtigen Platz zum Ankommen. Letztlich kam sie jedes Mal bei Mel an, in Mels schon komplettem Leben, das Lous Unbedachtheit eigentlich nicht gebrauchen konnte. Manchmal verließ sie sich zu sehr darauf, dass mit dem Eintreffen des Problems auch eine Lösung herbeispringen würde.

Nun stand Lou also auf der Straße vor ihrem neuen Zuhause, Schnee fiel schwer im Laternenlicht, zu nass, um liegen zu bleiben, eigentlich war es nur verkleideter Regen. Sie überlegte, wen aus ihrer WG sie um Hilfe bitten konnte, ob Gloria oder Alissa kräftig genug waren, ob Jay das war, und wenn ja, ob er sich zu Hause aufhielt. Herbert war Lou noch nicht begegnet, sie konnte nicht einschätzen, ob er eine Option darstellte oder eher nicht, sie tendierte zu »eher nicht«, und tatsächlich saß er allein in seinem Büro und atmete noch zu flach nach seiner Bronchitis und beschäftigte sich mit Buchhaltung, obwohl es nicht viel zu buchhalten gab.

Die feuchte Kälte war unangenehm, außerdem hatte Lou die Kommode nicht abgedeckt. Ihre Füße fühlten sich eisig an, und Ungeduld keimte in ihr auf, vor allem sich selbst gegenüber, was die Art Ungeduld war, die sie erst recht nervös machte.

Der auf dem Bürgersteig ausgestreute Kies knirschte unter Gregors Füßen, das Geräusch irritierte ihn. Es störte seine Gedanken, weshalb er versuchte, es zu ignorieren, mit aller Macht konzentrierte er sich auf das Problem, das ihn schon seit der Mittagspause beschäftigte. Etwas stimmte an seinen Daten nicht, die Laborwerte entsprachen so gar nicht dem, was er erwartet hatte, einordnen konnte er sie aber auch nicht, sein Laborant sowieso nicht, sein Kollege aus demselben Fachbereich war heute nicht da gewesen. Gregor schleppte ungern solche offenen Fragen mit nach Hause, lieber sortierte und löste er sie, damit er sich in seinem Zimmer auf andere Aspekte konzentrieren konnte.

»Entschuldigung«, sagte eine Stimme neben ihm. Die Hand schon auf dem Drehknauf des Gartentors wollte er es gerade aufdrücken, als die Stimme erneut um Entschuldigung bat, etwas lauter und eindringlicher. Diesmal wandte er sich um.

»Ja?«, fragte er die junge Frau.

Wassertropfen glitzerten auf ihrer Mütze und ihrem Mantel, sie legte den Kopf leicht schief. »Wohnen Sie auch hier? In der Villa?«

Gregor drehte sich dem Haus zu, als müsse er das Gebäude überprüfen, bevor er eine verbindliche Antwort geben konnte. »Ja«, erwiderte er schließlich.

»Ich auch.«

»Gut.« Gloria hatte erwähnt, dass das letzte Zimmer nun ebenfalls vermietet war, was bedeutete, keine fremden Menschen würden mehr durch das Haus laufen, keine schweren Schritte und keine aufdringlichen Stimmen den Alltagstrott zerfetzen. Er würde sich besser konzentrieren können. Immerhin, die neue Mieterin war eine junge Frau, das war sicher gut für Alissa. Jetzt hatte sie jemanden zum Reden. »Ich mag keine laute Musik«, sagte er.

»Okay.« Irritiert versuchte Lou sich zu erinnern, ob sie in den zwei Tagen, die sie hier erst wohnte, laut Musik gehört hatte, ob beim Auspacken vielleicht, morgens jedenfalls ganz sicher nicht. »Könnten Sie mir vielleicht helfen? Mit der Kommode, meine ich. Ich kriege sie allein nicht ins Haus.«

Erst jetzt registrierte Gregor den Anhänger mit dem Möbelstück darauf. Er trat näher an den Wagen und inspizierte die Kommode. »Die hat dort eine Delle«, sagte er und deutete auf die beschädigte Stelle, entdeckte noch ein paar tiefe Kratzer, alles in allem schien ihm das kein schönes Möbelstück zu sein.

»Ich weiß«, sagte Lou jedes Mal, wenn er sie auf eine Beschädigung hinwies, und schließlich, als er einmal um den Anhänger herumgegangen war, fragte sie ihn erneut. »Also, können Sie mir helfen?«

Schwere Dinge anzuheben war nicht Gregors Spezialität. Selbst das übersichtliche Hab und Gut, das er und seine Tochter mitgenommen hatten, hatte das Umzugsunternehmen seines Onkels transportiert. »Ich weiß, wer das machen kann«, sagte er deshalb, er würde der jungen Frau die Nummer seines Onkels geben, sie konnte den Rest selbst mit ihm klären, das war nicht seine Aufgabe.

»Wer?« Lou bemühte sich darum, ihre wachsende Ungeduld im Zaum zu halten. Dieses schleppende Gespräch brachte sie jedoch nicht weiter, auch nicht der Vorschlag, ein Umzugsunternehmen zu beauftragen. »Für eine Kommode brauche ich keine professionelle Hilfe, nur jemanden, der beim Tragen hilft. So schwer ist sie nicht, das ist kein Massivholz.«

»Ich bringe meine Tasche rein«, sagte er, ging tatsächlich und ließ Lou in dem langsam nachlassenden Schneeregen zurück.

Mittlerweile spürte sie weder Füße noch Finger, sie war müde und musste noch das Auto zurückbringen, Mittag hatte sie heute auch nicht gegessen. Ob Gloria eine Sackkarre besaß?

In Begleitung von Jay und Alissa kehrte Gregor zurück, ohne die Aktentasche. Alissa lief einige Schritte hinter den beiden Männern. Sie hatte ihr Zimmer heute nicht mehr verlassen wollen, sie trug ihre gemütliche Kuschelhose und eine weiche Sweatjacke und die flauschigen Schlafsocken, obwohl es erst kurz vor halb sechs war, zu früh, um schlafen zu gehen, aber eindeutig spät genug, um nicht mehr für unnötige Aktionen in die Kälte geholt zu werden.

Letztlich ging es schnell. Jay gab Anweisungen, der Weg durch den Garten war gerade so breit genug für die Gruppe und das Möbelstück, selbst die Treppe hinauf gelang ihnen der Transport ohne Unfälle, wenn sie auch etwas hin und her rangieren mussten, vier Menschen, eine Kommode, ein enger Treppenaufgang. Lou bedankte sich, Gregor und Alissa verschwanden in ihren Zimmern, nur Jay blieb in ihrem und sah sich um.

»Wohin willst du sie stellen?«, fragte er. »Dort an die Wand? Das können wir gleich machen, wenn du willst.«

Lou zögerte, sie wollte sie eigentlich erst streichen, aber die leeren und noch halb vollen Kartons standen im Weg herum und heute würde sie sowieso nicht mehr mit der Arbeit beginnen, sie besaß nicht mal Schleifpapier, geschweige denn Farbe und Pinsel. »Ja«, sagte sie also, sie stellten die Kommode an die Wand.

»Sieht gut aus«, sagte Jay, und er meinte es so.

»Danke noch mal. Ich muss jetzt wieder los und das Auto zurückbringen.«

Hinter ihnen beiden schloss Lou die Tür zu ihrem Zimmer. Auto fahren stresste sie, besonders wenn es dunkel war, besonders wenn es regnete und ganz besonders an Orten, die ihr nicht wirklich vertraut waren. Sie tröstete sich damit, dass Mel nicht ewig weit weg wohnte, etwa zwanzig Minuten Fahrt, falls sich der Rushhour-Verkehr schon beruhigt hatte.

»Gut. Sag Bescheid, wenn du noch was brauchst.«

Sie verabschiedeten sich. Auf dem Weg nach unten bemerkte Lou die Spuren, die sie im Flur und Treppenhaus hinterlassen hatten, vier Menschen in Winterstiefeln. Das würde sie später erledigen. Auf dem Weg zum Auto schrieb sie Gloria eine WhatsApp und entschuldigte sich für den Dreck, nicht dass sie deshalb gleich wieder rausgeworfen wurde.

Alissa blickte aus dem Fenster, sah Lous Wagen hinterher und dann die Straße hinunter, doch niemand war unterwegs. Manchmal fand Alissa die Ruhe in dieser Straße bedrückend, die Gegend war so anders als Steglitz, wo sie vorher gewohnt hatte, wo sie alle zusammen gewohnt hatten: ihr Vater, ihre Mutter, ihr Bruder. Stundenlang hatte sie dort vom Fenster aus Autos und Fußgängern und Fahrradfahrern zuschauen können, immer dann, wenn sie ein Draußen brauchte, ohne selbst hinauszugehen, nur hier gab es kein richtiges Draußen. Es war, als würden sie auf einem Dorf leben, es gab keine Geschäfte in der Nähe, keinen Falafelladen, die Stadt fühlte sich weit weg an, sie waren kein Teil mehr davon. Nicht einmal die Nachbarhäuser boten Unterhaltung. Im Haus gegenüber waren die Fenster dunkel, in dem daneben die Vorhänge zugezogen, die Menschen dort wollten keinen Blick herein.

Das Handy auf Alissas Bett vibrierte. Ihr Bruder hatte ihr ein Foto von dem Hund geschickt, seinem neuen Hund, er hatte ihn gerade erst bekommen und Pingpong genannt. Was für ein bescheuerter Name, dachte Alissa, aber sie schickte ihm nur ein Herz, das reichte ihm in der Regel. Er sendete Fotos, sie Herzen, manchmal schrieben sie auch ein paar Worte, aber wenn sie miteinander sprechen wollten, taten sie das lieber in echt. Mehrmals tippte sie auf Emilys Namen, sie schaute ihren WhatsApp-Status an, sie öffnete den Chat, die letzte Nachricht lag vier Monate zurück. *Wie geht es dir?*, fragte Alissa, löschte die Nachricht wieder, schrieb sie erneut, schickte sie dann doch ab, zwei Häkchen, die nicht blau werden wollten.

Rücklings legte sie sich auf das Bett, sie scrollte ein bisschen auf Insta herum und ein bisschen auf TikTok, etwa eine Stunde später ließ sie das bleiben und setzte sich an den Schreibtisch, um für den Chemietest am Montag zu lernen, den sie sowieso verhauen würde, ganz die Tochter ihres Vaters. Zum Glück fragte er sie nie nach Noten, er vergaß einfach, dass sie existierten, und manchmal war das ganz gut, dieses ständige Vergessen. Sie könnte ihn um Hilfe bitten, seine Antworten waren nur nie eine, deshalb hatte sie den Versuch völlig aufgegeben. Vielleicht war Jay gut in Chemie. Wenn sie ihn das nächste Mal sah, würde sie fragen, vielleicht, eventuell. Eigentlich war es egal, ob sie lernte oder nicht, meist machte es keinen großen Unterschied.

Alissa schob den Zettel zur Seite – irgendwas mit Kohlenwasserstoffen –, darunter lag ihr Skizzenblock. Sie könnte ein bisschen schraffieren, ein bisschen Schattierungen üben, ein bisschen Bildtiefe. Nicht dass sie das gut konnte, ihre Striche wirkten zittrig und ungelenk, und nie sah das Bild auf dem Papier so aus wie das Bild in ihrem Kopf, häufig ähnelten sich beide nicht einmal. Aber das Zeichnen gehörte zu den wenigen Beschäftigungen, die ihr Ruhe schenkten. Sie setzte Kopfhörer auf, kritzelte auf dem Papier herum, konnte heute jedoch keinen Gedanken festhalten. Sie wanderten zu dem Foto mit dem Hund, ein kleiner schwarzer Mischling, ein bisschen Labrador, eine Spur Rottweiler, dazu noch was Kleineres, Puscheligeres, so genau wusste man das nicht. Sie hätte auch gern einen Hund, ihr war fast egal, wie er aussah, solange er nicht Pingpong hieß, aber ihr Vater würde das nicht erlauben, Gloria ziemlich sicher auch nicht.

Ihr Blick wanderte über die Unordnung in ihrem Zimmer, wenigstens darüber beschwerte sich ihre Mutter nicht mehr, sie sah sie ja nicht. Es war nicht so, dass Alissa das Chaos nicht bemerkte, sie wusste nur nie, wo genau sie mit dem Aufräumen anfangen sollte. Ihre Schuhe und die Jacke hatte sie neben der Tür auf den Boden geworfen, weil sie keine Lust gehabt hatte, beides nach unten zu räumen, das wäre natürlich ein guter Anfang, ein übersichtlicher, also setzte sie die Kopfhörer ab und brachte Schuhe und Jacke nach unten, und da sie nun schon einmal hier war, ging sie in Richtung Antiquariat. Das Licht war eingeschaltet, also war Herbert noch da. Er stand an der Kasse und blätterte in einem Bildband, großformatige eindrucksvolle Fotos.

»Das sind ja riesige Hochhäuser«, sagte Alissa, sie sagte es leise, gerade laut genug, damit er sie hörte, dennoch erschreckte er sich.

»Schleich dich nicht so an«, erwiderte er mit seiner brummigen, immer etwas streng klingenden Stimme.

Sie entschuldigte sich, und damit war das geklärt.

»Sind Sie wieder gesund?«, fragte sie, er brummte ein »Ja« als Antwort und ließ sie dann zwischen den Bücherregalen und beladenen Tischen herumstreifen. Sie durfte sich jedes Buch ausleihen, das sie interessant fand, sofern es nicht aus seinem Büro oder der verschließbaren Vitrine stammte. Sobald sie die Bücher gelesen hatte, brachte sie sie wieder zurück. »Woher sind die Bilder?«

»Manila«, sagte Herbert. Leute kauften nicht oft Bildbände, sie schauten sich lieber Fotos im Internet an und hielten das für dasselbe. Häuser und Menschen, Panoramablicke und Makroaufnahmen, wenn man im Internet etwas finden wollte, musste man es suchen, dabei wäre er nie auf die Idee gekommen, nach Fotografien aus Manila zu suchen, zumindest wüsste er nicht, weshalb. In Büchern fand er Dinge auch zufällig. Eben noch hatten sie beide auf Hochhäuser geschaut, und dann blätterte er um, und sie sahen pink gestrichene Regalfächer aus Stein und davor drei Stühle und einen Holztisch mit einem Topf darauf, auf den Stühlen saßen zwei Erwachsene und ein Kind, und dann lasen sie den Text und erfuhren, dass das kein Regal war, es waren Gräber, die als Regal genutzt wurden, es war ein Friedhof, auf dem Menschen lebten.

»Wieso?«, fragte Alissa.

»Armut«, antwortete Herbert. »Platzmangel.« Zugegebenermaßen konnte ihm auch ein Bildband nicht wirklich vermitteln, wie es war, an anderen Orten zu leben, also in Manila, zum Beispiel, auf einem Friedhof. Die Menschen pflegten die Grabstätten und erhielten von den Besitzern Geld dafür und die unausgesprochene Erlaubnis, zusammen mit den Toten zu wohnen, ohne fließendes Wasser, ohne Sanitäranlagen.

»Wie viele Leute leben in der Stadt?«, fragte Alissa.

»Eins Komma acht Millionen. Ungefähr.«

»Das sind weniger als in Berlin.«

»Ja. Aber mehr Menschen pro Quadratkilometer. Das Zehnfache etwa.«

Es fiel Alissa schwer, sich vorzustellen, umgeben von Geistern zu wohnen, auch wenn sie nicht an Geister glaubte, aber sie glaubte an die sagenhafte Fähigkeit des Gehirns, alles Mögliche unheimlich zu finden, ganz besonders die Dinge, die man nicht sehen oder erklären konnte. »Sie haben sogar Fernseher«, sagte sie, nachdem Herbert eine Seite weitergeblättert hatte, sie hatten Kochstellen und Schulräume, ihre eigene Infrastruktur, so gut es eben ging, eine kleine Stadt an einem ungewöhnlichen Ort.

»Es ist bestimmt unheimlich, auf einem Friedhof zu leben.«

»Der Tod hat in anderen Kulturen eine andere Bedeutung. Die Menschen dort leisten den Toten Gesellschaft und versorgen sie. Vielleicht empfinden sie das nicht als unheimlich.« Herbert schob ihr das Buch zu, drehte sich zu einer Kiste um, die hinter ihm stand, und begann damit, die Bücher darin auszupacken.

»Wahrscheinlich haben sie auch keine andere Wahl«, sagte Alissa leise. Mit dem Fotoband setzte sie sich auf einen Stuhl, sie blätterte durch die Seiten, Luxus-Penthouses und Slums und Essstände auf der Straße, alte Gebäude und neue, Wasser und Palmen. Am meisten gefielen ihr die Aufnahmen von den Menschen, ihre Lebensräume ganz nah. Als sie fertig war, legte sie das Buch neben der Kasse ab und half Herbert dabei, die letzten Bücher zu verstauen. Sie zerlegte den Karton, er würde in die Papiertonne wandern, vorerst stellte sie ihn im Eingangsbereich ab. Es war zu kalt, um schon wieder hinauszuschlüpfen, zu kalt und zu umständlich, und außerdem war es Zeit für Herberts Vorabendserie und die Nachrichten.

Alissa ging wieder nach oben in ihr Zimmer, Herbert löschte die Lichter und verschloss die Tür, obwohl kaum jemand das Antiquariat betrat, wenn er nicht da war, aber er wollte sichergehen, dass niemand sein System durcheinanderbrachte. Dieses Mädchen war immerhin einfach eines Nachmittags aufgetaucht und hatte sich die Bücher angeschaut, sie hatte nicht gefragt, ob sie eines aus dem Regal nehmen durfte, sondern das einfach getan. Inzwischen hatte er sich fast daran gewöhnt. Ihm blieb auch nichts anderes übrig, nun, da sein Haus nicht mehr nur seiner Familie gehörte. So viele fremde Menschen, dabei war es doch kein Hotel, es war sein Zuhause seit fast dreißig Jahren. Er würde geduldig warten, bis sie auszogen. Zu zweit waren sie sehr zufrieden gewesen, das reichte doch eigentlich. Er und Gloria und seine Bücher, natürlich.

Kapitel 5

Seit so vielen Jahren wartete Glorias Haus auf sie, jedes Mal, das sie es verlassen hatte. Selbstbewusst stand es zwischen den anderen, nicht ganz so elegant wie manche Villen in dieser Gegend, ein bisschen weniger pompös, ein bisschen weniger gut renoviert.

Ihre Einkäufe zogen schwer an ihren Schultern. Sie lief über das Mosaikmuster, benutzte allerdings nicht den Seiteneingang, sondern betrat das Antiquariat, um nach Herbert zu sehen. Er hustete noch ziemlich, vielleicht wollte er einen Tee trinken, doch als sie in seinem Büro nach ihm sah, stand eine Thermoskanne auf dem Schreibtisch, er hatte also doch daran gedacht, sich selbst einen zu kochen.

»Guter Tag?«, fragte er, ohne den Blick von seinem Bildschirm zu wenden, die Buchhaltung für den Januar schleppte sich.

»Ja«, sagte sie, »guter Tag«, wobei ein guter Tag einfach nur bedeutete, dass er ohne allzu großen Stress vorübergezogen war. »Und deiner? Fühlst du dich besser?«

Nun blickte er doch kurz auf, die Andeutung eines Lächelns, manchmal sah sie noch den jungen Herbert in den mittlerweile faltigen Gesichtszügen. »Halbwegs.«

Sie überließ ihn wieder seinen Tätigkeiten und brachte die Einkäufe in die Küche. Nachdem sie alle Lebensmittel verstaut hatte, wischte sie die Küche und das Esszimmer, bei so vielen Menschen landeten immerzu Krümel und Flecken auf dem Boden. Fast war es so, als würden die Kinder wieder hier wohnen. Die Zimmer wirkten anders mit mehr Leuten im Haus, selbst wenn sie aufgeräumt und sauber waren, sie speicherten die Menschen wie gelegentlich aufflackernde Erinnerungsbilder, die Gloria bei ihren Tätigkeiten begleiteten. Apropos Kinder, sie hatte Christian anrufen wollen, um ihn zu fragen, ob sie die Doppelhaushälfte nun gekauft hatten oder nicht, er antwortete so selten, wenn sie über WhatsApp schrieb. Inzwischen wohnte er in Essen, sie sah ihn kaum noch. Offenbar hatte er vor dortzubleiben. Vielleicht könnte sie ihn besuchen, sobald sie sich eingerichtet hatten, er und seine Frau. Bald würden sie sicher Kinder bekommen. Mit fünfundfünfzig Jahren wäre sie dann Großmutter, oder, nein, bis zur Geburt wäre sie mindestens sechsundfünfzig. Das war ein gutes Alter, sie würde viel mit dem Kind unternehmen können, Zoobesuche, Schwimmbad, später könnten sie bowlen gehen. So viele Familiengeburtstage hatten sie in Bowlingbahnen verbracht, es wäre schön, diese Tradition an Enkelkinder weiterzugeben.

Christian war – hier musste Gloria kurz nachdenken – achtundzwanzig, seine Frau zwei Jahre älter. Sie hatten es nicht eilig, das hatten sie ihr gegenüber einmal erwähnt. Über solche Themen sprach Christian selten, inzwischen fragte sie ihn nicht mehr danach. Wenn es irgendwann geschah, wäre es schade, so weit von den Enkelkindern weg zu wohnen, sie könnte ihnen kaum helfen, Christian und seiner Frau, andererseits wohnte ihre Familie in der Nähe. Eltern und Geschwister, so ein soziales Netz war wichtig, und Herbert und sie, sie waren nicht direkt ein Netz. Sie würden die Großeltern sein, die dreimal im

Jahr zu Besuch kamen und mit einem erleichterten Seufzer wieder verabschiedet wurden. Gut, ein Seufzer wäre es wohl nicht, sie würden vorgeben, sich zu freuen, aber Christians Frau und sie, etwas hatte zwischen ihnen immer gefehlt, bei jeder Begegnung hatte Gloria die Distanz gespürt. Hauptsache, ihr Sohn war glücklich, es war ja nicht ihre Frau.

Gloria trug den Wassereimer ins Bad und schüttete das Wischwasser in die Toilette. Das Bad müsste sie auch mal wieder putzen, wann hatte sie das das letzte Mal getan? War es noch letzte Woche gewesen?

Vielleicht wäre Timo derjenige, der als Erster Kinder bekäme. Gut, er lebte allein, und soweit sie wusste, gab es keine Person in seinem Leben, mit der er eine Familie gründen wollte. Seine Beziehungen waren entweder nicht wichtig genug, um ihr davon zu erzählen, oder es gab keine, genau wusste Gloria das nicht.

Grob reinigte sie die Toilette und das Waschbecken, damit alles wieder ordentlich aussah.

Leise Schritte waren aus dem Flur zu hören, im ersten Moment dachte Gloria, es wäre ihre Jüngste, Milla. Obwohl sie als Letzte ausgezogen war, war ihr Weggang vor einem halben Jahr für Gloria am schwersten gewesen. Danach hatte sie zum ersten Mal daran gedacht, die oberen Zimmer an Mieter zu vergeben, statt sie ungenutzt zu lassen. Die lange Zeit zu Hause, in der sie nicht immer und nie Vollzeit und Herbert in der Bibliothek gearbeitet und sich als Hobby das Antiquariat aufgebaut hatte, hatte Spuren auf ihrem Konto hinterlassen, außerdem tat es Häusern nicht gut, halb leer zu stehen. Sie waren zum Wohnen da.

Es war schon nach fünf, wer kam um diese Uhrzeit nach

Hause? Die neue Mieterin vielleicht? Oder Jay, der Student? Aus seinen Tagen hatte sie bisher kein Muster herauslesen können. Gloria erkannte das leichte Räuspern, das Alissa von ihrer Erkältung in der letzten Woche zurückbehalten hatte, doch das Mädchen öffnete nicht die Tür, um »Hallo« zu sagen, das tat sie fast nie. Stattdessen lief sie die Treppe nach oben, wahrscheinlich würde sie für die nächsten Stunden nicht ihr Zimmer verlassen. Kinder waren schwierig in dem Alter.

Ihre Kinder hatten sehr unterschiedlich auf Glorias Idee reagiert, eine Wohngemeinschaft zu gründen. Vermietete Zimmer bedeuteten schließlich, dass sie alles leer räumen mussten, sie würden an Feiertagen und zu Familienfesten nicht in diese Art von Elternhaus zurückkehren, das die ehemaligen Kinderzimmer in ihrem letztgenutzten Zustand konservierte wie ein Museum, sie könnten nicht einfach vorbeikommen und wieder in ihren Betten schlafen, als hätten sie nicht ihre eigenen Leben anderswo. Immerhin hatten sie ein schönes gemeinsames Wochenende daraus gemacht, sie waren alle gleichzeitig nach Hause gekommen, und ihre Stimmen und ihr Lachen hatten sie beim Einpacken ihrer Kindheit begleitet.

Gloria ging in die Küche zurück und öffnete ihren Handykalender. Bevor sie mit den Vorbereitungen für das Abendessen begann, wollte sie die Mahlzeiten der kommenden Woche planen. Noch kannte sie die Vorlieben und Abneigungen ihrer Mieter nicht so, wie sie die Vorlieben und Abneigungen ihrer Kinder kannte, das Kochen war eine Herausforderung.

Ob Alissa Schokoladenpudding mochte? Gloria versuchte, auf Süßigkeiten zu verzichten, auch ihr Arzt hatte ihr dazu geraten, und doch hatte sie vorhin im Supermarkt nicht widerstehen können und aus Gewohnheit gleich zwei Becher ihres

Lieblingspuddings gekauft, für sich einen und für Milla, wie sie es früher getan hatte.

Zu gern wüsste sie, wieso Alissa jetzt erst nach Hause gekommen war, der Unterricht war schon seit mehreren Stunden vorbei. Kurz entschlossen nahm Gloria einen der Puddingbecher aus dem Kühlschrank und ging damit nach oben. Sie zögerte, bevor sie den Flur zu den Kinderzimmern, nein, Gästezimmern entlangschritt, vor Millas, nein, Alissas Tür blieb sie stehen und blickte auf das dunkle Holz, das früher von Stickern übersät gewesen war, noch immer erkannte sie die hartnäckigen Klebespuren. Dann drehte sie sich jedoch um und lief in ihr Schlafzimmer. Sie würde nicht klopfen, aber wenn sie das nicht tat, musste sie wenigstens eine Notiz hinterlassen, damit Alissa sich nicht darüber wunderte, weshalb ein Becher Pudding aus dem Nichts vor ihrer Tür aufgetaucht war.

Lass es dir schmecken, schrieb Gloria auf das gelbe Post-it, nicht sonderlich kreativ, aber sie wollte nun auch keinen Lyrikwettbewerb gewinnen. Sie ging wieder nach unten und fragte sich, wann Alissa den Becher entdecken würde, sie fragte sich das in genau dem Moment, in dem Alissa ihre Zimmertür öffnete, um auf die Toilette zu gehen. Den Becher mit dem Zettel darauf entdeckte sie jedoch erst, als sie zurückkam, und ihr Herz stolperte, weil es dachte, jemand anderes hätte ihr diese Aufmerksamkeit hinterlassen, jemand, der gar nicht zu Hause war, sondern in einer Vorlesung zur Politischen Theorie und Ideengeschichte, zum zweiten Mal, beim ersten Versuch hatte er die Klausur nicht bestanden. Pudding war genau das, was Alissa jetzt brauchte, sie brauchte die Süße und den Geschmack von Schokolade, damit sie nicht mehr daran denken musste, wie Emily sie heute beim Weitsprung ausgelacht hatte. Oder nein, nicht ausgelacht, aber sie hatte mit ihren Freundinnen getuschelt, als Alissa übertreten hatte, immer wieder hatten die Mädchen in ihre Richtung geschaut. Überhaupt, Weitsprung draußen und das im Winter, kein Wunder, dass ihre Muskeln nicht hatten arbeiten wollen.

Aus der Küche holte sie sich einen Löffel, in ihrem Zimmer setzte sie sich auf den Schreibtisch, auf dem mehr Platz frei war als auf dem Boden, und versuchte, mal wieder etwas zu entdecken, das sich zu beobachten lohnte. Sie entdeckte eine Taube in einem kahlen Apfelbaum, sie entdeckte eine Frau mit roten Haaren und einem Kinderwagen, sie entdeckte eine herumstreunende graue Tigerkatze. Der Schokopudding war genau richtig, vielleicht ein bisschen zu schokoladig, aber wirklich nur ein bisschen. Sie löffelte den halben Becher aus und stellte den Rest in den Kühlschrank, dabei ließ sie die Tür ein bisschen zu lange offen, weil sie wissen wollte, welche Lebensmittel sich in Jays Fach befanden und was Lou für sich eingekauft hatte. Später würde Alissa sie vielleicht fragen, ob sie sich bei ihr etwas ausborgen könnte, falls ihr Käse alle war oder sie keinen Aufschnitt mehr für die Brotbox ihres Vaters hatte, ab und zu passierte das.

In ihrem Zimmer klappte Alissa den Laptop auf. Sie hatte wirklich ernsthaft vorgehabt, ein paar Chemievideos auf YouTube zu suchen, doch Jays Kanal wurde auf ihrer Startseite fast immer sehr weit oben angezeigt, das war einfach so, sie suchte sich das nicht aus. Bevor sie lernte, konnte sie ein bisschen Musik hören, das würde ihr helfen, sich zu konzentrieren. Sie startete ihren Lieblingssong, der zweite, den er hochgeladen hatte, ohnehin gab es nur fünf Videos auf seiner Seite. Auf allen saß er in einem dunkel gehaltenen Raum, es war kaum etwas zu erkennen, nur schwarzer Stoff, der die Wände verhüllte, Licht auf Jay und seine Gitarre, er schaute nie direkt in die Kamera. Viel zu minimalistisch für YouTube, eigentlich, sie war sich nicht sicher, wieso er sich überhaupt die Mühe machte bei den wenigen Views. Wo er die Videos wohl aufnahm? Hier im Haus war es zumindest nicht.

Fast eine halbe Stunde lang schaffte es Alissa, sich auf die Chemieaufgaben zu konzentrieren, bis sie hörte, dass jemand über den Flur in die Küche lief. Sie öffnete ihre Tür, um ihren Vater zu begrüßen. Gerade spülte er seine Brotdose aus, wie er das jeden Abend machte, sobald er nach Hause kam. Sie fragte ihn nach seinem Tag, er antwortete nur einsilbig. Fast immer war er abends müde, auch heute, das sah sie ihm an, trotzdem blieb sie für einen Moment in seiner Nähe, bis er bereit dazu war, seine Müdigkeit wegzuschieben und die Aufmerksamkeit in ihre Richtung zu lenken.

»Wie war denn dein Tag?«, fragte er schließlich.

»Ich werde in Sport wieder eine Vier auf dem Zeugnis haben«, sagte sie.

»Das Halbjahr hat doch gerade erst angefangen.« Säuberlich trocknete er die Brotdose ab, er ließ Geschirr nie abtropfen, damit es keine Kalkflecken bekam.

»Ja, aber bald kommen die MSA-Prüfungen. Mama wird dich anrufen und dir raten, dich um Nachhilfe für mich zu kümmern. Besonders in Französisch. Oder Chemie. Oder Physik. Vielleicht kommt sie auch auf die Idee, mir Sportnachhilfe aufzudrücken. Sie hat schon vor den Ferien mehrmals mit dem Thema angefangen.«

»Gibt es überhaupt Nachhilfeunterricht für Sport?« Gregor

legte den Deckel auf das Gefäß und schob die Dose an den Rand der Arbeitsfläche, sodass sie am Montag griffbereit war.

»Keine Ahnung. Bestimmt. Es heißt nur nicht Nachhilfe, sondern Fitnessstudio.«

Er überlegte, ob Fitnessstudios wirklich dafür geeignet waren, die schulischen Sportleistungen zu verbessern. »Wenn man nur bestimmte Muskelgruppen trainiert …«, sagte er, um seine Gedanken Alissa zugänglich zu machen. Schon mehrmals hatte sie ihn darauf hingewiesen, dass sie sonst nur neben ihm stand und ihm beim Denken zusah, ohne zu wissen, worüber er überhaupt nachdachte.

»Schon gut, das war nur ein Scherz«, erwiderte sie rasch. »Ich werde ganz bestimmt nicht ins Fitnessstudio gehen, damit ich im Sportunterricht besser werde. Aber könntest du, also, falls Mama anruft oder das morgen anspricht, könntest du ihr sagen, dass ich es ohne Nachhilfe hinbekommen werde?«

»Gut.«

»Gut? Einfach so?«

»Wenn du sagst, dass du es schaffen wirst, wirst du es sicher schaffen.«

»Oh.« Aus irgendeinem Grund freute sich Alissa über diese Aussage weniger, als sie gedacht hätte. »Ich versuche, es zu schaffen.«

Er holte seine Thermoskanne aus der Tasche. »Das reicht doch.«

»Jetzt gehe ich wieder lernen.«

»Mach das.« Nachdem er auch die Flasche ausgespült hatte, trug Gregor seine Aktentasche in sein Zimmer. Säuberlich legte er die Masterarbeit auf den Schreibtisch, die er nach dem Abendessen weiter durchgehen wollte. Zusätzlich hatte er einige neue Publikationen auf seiner Leseliste, mit denen er sich viel lieber beschäftigen würde, ein paar Mails von Kollegen warteten auf Antworten, und er wollte noch ein Paper durchgehen, das einer seiner Doktoranden ihm in einer ersten Rohversion geschickt hatte. Bevor er anfing, ging er in die Küche zurück und bereitete sich seinen Kräutertee zu, er half ihm dabei, sich zu konzentrieren. Marion hatte bei seinem Auszug darauf bestanden, dass er verschiedene Tassen einpackte, obwohl er doch immer dieselbe benutzte, sie hatte ihm sogar die Becher herausgesucht, die er neben seiner Lieblingstasse mitnehmen sollte, und er hatte sie in Seidenpapier gewickelt und in den Umzugskarton gelegt. Alissa hatte das ganze Geschirr später hier in den Schrank geräumt, seine Lieblingstasse stand stets ganz vorne. Die Tasse hatte sie ihm geschenkt, zum Vatertag, als sie noch deutlich kleiner gewesen war, sieben oder acht Jahre alt.

Mit dem Tee konnte er sich nun endlich seiner Arbeit widmen. Er schlug die Masterarbeit auf. Meistens kümmerten sich seine Doktoranden um die Betreuung, doch er behielt gern den Überblick und las wenigstens in die fertigen Texte hinein, besonders wenn es sich um Themen weit am Rand seines Fachgebietes handelte, wie dieses hier, synthetische Fleischproduktion, das war schon fast nicht einmal mehr Biochemie. Die saubere Strukturierung der Arbeit und die intensive, aber nicht zu detaillierte Auseinandersetzung mit der zentralen Fragestellung bereiteten Gregor eine gewisse Freude. Zwischendurch machte er eine Pause, las ein paar Mails, Ende des Jahres gab es einen sehr interessanten Kongress. Kurz überlegte er, ob er Alissa für eine ganze Woche allein lassen konnte, immerhin war sie dann bereits sechzehn und außerdem nicht wirklich allein, aber lange Reisen brachten seinen Alltag zu sehr durcheinander, wichtigere Aufgaben würden liegen bleiben.

Gerade als er die letzte Nachricht abgeschickt hatte, tönte Glorias Gong durch das Haus. Bei dem Klang zuckte er jedes Mal zusammen.

Sofort erhob sich Gregor von seinem Schreibtischstuhl und verließ das Zimmer. Als er das Wohnzimmer betrat, schaltete Herbert gerade den Fernseher aus. Er nickte Gregor zu, Gregor nickte Herbert zu.

Jay, der junge Politikwissenschaftsstudent, befand sich bereits in der Küche, oder besser im Esszimmer, das sowohl von der Küche aus als auch vom Salon erreichbar war, und verteilte Teller auf dem Tisch. Es war ein kleiner Raum, nur der große Esstisch stand darin, die Stühle, eine Anrichte, alles aus dunklem Holz, wie so vieles in diesem Haus.

Gregor setzte sich auf den Stuhl, den er nun schon seit fast fünf Wochen belegte, Alissa, die kurz nach ihm gekommen war, nahm neben ihm Platz und Jay ihr gegenüber. Gloria brachte Nudelauflauf aus der Küche, dazu reichten sie eine große Schüssel mit Salat herum. Der Platz rechts von Gregor blieb leer, die Frau mit der Kommode schien noch nicht zu Hause zu sein, oder vielleicht aß sie auch nicht mit ihnen, bisher hatte sie das jedenfalls noch nicht getan. Noch während Gregor überlegte, ob sie einfach niemand über die Sache mit dem Abendessen informiert hatte, betrat Lou den Salon und schlenderte an den Esstisch. Ihre Kleidung sah so aus, als wäre sie gerade erst aufgestanden, über der schlabbrigen grünen Hose trug sie einen weiten violetten Pullover mit zu langen Ärmeln.

Glorias Blick blieb einen Moment zu lange an Lou haften.

Glorias Eltern hatten stets darauf bestanden, dass sich alle zum Abendessen etwas Ordentliches anzogen. Bis heute wusste sie nicht genau, wieso eigentlich, wieso das Essen anders schmecken sollte, nur weil man sich die Haare gebürstet und etwas Sauberes angezogen hatte, für manche Gerichte war das sowieso eine sehr dumme Entscheidung. Aus irgendeinem Grund dachte sie trotzdem daran, sie sah die strenge Miene ihres Vaters, als wäre sie diejenige, die mit so etwas wie Schlafkleidung zum Essen erschienen war, er hätte sie sofort ohne Abendessen ins Bett geschickt.

»Entschuldigt die Verspätung«, sagte Lou, und erst jetzt fiel Gloria die warme Melodie auf, mit der sie sprach. Ein Bett für ihre Stimme, leicht dunkel, aber nicht kratzig.

»Noch ist es nicht zu spät«, sagte Gloria.

Sie verteilte den Auflauf, und solange sie damit beschäftigt war, füllten schlichte Gesprächsfetzen die Stille, »Noch etwas mehr«, »Bitte keine Aubergine«, »Kann ich den Pfeffer haben?«.

»Das ist lecker«, sagte Lou. Sie war gerade erst nach Hause gekommen, als der Gong ertönt war, genau genommen hatte sie völlig vergessen, dass sie abends bekocht werden würde, dieser Abend war der einzige in ihrer ersten Woche in dem Haus, für den sie sich eingetragen hatte. Sie lächelte Alissa an, einfach weil sie gerade in ihre Richtung schaute, doch das Mädchen wandte den Blick sofort wieder ab.

»Danke«, erwiderte Gloria. »Was habt ihr heute erlebt?« Auch darüber hätte sie sich vorher Gedanken machen sollen, wie sie die anderen ansprechen sollte und wie ihre Gäste sie ansprechen sollten, denn nun saß sie hier mit drei Personen, die sie duzte, und zwei, die sie siezte, das war doch nur unnötig kompliziert.

»Ich habe ein paar Sachen für mein Zimmer gekauft«, sagte Lou, als niemand antwortete, »Vorhänge und so.« Wieder versank das Gespräch in Schweigen, und weil Lou es nicht ertrug, anderen beim Essen zuzuhören, fragte sie Alissa, wo sie zur Schule ging, sie fragte Jay nach seinem Studium und Herbert nach den Büchern, sie fragte alle Fragen, die ihr einfielen, bis sie mit dem Essen und anschließend dem Nachtisch – Obstsalat mit Walnüssen und Himbeersauce – fertig waren.

Gloria bestand darauf, das Abräumen selbst zu erledigen, weshalb die anderen nach oben gingen, wo Alissa und Gregor ihre freitäglichen drei Runden Rommé spielten, Lou noch ein wenig las und Jay für eine Klausur lernte. Nur Herbert zog sich für die Nachrichten in den Salon zurück. Langsam verstummte der Tag zwischen den alten Wänden, und Lou saß in ihrem Zimmer und lauschte ihm, sie lauschte den Anwesenheiten der anderen und versuchte, die Lücken darin zu fühlen, den Raum, in den sie sich einfügen konnte.

Kapitel 6

Die politischen Herausforderungen der Europäischen Union. Jay wusste manchmal selbst nicht, wieso er sich durch einen derart zähen Kurs schleppte. Der Dozent sprach in syntaktischer und stimmlicher Monotonie, sah die Studierenden nie direkt an, sondern hielt seinen Blick auf seine Unterlagen gesenkt oder ließ ihn ziellos durch den Raum schweifen, ohne Ankerpunkte, und obwohl der Kurs als Seminar ausgeschrieben war, glich er eher einer Vorlesung. Jede Woche kritzelte Jay schwer erkennbare Zeichnungen auf seinen Block, nur manchmal schrieb er etwas auf, wenn er aus den Satzblöcken eine interessante Information herausfischen konnte. Damit schien er nicht allein zu sein. Sein Kumpel Merlin neben ihm textete mit seiner Freundin Lizzy, auch nahezu alle anderen bedachten ihre Umgebung mit geistiger Abwesenheit. Obwohl der Seminarraum nicht besonders groß war, war nur die Hälfte der Plätze belegt. Von ihren Seelen verlassene Körper saßen zwischen hellgrau gestrichenen Wänden und vergingen in der stickigen Luft des überheizten Seminarraums, bis der Kurs endlich zu Ende war und sie in beeindruckender Gleichzeitigkeit aufsprangen, um schnellstmöglich zu flüchten. Bei Jay war dieses Schnellstmöglich eher langsam. Es lag am Licht, dass er so schläfrig war, vermutete er, oder an der Abwesenheit von Licht, denn trotz der großen Fenster kam von draußen nicht viel Sonne herein.

»Kommst du die Woche mal vorbei?«, fragte Merlin. »Wir haben zwar immer noch keinen Esstisch, aber die Küche ist fertig. Wir könnten ein bisschen jammen. Ich habe jetzt endlich ein Keyboard, und Lizzy ist inzwischen auch ziemlich gut auf der Gitarre.«

»Könnte klappen.«

Merlin verabschiedete sich und verließ den Raum, auf ihn wartete noch ein Kletterkurs.

Das Mädchen einen Tisch links von ihm lächelte Jay zu, nicht zum ersten Mal, und er lächelte zurück, wandte sich aber sofort wieder ab, um keine falschen Signale zu senden. Falsche Signale waren seine Spezialität, das wusste er, und auch jetzt war ihm wieder alles misslungen, denn das Mädchen blieb im Vorbeigehen neben seinem Tisch stehen, während er noch damit beschäftigt war, seine Federtasche in den mit Bibliotheksbüchern vollgestopften Rucksack zu schieben. In ihrer Stimme lag dieser weiche Klang nach Nähe und Verbundenheit, sie fragte ihn nach seinen Notizen und ob er dieses oder jenes verstanden hatte, dabei wussten sie beide nicht, was genau das heutige Thema gewesen war, ob es überhaupt eines gegeben hatte. Jay antwortete, ausnahmsweise traf er, bildete er sich zumindest ein, genau die Mitte zwischen zu knapper Unhöflichkeit und zu missverständlicher Aufmerksamkeit. Er setzte schwungvoll seinen Rucksack auf, um die Konversation mit dem Verlassen des Raumes zu beenden, aber das Mädchen gab nicht so rasch nach. Lena hieß sie oder Leni oder Lina, ganz selbstverständlich ging sie in dieselbe Richtung wie er und erzählte ihm, was sie mit ihrem Leben vorhatte, nicht heute, aber in Zukunft, in den Jahren nach dem Studium und darüber hinaus, sie erzählte ihm von ihren Karriereplänen und dass sie sich schon immer für Politik interessiert hatte, und er sagte ihr nicht, wie sehr er es hasste, wenn andere sich schon immer für etwas interessiert hatten, wie unzureichend er sich fühlte ohne dieses Attribut, ohne ein »schon immer«. Eigentlich hatte er wieder in die Bibliothek gehen wollen, da er zu Hause, in seinem Zimmer bei Gloria, mit der Seminararbeit nicht wirklich vorankam, aber er fürchtete, dass Lena oder Leni oder Lina ihn auch dorthin begleiten könnte, dass sie ihn wie zufällig am Arm berühren oder ihre Haare zurückstreichen würde, dass ihr Blick eine Einladung wäre, wenn er sich noch länger in ihrer Nähe aufhielt. Und noch während er das dachte, fragte sie ihn, was er für die Semesterferien geplant hatte, ob sie sich einmal treffen wollten, um zusammen zu lernen oder Arbeiten zu schreiben, sie musste Ende März abgeben und käme besser voran, wenn sie sich mit anderen verabredete, in der Bibliothek oder bei jemandem zu Hause. Er murmelte eine Entschuldigung, er verstand selbst kaum, was genau er eigentlich sagte, und verabschiedete sich, zu abrupt wahrscheinlich. Sie sah ihn irritiert an, hatte mitten im Satz angehalten und schien nun nicht zu wissen, wie sie ihren Abschied an ihren vorhergegangenen Monolog anknüpfen sollte, während andere Studierende um sie herumströmten. Immerhin, sie würde ihn nach den Ferien nicht noch einmal ansprechen, dessen war er sich sicher. Sie hatte es nicht nötig, ihre Zeit an jemanden zu vergeuden, der ihr nicht zuhörte.

Dabei war sie rein objektiv betrachtet recht hübsch, das erkannte Jay durchaus, er erkannte die Besonderheit ihrer graugrünen Augen und ihrer glänzenden kupferfarbenen Haare und ihrer geraden Nase und ihrer ausgeprägten Wangenknochen, er erkannte, wie gut ihr das moosgrüne figurbetonte Strickkleid stand und ebenso, dass sie mit pointierter Klarheit sprach, wenige Füllwörter in ihrer Rede, aufmerksame Fokussierung auf ihre Themen, und doch wandte er sich nun um und verließ das Gebäude, trat hinaus in feuchte Kälte, die ihn mit überraschender Wucht traf. Die Dämmerung hatte sich bereits über den Nachmittag gelegt, irgendwann schien es geregnet zu haben, der Boden war dunkelfeucht, aber nicht glatt. Nach den ersten eiligen Schritten verlangsamte Jay sein Gehtempo und entschied sich, den Weg durch den Park zu nehmen, um wenigstens ein bisschen Frischluft zu atmen. Er lief durch kleinere Straßen, Universitätsgebäude und Wohnhäuser koexistierten hier ganz selbstverständlich. Im Park waren kaum Menschen unterwegs, nur die hartnäckigsten Eltern reizten die letzten hellen Minuten auf dem Spielplatz vollständig aus, oder vielleicht waren es auch die Kinder, die nicht gehen wollten. Die Zeit, bis sein Bus kommen würde, verstreute er auf seinem Weg zur Haltestelle, und als er diese erreichte, hätte er Alissa fast nicht erkannt, so sehr hingen seine Gedanken noch fest, an tausend Dingen, für die er keine klaren Worte finden würde, würde ihn jemand fragen, woran er gerade dachte.

Alissa fragte ihn nicht, woran er dachte. Sie sah ihn nur an mit einem Blick, den er nicht interpretieren konnte, sie verschloss sich, sobald er in ihrer Nähe war, aber er vermutete, dass sie das bei den meisten Menschen tat.

»Hallo«, sagte er. Alissa außerhalb der Villa zu begegnen fühlte sich merkwürdig an, als würde Fiktion in die Realität tröpfeln und sich auffällig leuchtend in ihr auflösen.

Sie sagte nichts, verwirrt davon, völlig unerwartet Jay neben sich vorzufinden, auf dieses Unerwartete war sie nicht vorbereitet, logischerweise, auf Unerwartetes war man nie vorbereitet. Auch wenn er die gleiche Uni besuchte, an der ihr Vater unterrichtete, war das eine große Universität mit zahlreichen verstreuten Fakultäten, man lief sich nicht einfach so über den Weg, oder vielleicht doch, wenn man den gleichen Bus nach Hause nahm. »Hey«, sagte sie schließlich und wandte den Blick wieder auf die Straße, sie wollte nicht reden, aber hier konnte sie nicht einfach in ihr Zimmer stürmen und alle anderen aussperren. Autos und Radfahrer fuhren vorbei, um diese Uhrzeit war viel Verkehr, sie hasste es, wenn viel los war.

»Was machst du hier?«, fragte Jay, und er fragte es durchaus sanft und interessiert.

»Papa brauchte ein Buch von zu Hause. Ich habe es ihm vorbeigebracht.« Das war eine Lüge, sie trug noch ihren Schulrucksack, da sie direkt nach dem Unterricht hierhergefahren war, nicht wegen eines Buches natürlich, sondern weil ihre Mutter etwas mit ihnen hatte besprechen wollen. Wenn man etwas mit Gregor besprechen wollte, ging man am besten direkt zu ihm, ohne umständliche Terminvereinbarungen, nur hingehen und – in dem Fall – Alissa eine Nachricht schreiben, damit sie ebenfalls anwesend war. Immerhin ging es um sie, um die Aufteilung der Familie und ob sie so funktionierte, wie sinnvoll sie war oder nicht, es ging um etwas, das viele Worte brauchte, ohne jemals gelöst werden zu können. Offenbar hatte Alissas Mutter das nicht am Wochenende erledigen wollen, weil das kein Gespräch war, dem Alissas kleiner Bruder hätte zuhören sollen, obwohl es ihn genauso viel anging.

Jay vermied weitere Fragen. Alissas Schweigen klopfte gegen seines. Zusammen stiegen sie in den Bus ein, und nur weil er recht voll war, setzten sie sich nebeneinander auf die einzige freie Sitzbank, Jay überließ Alissa den Fensterplatz. Im Innenlicht des Busses wirkte das Draußen sehr dunkel, der Nachmittag verkleidete sich als Abend. Als sie ausstiegen, sagte Alissa, dass sie noch einkaufen müsse, sie sagte das wie einen Abschied, nur musste Jay ebenfalls einkaufen. Sie nahmen jeder einen eigenen Korb, sie hatten nicht vor, gemeinsam durch den Laden zu schlendern, aber der Kaffee befand sich nun mal neben dem Tee und die Brotstation neben dem Toast und der Joghurt beim Käse, das konnten sie nicht ändern, und sie konnten auch nicht ändern, dass sie gleichzeitig fertig wurden und hintereinander an der Kasse standen. Jay lieh Alissa einen Stoffbeutel, weil ihr Rucksack nicht genug Platz für all die Lebensmittel bot. Die letzten vierhundert Meter bis zur Villa liefen sie im selben Rhythmus, manchmal schauten sie in dieselben beleuchteten Fenster, zogen im selben Moment die Stofftaschen hoch, wenn sie von ihren Schultern zu rutschen drohten, zupften ihre Mützen über die Ohren. Schließlich erreichten sie den Vorgarten der Villa. Alissa öffnete das Tor, blieb aber stehen, um Jay als Erstes hindurchzulassen, und sein »Danke« und ihr »Okay« waren die einzigen Wörter, die sie seit dem Supermarkt miteinander gewechselt hatten.

Der Garten lag still und kahl in der Dunkelheit, keine Amseln, keine Eichhörnchen. Sie liefen Richtung Seiteneingang, aus dem Wohnzimmer drang gedämpft das unerkennbare Stimmengewirr der *Simpsons*. Seit dreißig Jahren schaute Herbert diese Serie, dazu drei, vier Stückchen Bitterschokolade, das war sein Abendprogramm vor dem Essen, manchmal trank er auch ein Gläschen Sherry, nicht jeden Abend natürlich.

Jay und Alissa stiegen die Treppe nach oben, sie verstauten ihre Einkäufe, immer wieder musste einer an den Kühlschrank und der andere an einen Unterschrank, sie drängten sich aneinander vorbei, darauf bedacht, sich so wenig wie möglich im Weg zu stehen, schließlich wurden sie gleichzeitig fertig.

Die Dielen knarzten unter ihren Schritten, als sie über den Flur gingen. Alissa legte die Hand auf die Klinke zu ihrer Tür, ließ sie dann jedoch wieder los und wandte sich zu Jay um, der seine bereits geöffnet hatte, allerdings innehielt, als er Alissas Bewegung bemerkte.

»Das mit deinem Netflix-Account … War das ernst gemeint?«

»Klar. Du kannst dir gern ein eigenes Profil machen.« Er lächelte, anders als Alissa tat er das häufig, und sie wollte sich bedanken, aber es gelang ihr nicht, nie gelang ihr etwas richtig in seiner Gegenwart, nur konnte sie ihm schlecht die Schuld dafür geben, das wäre doch zu viel gewesen, deshalb nickte sie lediglich und verschwand in ihrem Zimmer. Sie ließ den Rucksack auf den Boden fallen und schmiss sich im Dunkeln auf ihr Bett, ein paar Lichterketten wären schön und Bilder für die Wände und Regale für ihre Zeichenutensilien, die auf dem Schreibtisch und dem Boden verteilt waren. Vielleicht verursachte sie nur deshalb so ein Chaos, damit der Raum nicht so leer wirkte, als lebte sie hier gar nicht, denn das tat sie nicht, sie lebte nicht hier.

Dabei war das Gespräch mit ihrer Mutter eindeutig gewesen. »Die Probezeit ist ja fast vorbei«, hatte sie gesagt, als würde sie über einen Job reden. Alle wären doch recht zufrieden so, hatte sie festgestellt, und Alissa hatte daraufhin nichts erwidert, denn vielleicht hatte ihre Mutter recht, vielleicht waren sie zufriedener so, ohne unnötige Streitereien, ohne ein tägliches »Wir haben uns auseinandergelebt, Kinder, so etwas passiert manchmal«. Nun gab es kein Zurück, für Alissa nicht und für ihren Vater nicht, sie hatten sich aufgeteilt, und so war es auch besser, ihre Mutter wohnte sowieso zu weit von Alissas Schule entfernt. Und außerdem, was sollte ihr Vater tun ohne seine Tochter, er würde ständig das Essen vergessen oder vielleicht sogar das Schlafen, er würde einsam sein und kaum mit Menschen reden. Alissa wischte die Tränen fort, richtete sich auf und schaltete endlich das Licht ein, ja, Lichterketten, sie brauchte mehr Gemütlichkeit. Wo es gemütlich war, kam man ohne Anstrengung ganz von selbst an.

Auf dem Flur bewegte sich jemand, sie erkannte die Schritte, niemandem hatte sie so oft gelauscht wie Jay, und dann hörte sie Stimmen, Jay und diese neue Frau, die wirklich das schreckliche Nordzimmer genommen hatte, sie kicherte albern und lachte dann. Seit sie hier wohnte, war es viel voller im Haus, es war, als wäre ihre Präsenz größer als Alissas oder Gregors oder Jays.

Lou hatte vor der Abendschicht im Kino eigentlich duschen wollen, aber sie war nun einmal neu hier, und sie wollte wissen, mit wem sie sich das Haus teilte. »Ich habe Kekse geholt. Und Orangen, falls du welche willst«, sagte sie, weil sie zufälligerweise fast gleichzeitig in die Küche gegangen waren.

Jay wollte Orangen, sie teilten sich zwei Stück, und dann rief Gloria sie zum Abendessen, sie schlug unten gegen diesen antiquierten Gong, schon früher hatte sie den benutzt, damit sie nicht durch das Haus brüllen musste, und zu jeder Mahlzeit an mehrere Zimmertüren zu klopfen und Bescheid zu sagen, dass das Essen fertig war, das konnte nun wirklich niemand von ihr verlangen.

Heute war sie früh dran, es war noch nicht einmal sieben Uhr. Leise öffnete Alissa die Tür, nachdem die Stimmen verklungen waren. Sie hatte ein bisschen Hunger, nicht viel. Ihr Vater war noch nicht zu Hause. Wenn sie sich den anderen anschloss, würde Gloria sie nach der Schule fragen, das machte sie jedes Mal, als ginge sie das tatsächlich etwas an, nur weil Alissa unter Glorias Dach lebte und ihr Essen aß und manchmal durch ihren Garten streifte. Nein, sie hatte Brot und ihren Lieblingsaufstrich gekauft, heute würde sie nicht nach unten gehen, auch wenn sie sich eingetragen hatte. Sie würde hier oben bleiben und sich selbst etwas machen, vielleicht würde sie Spaghetti kochen, sie hatte sogar Pesto. Als Alissa ihre Zimmertür hinter sich schloss, bemerkte sie den Zettel, der von außen daran klebte.

Jay.Moonlight@gmail.com

Passwort: Guitar21

Wenigstens konnte sie zum Essen eine Serie schauen. Das war mehr, als sie von diesem Tag noch erwartet hatte.

Kapitel 7

Im Schneidersitz saß Lou auf ihrem Bett. Sie hatte die Vorhänge aufgehängt und Kerzen angezündet, Wärme und Licht gegen Kälte und Dunkelheit. Obwohl, so kalt war es draußen gar nicht, und Lou mochte Abende und Nächte, sie mochte, wie sie die Umgebung weiteten, weil Dunkelheit Raum für mehr bot als nur das Sehen. Auf dem Rückweg vom Tanztraining nach Hause hatte sie in verschiedenen Second-Hand-Läden kleine Sammelteller ergattert und zu Hause grüne und weiße Kerzen darauf verteilt. Die Teller unterschieden sich in ihren Farben und Mustern, es waren Reststücke, Gegenstände, die ihre Geschichte verloren hatten. Lous Großmutter hatte einen ganzen Schrank voller Sammelgeschirr besessen. Hätte Lou ein bisschen was davon behalten, hätte sie heute nicht drei Antiquitätengeschäfte durchsuchen müssen, nur wie hätte sie damals beim Aussortieren der Besitztümer ihrer Großeltern ahnen können, dass sie sich jemals für altes Geschirr interessieren würde. Vielleicht hatte einer dieser Teller einmal im Haus ihrer Großmutter die Vitrine verziert, vielleicht war er zurückgekommen.

Heute hatte sie den neuen Tanzkurs zum dritten Mal gegeben. Sechs Mädchen und einen Jungen trainierte sie in der viel zu großen Turnhalle einer verstaubten Schule, alle waren zwischen zwölf und fünfzehn Jahre alt. Niemand wusste, was unter »Tanzen für Jugendliche« zu verstehen war, auch Lou selbst nicht, hatte sie die Gruppe doch nur von einer Bekannten übernommen. Noch hatte Lou sich nicht die Mühe gemacht, den Titel des Kurses zu ändern. Sie brauchte einen besseren Namen, sie brauchte ein Konzept, eigentlich bräuchte sie auch einen schöneren Raum für das Training, bisher passte einfach nichts zusammen. Aus diesem Grund saß sie nun auf ihrem Bett und starrte auf die flackernden Kerzen und versuchte, nach vorn zu denken, an den Unterricht in einer Woche, wenn sie wirklich aufhören musste, eine Mischung aus Gleichgewichtsübungen und Konditionstraining anzubieten. Sie hatte einfach alles zusammengeworfen, was ihr eingefallen war, weil sie kein Konzept für Menschen entwerfen konnte, die sie nicht kannte. Sie musste wissen, wem sie etwas beibrachte, um herauszufinden, was genau sie unterrichten wollte.

Ein Geräusch aus dem Flur schreckte sie auf.

»Ist das dein Wasser?«, fragte Jay. »Das im Wasserkocher, meine ich.« Er stand auf halbem Weg zwischen ihrem Zimmer und der Küche, als warte er auf ihre Erlaubnis, weitergehen zu dürfen. Lou hätte nicht gedacht, dass er schüchtern war. Ein wenig zurückhaltend, das ja, doch jetzt wirkte er verhalten und vorsichtig, wie er da im Flur stand, mit seinem blau-grün gemusterten Schal.

»Ja. Das habe ich total vergessen.« Sie erhob sich von ihrem Bett und ging an Jay vorbei in die Küche. »Willst du auch einen Tee?«

»Okay.« So gern mochte Jay Tee nicht, aber er war gerade erst nach Hause gekommen und hatte am Morgen keinen sauberen Pullover mehr gefunden, und jetzt war ihm kalt vom Heimweg, kalt von der feuchten Dunkelheit, genau genommen war es auch in der Bibliothek kalt gewesen, in der er bisher jeden Tag der diese Woche begonnenen Semesterferien verbracht hatte, bisher ohne Lena oder Leni oder Lina zu begegnen.

»Grünen oder Pfefferminz? Mehr habe ich noch nicht hier.«

»Pfefferminz.« Jay setzte sich an den kleinen Küchentisch, nachdem er eine Tasse aus seinem Teil des Schrankes genommen und neben Lous gestellt hatte, die darauf wartete, dass das Wasser noch einmal zu kochen begann. »Was hast du da gerade gemacht? Meditiert?«

»Nachgedacht.« Lou goss das heiße Wasser über die beiden Teebeutel, es färbte sich in blasses Grün. »Ich gebe einmal die Woche Tanzunterricht, habe aber noch keinen Plan, was ich in dem Kurs eigentlich machen will. Mir fehlt noch ein eigenes Konzept.«

»Man braucht ein Konzept zum Tanzen?«

»Ja. Oder nein, ich schätze, nicht alle brauchen eins. Ich will aber nicht einfach nur eine Choreo zusammenstellen und die durchgehen, für mich ist so ein Kurs irgendwie mehr als das. Ich entwickle gern mit den Kindern zusammen etwas Eigenes, damit das Training etwas ist, worauf sie sich freuen können. Ich lerne selbst eine Menge dabei, das mag ich daran.« Lou stellte Jays Tasse vor ihm ab und setzte sich ihm gegenüber an den Tisch. Sie hatte keinen Honig für den Tee, immer noch war ihre Ausstattung lückenhaft.

»Was zum Beispiel?«

Obwohl sie dafür noch zu heiß war, nahm Lou ihre Tasse zwischen beide Hände. Nach dem Herumsitzen in ihrem zu kalten Zimmer war sie dankbar für die Wärme, die nun durch ihre eisigen Finger floss.

»Etwas über ihre Persönlichkeiten und darüber, wie sie sich mit anderen fühlen, warum sie sich wie verhalten, was sie über sich selbst denken, was sie unsicher und was sie selbstbewusst macht.«

»Das siehst du nur durchs Tanzen?«

»Manchmal. Nicht immer.« Sie kostete vorsichtig.

»Hätte nicht gedacht, dass man beim Tanzen so viel über sich verrät.«

»Ein Tanz ist nicht harmonisch, wenn sich die Tanzenden dabei unwohl fühlen. Gerade bei kreativen Tätigkeiten gibt man immer etwas von sich preis, mehr, als einem bewusst ist, ob man nun Musik macht oder zeichnet oder Blumen bindet.«

»Blumen?«

»War nur ein Beispiel.«

Jay erwiderte ihr Lächeln, es hatte etwas Ansteckendes oder eher etwas Aufforderndes, es war da und wollte nicht allein sein. Er dachte an die Gitarre in seinem Zimmer und seine Videos und fragte sich, was Lou aus ihnen herauslesen würde, wüsste sie, dass sie existierten, ob sie tatsächlich Dinge über ihn wahrnähme, die zu teilen nie seine Absicht gewesen war. »Ich könnte nicht so viel in tanzende Leute hineininterpretieren.«

»Vielleicht liest du aus anderen Sachen etwas über die Menschen, mit denen du Zeit verbringst. Oder vielleicht erzähle ich völligen Quatsch und bilde mir das alles nur ein. Es ist jetzt nicht so, als wüsste ich nach einer Stunde Tanzunterricht alles über die Kinder.«

»Schade eigentlich. Wäre bestimmt hilfreich, wenn du ihnen bei ihren Problemen helfen könntest, ohne dass sie die erklären müssen.«

»Die meisten würden nur lachen und ganz cool so tun, als

wäre nichts, und dann nie wiederkommen, weil sie, wenn sie ihre Sorgen sonst mit niemandem teilen, das auch nicht mit mir tun würden.«

»Ich glaube, da irrst du dich.« Jay trank von seinem Tee, er schmeckte nach alter Kräuterwiese. Ob Lou es sehr unhöflich fand, wenn er das kaum als solches zu bezeichnende Getränk in den Ausguss schüttete?

»Jetzt zum Beispiel«, sagte diese, »bin ich mir ziemlich sicher, dass du den Tee ekelhaft findest.«

»Ekelhaft ist übertrieben.«

»Aber es ist nah dran.«

Er stellte die Tasse wieder ab, mehr als einen Schluck hatte er nicht hinunterbekommen. »Kann sein. Eigentlich mag ich Tee nicht.«

»Soll ich ihn trinken?«

»Wenn du willst.« Er schob ihr die Tasse zu, eine Harry-Potter-Tasse, die er von zu Hause mitgebracht hatte.

»Du grinst so. Woran denkst du?«

Er blickte auf und Lou an, noch immer hielt sie sich an ihrem Becher fest. »An meine Eltern und ihre Tradition, alle drei Monate zu zweit wegzufahren. Sie nennen das Ehe-Urlaub. Ich habe nie ganz verstanden, ob das ein Urlaub für oder von der Ehe sein soll.«

»Deine Eltern machen alle drei Monate Urlaub?«

»Nur für ein Wochenende. Meine Schwestern und ich waren dann früher bei meiner Tante und später allein zu Hause. Wir fanden das ganz gut. Wahrscheinlich weil meine Tante viel lockerer ist als meine Eltern und weil dort immer was los war, sie hat selbst vier Kinder. Sobald wir allein bleiben durften, haben wir nur noch ferngesehen und Tiefkühlpizza gegessen. Daran habe ich gedacht. An die Harry-Potter-Marathons, die wir dann immer veranstaltet haben. Sonst sind wir ziemlich unterschiedlich, meine Schwestern und ich. Und ich bin auch noch der Jüngste. Trotzdem, bei Harry Potter waren wir uns einig.«

»Geschwister«, sagte Lou.

»Hast du auch welche?«

»Nein. Aber ich kann mir gut vorstellen, wie das ist, glaube ich.«

»Es ist laut, und man findet immer etwas, worüber man sich streiten kann.« Ohne die Tasse saß Jay nutzlos in der Küche herum, dabei war er doch ursprünglich aus einem bestimmten Grund in den Raum gegangen. Ach ja. Er hatte nachsehen wollen, ob er noch Nüsse oder Chips hatte.

»Du machst keinen sehr streitlustigen Eindruck.« Lou konnte nichts Lautes in Jay finden, dafür lag in seinem Blick zu wenig Herausforderung, zu wenig Beurteilung.

»Wirklich gestritten haben wir uns auch nicht so oft. Die Legende sagt, ich wäre früher, als ich noch klein war, immer schweigend in mein Zimmer gegangen, wenn mir etwas nicht gepasst hat.«

»Und dann?«

Er verschränkte die Arme auf dem Tisch. »Dann bin ich dortgeblieben. Und irgendwann bin ich wieder rausgekommen und war gut gelaunt wie immer.«

»Niemand ist immer gut gelaunt«, sagte sie leise.

»So schwer ist das gar nicht.« Sachte klopfte er auf den Tisch, das Geräusch war kaum zu hören.

Inzwischen war der Tee kühl genug, dass Lou ihn trinken konnte. Manchmal war tanzen leichter als reden, wenn man etwas über sich erzählen wollte, aber sie würde Jay jetzt nicht dazu auffordern.

»Ich muss noch lernen«, sagte Jay und stand auf, der Stuhl schabte über die Bodenfliesen. Er hoffte, dass sie ihm die Lüge nicht ansah, denn eigentlich wollte er zur Belohnung für den langen Bibliothekstag einen Film schauen, vielleicht noch ein wenig Gitarre spielen oder zocken, er wollte in die Nacht sinken und nicht mehr an seine Familie denken.

»Viel Erfolg!« Sie tippte gegen seine Harry-Potter-Tasse, die genau genommen eine Hermine-Tasse war, schwarz-blauer Hintergrund und eine junge Emma Watson mit erhobenem Zauberstab und wehendem Haar. Seine älteste Schwester hatte ihm die Tasse geschenkt, weil sie sich sicher gewesen war, er wäre in Hermine verknallt gewesen, egal, wie oft er betont hatte, dass das nicht stimmte.

Er wandte sich ab und verließ die Küche, ohne Chips oder Erdnüsse oder Schokolade. In Lous Zimmer flackerten unbeaufsichtigt die Kerzen, also ging er noch einmal zurück, um ihr Bescheid zu sagen, und als er erneut durch den Flur lief, drang aus Alissas Zimmer Musik, nicht besonders laut. Kurz blieb er stehen, er hätte nicht gedacht, dass Alissa Lana del Rey hörte, was sie auch erst tat, seit »Video Games« in der Hälfte ihrer TikTok-Edits aufgetaucht war, und jetzt hörte sie den Song zum zehnten oder zwölften oder fünfzehnten Mal heute, weil die Alternative war, sich die MSA-Prüfungen der letzten Jahre anzusehen, das hatte ihre Mutter ihr vorgeschlagen. Sicherheitshalber hatte sie ihr am Wochenende einen ganzen Stapel Übungsklausuren mitgegeben, sie hatte ihr gesamtes Kollegium befragt, Mathe, Deutsch, Englisch, damit Alissa bloß nicht langweilig wurde.

Mit den Zetteln setzte sie sich aufs Bett. Sie breitete sie vor sich aus, nur um mal zu schauen, immerhin wollte sie sehen, was sie im Begriff war wegzuschmeißen, und während sie durch die Seiten blätterte, fiel ein verblasstes Foto heraus. Jahrelang hatte es im Wohnzimmer neben dem Fenster gehangen, seit Alissa sich erinnern konnte, die halbe Wand war voller Familienfotos gewesen. Auf diesem sah man ihren Bruder Thore als Baby im Tragetuch vor dem Bauch ihrer Mutter, und Alissa hielt die Hand ihres Vaters, obwohl er das eigentlich nie gemocht hatte, weil ihre Hände immer klebrig gewesen waren, zumindest behauptete er das. Aufmerksam blickte Gregor in die Kamera, Alissa stand zwischen ihm und ihrer Mutter und sah zu ihm auf, sie lachte, als hätte er gerade etwas Witziges gesagt.

In der neuen Wohnung ihrer Mutter – drei Zimmer mit nur einem Kinderzimmer – war wohl kein Platz mehr für dieses Foto gewesen. Vielleicht hatte sie es aussortiert, war im Begriff gewesen, es wegzuschmeißen, und nun lag es hier zwischen Abschlussprüfungen der Vorjahre und tat so, als wäre Vergangenheit etwas Unverrückbares, dabei war sie das nicht. Jetzt, in diesem Haus, in dem Thores Zimmer nicht mehr neben Alissas lag, fühlte sich die Vergangenheit völlig anders an als noch vor ein paar Monaten.

Nur vage erinnerte sich Alissa an den Tag, an dem das Foto aufgenommen worden war. Sie war vier Jahre alt gewesen, zusammen hatten sie einen Ausflug in den Zoo unternommen, und wie immer hatte sie hauptsächlich auf dem Spielplatz herumgetobt und sich weniger für die Tiere interessiert. Ihre Eltern erzählten die Geschichte gern, vielleicht war sie auch keine eigentliche Erinnerung, sondern nur ein mit Fantasiebildern ausgeschmücktes Echo all dieser Erzählungen. Nach dem Spielplatz war sie müde gewesen, und sie hatte nicht einsehen wollen, dass ihr Bruder getragen wurde, sie aber nicht, also hatte ihr Vater ihre Hand gehalten, irgendjemand hatte das Foto aufgenommen, und bevor sie sich auf den Heimweg gemacht hatten, hatte ihr Vater sie doch auf seine Schultern gehoben und bis zur S-Bahn getragen, wo sie auf seinem Schoß eingeschlafen war.

Alissa schob das ausgedruckte Foto zwischen die Mathe-Prüfungsbögen, denn die würde sie sich als Letztes ansehen, wenn überhaupt. Sie könnte ihre Mutter fragen, ob sie das Bild zurückhaben wollte, sie könnte sie fragen, wohin sie es hatte hängen wollen, ob sie den dunkelblauen Rahmen dafür noch besaß. Schon nahm sie ihr Handy in die Hand, legte es jedoch wieder auf die Bettdecke zurück, ohne eine Nachricht zu tippen. Sie wusste auch so, dass es nicht hatte aufgehängt werden sollen. Diese Geschichte würde langsam und zäh in die Risse dieser Familie laufen, bis sie so tief versickert war, dass niemand sie jemals wieder hervorholen konnte.

Kapitel 8

Herbert wachte mit leichten Kopfschmerzen auf. Er hatte so gut wie nie Kopfschmerzen, zudem kamen sie ihm höchst ungelegen, denn er hatte vorgehabt, die Buchhaltungsunterlagen für den Steuerberater vorzubereiten. Das tat er immer am Ersten jeden Monats, darin war er sehr zuverlässig.

Das Bett neben ihm war leer. Heute war Dienstag, Gloria arbeitete also nicht. Normalerweise gönnte sie sich eine Stunde mehr Schlaf, wenn sie nicht ins Büro musste. Es wunderte ihn, dass sie ihn nicht geweckt hatte.

Er schlug die Bettdecke zurück und setzte sich auf. Kurz wartete er, bis sich der Schwindel gelegt hatte, bevor er aufstand, um ins Bad zu gehen. Nach kurzer Morgentoilette nahm er sich ein frisches Hemd aus dem Schrank.

Der Küchentisch war gedeckt, selbst das Toastbrot lag draußen, obwohl Gloria das gar nicht aß. Herbert steckte zwei Scheiben in den Toaster und sah den Glühdrähten dabei zu, wie sie rot und heiß wurden. Gern hätte er etwas Rührei gegessen, er hatte jedoch keine Lust, nur für sich selbst welches zuzubereiten, zumal er nicht wusste, ob Gloria die Eier, sollten noch welche vorhanden sein, für eine andere Speise eingeplant hatte. Es funktionierte besser, wenn sie sich in bestimmten Bereichen nicht in die Quere kamen, sie nicht im Antiquariat, er nicht im Garten und in der Küche.

Nachdem er sein Frühstück beendet und eine Schmerztablette genommen hatte, begab er sich mit einer zweiten Tasse Kaffee in das Antiquariat. Er schloss die Eingangstür auf und trug das Schild auf die Straße. Hier kam nur wenig Laufpublikum vorbei, das wusste Herbert natürlich, trotzdem tat er das jeden Morgen und räumte das Klappschild abends wieder weg. Dieses Ritual hatte irgendwie etwas Feierliches, wie er fand. Gloria hatte ihm das Schild zur Eröffnung des Ladens geschenkt.

Anschließend holte er einen Besen und fegte durch den Laden, allzu sauber sollte es allerdings nicht sein. Staub diente in einem Antiquariat der Dekoration, die Kunden erwarteten das. Es fühlte sich besonders an, Bücher zu entdecken, die augenscheinlich schon sehr lange in den dunkel gebeizten Fichtenholzregalen ruhten. Räume wirkten geheimnisvoller, wenn sie von Staub bedeckt waren, diese Weisheit lernte man bereits in Kinderbüchern, und mit denen hatte für Herbert die Liebe zur Literatur begonnen. Natürlich hatte er später seinen eigenen Kindern häufig vorgelesen, als sie noch klein gewesen waren. Bei Christian war leider nichts von der Liebe zu fantasievollen Geschichten hängen geblieben, er las so gut wie nie Romane, weil sie ihm, wie er sagte, zu weit von der Realität weg waren. Soweit Herbert wusste, schaute er auch keine Filme, nicht so wie Timo oder Milla, die sich abends mit ihren Eltern regelmäßig über das gemeinsame Fernsehprogramm gestritten hatten.

Herbert brachte den Besen in die Flurkammer zurück. Sein ältester Sohn war eben sehr bodenständig, er forschte gern in seinem Fachgebiet, irgendwas mit Solarzellen. Herbert verstand nicht viel von Elektrik oder Physik.

Ein Kunde kam herein, blieb jedoch im Eingang stehen. Die meisten Besucher tasteten sich langsam vor, offenbar in dem Gefühl, unvermittelt in jemandes Wohnzimmer gelandet zu sein.

Der Kunde murmelte ein »Guten Morgen«, als er Herbert vor den Regalen entdeckte, dabei war es gar nicht mehr richtig morgens, eher schon vormittags. Herbert erwiderte den Gruß verhalten. Noch war er nicht wirklich in diesem Tag angekommen.

Der Mann nahm hier und da einen Roman in die Hand und legte ihn wieder zurück.

»Suchen Sie etwas Bestimmtes?«, fragte Herbert. Die Unentschlossenheit herumstöbernder Menschen machte ihn nervös, eine Eigenschaft, die ihn schon sein gesamtes Berufsleben lang hinderlich begleitete.

»Nicht direkt. Ich habe morgen eine lange Zugfahrt vor mir und würde gern etwas Spannendes mitnehmen. Vielleicht einen Krimi?«

Herbert schlug dem Kunden drei, vier Romane vor und zeigte ihm das Regal mit den Krimis. »Volker Kutscher vielleicht? Die Romane spielen im Berlin der Zwanziger- und Dreißigerjahre.«

»Ach, da habe ich schon die Serie gesehen.«

Es fiel Herbert schwer, einen belehrenden Kommentar über die Unterschiede zwischen Büchern und ihren Verfilmungen zurückzuhalten.

Zum Glück entschied sich der Kunde dann doch recht zügig, er nahm sogar noch ein zweites Buch für seine Frau mit, »Sie mag nordische Thriller, wissen Sie?«, und bezahlte passend, dann verließ er das Antiquariat.

Erleichtert atmete Herbert aus, ging ins Büro und rief seine Mails ab. Manchmal schrieben ihm Leute, die Haushalte auflösen und viele Bücher auf einmal loswerden wollten, mitunter fragte auch jemand nach etwas Bestimmtem. Die Tablette, die er zum Frühstück genommen hatte, wirkte nur mäßig. Zwar schmerzte sein Kopf kaum noch, aber er fühlte sich neblig an, und Herbert gelang es kaum, sich zu konzentrieren.

Schritte liefen durch den Nebenraum. Herbert erhob sich wieder und betrat das Geschäft in dem Moment, in dem der junge Student durch den Durchgang zwischen beiden Bücherzimmern kam. Sie begrüßten sich mit höflicher Freundlichkeit.

»Ich suche ein Buch«, sagte der Student.

»Davon habe ich ein paar.« Diese jungen Leute konnten sich einfach nicht vernünftig ausdrücken, immer musste man alles erfragen. »Was für ein Buch genau?«

Jay, so hieß er. Permanent vergaß Herbert seinen Namen, weil es einfach kein richtiger Name war. Nun blickte er auf einen Zettel in seiner Hand, ein Stück aus einem Block herausgerissenes Papier. »Einführung in die Arbeitstechniken der Politikwissenschaft«, las er vor und sah anschließend auf. »Die aktuelle Auflage, wenn möglich. Haben Sie das da?«

»Wenn, ist es dort drüben«, sagte er und ging in den Nebenraum zu dem Regal, in dem die Fachbücher lagerten. Die Regale waren nicht beschriftet, Herbert wusste jedoch, wo welche Themen zu finden waren, und so brauchte er nur wenige Sekunden, bis er das richtige Werk aus dem Regal zog.

»Sie haben es tatsächlich«, sagte Jay überrascht.

»Ich habe hier eine recht breite Auswahl«, erwiderte Herbert, fragte aber nicht nach, wieso Jay ein Einführungswerk erwerben wollte, wenn er sich doch bereits dem Ende seines Studiums näherte. »Das macht zwölf Euro.«

»Ist gut.« Aus der Hosentasche zog Jay zwei Zehneuroscheine.

Sie gingen zurück zur Kasse.

»Haben Sie eigentlich auch einen Onlineshop?«

»Das ist mir zu viel Arbeit.«

»Sie würden aber deutlich mehr Bücher verkaufen.«

War das wirklich so? Herbert konnte sich nicht vorstellen, dass sich die Umstellung lohnen würde. Permanent müsste er den Katalog aktuell halten und Bestellungen kontrollieren, außerdem ständig Bücherpakete zur Post schleppen. Dazu bräuchte er ein Lager für das Versandmaterial und müsste sich mit diesem Verpackungsgesetz auseinandersetzen. »Ich weiß nicht. So kommt mir das einfacher vor.«

Zögernd blickte Jay sich um, dabei wohnte er lange genug hier, um zu wissen, dass den Laden nur selten jemand betrat. »Es ist auch sicher einfacher«, sagte er langsam. Er wollte Herbert nichts vorschreiben, aber ein Laden voller Bücher, die nicht gelesen wurden, machte ihn auf eine seltsame Weise traurig, so viele Worte, die ins Leere geschrieben worden waren. »Nur, also, wenn ich fragen darf, lohnt sich Ihr Geschäft denn?«

»Ich komme zurecht«, antwortete Herbert. Er bemühte sich, nicht allzu unwirsch zu klingen, immerhin hatte der Junge gerade ein Buch gekauft, das sonst niemand gekauft hätte. Bestimmt würde er noch andere brauchen, und wissenschaftliche Bücher waren lukrativer als veraltete Taschenbuchromane.

»Na gut. Danke für das Buch.« Mit der neu erworbenen Lektüre konnte Jay nun wenigstens mit seiner Seminararbeit weitermachen.

In der Küche machte er sich zur Motivation eine Tasse Kaffee, nahm sich gleich noch eine Tafel Schokolade mit und setzte sich schließlich in seinen Lesesessel ans Fenster, durch das blass die Sonne schien. Eigentlich war es noch zu früh für ihn, um an so etwas wie Arbeit überhaupt zu denken, aber er hatte die Nachmittagsschicht im Café. Wenn er heute wenigstens ein Minimum schaffen wollte, musste er langsam loslegen. Er war ohnehin schon spät dran, sein Wecker hatte vor über zwei Stunden zum ersten Mal geklingelt. Sein müdes Gehirn tat sich trotzdem unglaublich schwer damit, sich auf den Inhalt des Buches zu konzentrieren, immer wieder fielen seine Augen zu, und ab und an schielte er in Richtung Gitarre. Musik ging. Musik konnte er auch, wenn er fast noch schlief, manchmal war es dann sogar leichter, als wäre sie ein scheues Tier, das sich nur an ihn heranwagte, wenn er es nicht direkt ansah.

Er zwang sich, mehrere Seiten zu lesen und sich Notizen zu machen – wie immer zu detailliert, damit er nichts Wichtiges vergaß –, dann öffnete er das Fenster, um frische Luft hereinzulassen. Seine Schwestern waren immer so gut in allem. Sie schrieben ihre Hausarbeiten wie nebenbei, sie starteten gerade erfolgreiche Karrieren, sie brachten Freunde mit nach Hause, die von seinen Eltern geliebt wurden. Sie flogen durch ihr Leben, als lebten sie es schon zum zweiten oder dritten oder vierten Mal, da war kein Zögern, kein Hadern. Jay wüsste gern, wie sich das anfühlte, bei jedem Schritt derart sicher aufzutreten. Vielleicht konnte er das lernen, wenn er einfach geradeaus blickte statt in alle Richtungen gleichzeitig, wenn er einfach Schritt für Schritt nach vorne ging, statt an jeder Weggabelung anzuhalten.

Als er das Fenster schließen wollte, bemerkte er Gloria, die unten im Garten hockte und an Strauchwerk herumwerkelte.

Er erwog, hinauszugehen und ihr seine Hilfe anzubieten, aber das wäre nur eine weitere Abzweigung, die nichts mit seinem Weg zu tun hatte. Eilig verriegelte er das Fenster und widmete sich seiner Literatur.

Gloria blickte aus einem Reflex heraus nach oben, als das Geräusch des Fensters sie aus ihrer Konzentration riss.

Noch sah der Winter nicht so aus, als könnte er jemals Frühling werden. In der Sonne spürte Gloria jedoch bereits eine Energie, die vor ein, zwei Wochen noch nicht da gewesen war. Der Himmel wirkte ungewöhnlich blau, und jetzt wurde ihr sogar so warm, dass sie ihre Jacke auszog und nur im Pullover die Hecken beschnitt. Das erledigte sie immer erst, kurz bevor der Frühling begann, sodass das dichte Holz Vögeln und Insekten als Winterschutz dienen konnte. Dieses Jahr wollte sie auch die Sträucher ordentlich zurückschneiden, den verwachsenen Flieder, zum Beispiel, und den überwuchernden Kirschlorbeer, eigentlich hatte sie das noch im Februar erledigen wollen, es zwischen Arbeit und Haushalt aber nicht geschafft. Sie begann damit, die Brombeerhecke auszulichten.

»Du schneidest ja die ganze Pflanze weg«, sagte Lou hinter ihr. Sie strich sich die Kapuze von den Haaren und setzte die Kopfhörer ab, ihre Wangen waren gerötet. Sie war schnell gelaufen, damit sie noch Zeit für sich hatte, bevor sie für die Abendschicht ins Kino fuhr.

»Es werden trotzdem mehr Beeren daran wachsen, als ihr essen könnt«, antwortete Gloria. »Die Sträucher tragen besser, wenn man nicht zu viele Triebe übrig lässt. Das kostet die Pflanze nur unnötig Kraft. Außerdem schimmeln die Brombeeren, wenn nicht genug Luft rankommt.«

Lou hatte absolut keine Ahnung von Botanik und Gartenarbeit, sie wusste nicht, wie man Unkraut von Nutzpflanzen unterschied, sie wusste grundsätzlich nicht, wo man in so einem Garten überhaupt beginnen sollte. »Natur ist schon etwas unübersichtlich«, sagte sie und fasste damit all ihre Kenntnisse recht zutreffend zusammen.

»Eigentlich nicht. Jede Pflanze wächst auf eine bestimmte Art und in einer bestimmten Umgebung besonders gut, und sie verträgt sich mit manchen anderen Pflanzen hervorragend und mit anderen wiederum gar nicht. Selbst der chaotischste Garten hat eine ganz eigene Ordnung.« Gloria richtete sich auf. Ihre Knie hatten zu schmerzen begonnen, sie streckte sich, um den Kreislauf wieder in Gang zu bringen, und folgte Lous Blick über das Stückchen Erde, das das Haus umgab. Die dominierenden Grau- und Brauntöne dieser Jahreszeit waren der Grund dafür, dass ihre Großmutter den Mosaikweg vor dem Haus hatte anlegen lassen, sie wollte Farben haben, selbst dann, wenn es kaum Farben gab, und Blau war ihre liebste gewesen.

»Kann ich helfen?«, fragte Lou schließlich. Ihre Frage überraschte sie selbst. Vor ein paar Minuten hatte sie sich noch auf den Kakao gefreut, den sie sich hatte machen wollen, unterwegs hatte sie sich eine Zimtschnecke gekauft. Nun legte sie ihre Tasche auf die Holzbank vor dem Haus und musterte Glorias Werkzeug.

»Na gut«, erwiderte diese nach einem Moment des Zögerns. Herbert half nur bei Gartenarbeiten, die sie allein nicht erledigen konnte, zum Beispiel, wenn sie schwere Sachen durch die Gegend tragen musste, und auch ihre Kinder hatten nur hier und dort mitangepackt, sie hatten manchmal ein bisschen Unkraut gerupft oder Steinmuster gelegt, um die Beete voneinander zu trennen und den Wurzelbereich der Obstbäume zu umrahmen. Sonst hatten sie höchstens Früchte geerntet. Nun, fast alle Kinder. Eines würde wohl so lächeln wie Lou jetzt und sich geduldig alles erklären lassen, genau wie Gloria spürte es, dass der Umgang mit etwas, das lebendig war, eine ganz eigene Tiefe besaß. Manchmal war dieses Kind näher als alle anderen, obwohl es doch am weitesten weg war.

»Hier, die Schere eignet sich ganz gut für die Himbeeren und Brombeeren. Ich hole dir Handschuhe, damit dich die Dornen nicht stechen.« Gloria lief zum Schuppen und holte ein zweites Paar Gartenhandschuhe in Rot, eine Farbe, die ihr selbst viel zu stechend war. Die Tür schleifte auf dem Boden, sie notierte in Gedanken, dass sie sich um die Scharniere kümmern musste.

»Willst du den Mantel anlassen?«, fragte sie, als sie zurückkehrte. »Nicht dass er kaputtgeht oder dreckig wird.«

»Der ist robust. Also, wie mache ich das jetzt am besten?«

Lou hörte zu, während Gloria ihr erklärte, woran sie die Fruchttriebe vom Vorjahr von denen unterscheiden konnte, die dieses Jahr tragen würden, dann griff sie nach der schon leicht angerosteten Gartenschere. Solche Arbeiten mit unmittelbaren Ergebnissen waren nicht wie tanzen, es gab ein Vorher und ein Nachher und dazwischen verständliche Aufgaben. Zu zweit waren sie schnell. Erst in ein, zwei Monaten würde Gloria das vertrocknete Lampenputzergras vom Vorjahr wegschneiden und die Gemüsebeete vorbereiten. Erste Keimlinge hatte sie schon angesetzt. Sie standen in dem alten Gewächshaus ganz hinten im Garten, wo die Sonne hineinschien, sofern sie sich blicken ließ.

»Danke«, sagte Gloria, als sie fertig waren.

»Das war einfacher, als ich gedacht habe«, erwiderte Lou. »Sonst noch etwas?«

»Für heute ist es genug.«

Lou erhob sich, gemeinsam brachten sie die abgetrennten Ranken und Zweige zur Gartenmülltonne. Es sah nach so viel aus, fand Lou, als hätten sie den halben Garten niedergemäht, dabei wirkte der nicht großartig verändert.

Sie betraten das Haus, Lou hängte ihren Mantel auf, und aus einer spontanen Laune heraus fragte sie Gloria, ob sie auch einen Kakao und etwas von ihrer Zimtschnecke abhaben wollte. Gloria bejahte, und Lou ging nach oben, um die Zutaten für heiße Schokolade zu holen, sie wollte sie so zubereiten, wie sie es von ihrer Großmutter gelernt hatte: Milch, Bitterschokolade, ein bisschen gesüßtes Kakaopulver, eine Prise Zimt, in der Luxusversion auch geschlagene Sahne oder Amaretto oder beides, doch die Zutaten für die Luxusversion hatte sie nicht da. Sie brachte alles andere in die große Küche und begann, die Milch zu erhitzen.

Gloria saß an dem kleinen Tisch. Mit der rechten Hand strich sie am Rand des Glastellers entlang, auf dem ihre halbe Zimtschnecke lag, und beobachtete gleichzeitig Lou, die leicht gebeugt vor dem Herd stand, die braunen Haare ringelten sich im Nacken in großen Locken, sie waren so dicht, wie Alains gewesen waren.

»Gleich ist er fertig«, sagte Lou, ohne sich umzudrehen. Sie gab das Kakaopulver in die Milch und bröselte die Schokolade hinein, erst nachdem sie den Herd ausgeschaltet hatte, gab sie eine Prise Zimt dazu. Es war nur ein wenig schaumig, sah aber ansprechend genug aus. »So, bitte schön.« Lou nahm gegenüber von Gloria Platz und pustete in ihre Tasse.

»Danke.« Gloria rupfte ein Stückchen von ihrer halben Zimtschnecke ab und tunkte es in die Schokolade.

»Bist du in dem Haus hier aufgewachsen?«, fragte Lou, sie fragte das ganz sanft, wie nebenbei.

»Ja. Meine Eltern haben hier mit meinen Großeltern gelebt. Ich wurde, ein paar Jahre nachdem das Haus gekauft wurde, geboren.« Die Zimtschnecke war weich, nicht zu trocken, ausreichend süß, genau so, wie es Gloria nie gelungen war. Für einen Moment hielt sich ihr Blick an dem Gebäckstück fest, bevor sie ihn auf Lou richtete.

»Dann hast du dein ganzes Leben lang hier gewohnt?«

Gloria zögerte. Manche Antworten öffneten Bereiche in ihr, die jemand wie Lou, die jung und schon überall gewesen war, nicht verstehen würde. »Mehr oder weniger, ja«, sagte sie und schaute aus dem Fenster, als könnte sie die Jahre sehen, die dort lagen. »Während der Ausbildung war ich in Hamburg, dort habe ich auch eine Zeit lang gearbeitet. Dann bin ich aber zurückgekommen, weil mein Vater krank wurde und ich meine Mutter nicht mit der Pflege allein lassen wollte. Wir haben uns beide bis zu seinem Tod um ihn gekümmert.«

Der Löffel klimperte gegen die Porzellantasse, als Lou ihren Kakao umrührte. »Was für eine Ausbildung hast du gemacht?«

»Kauffrau.« Sie blickte in das Getränk, eigentlich sollte sie das besser stehen lassen, aber es roch so verlockend. »Ursprünglich wollte ich etwas anderes machen, es hat sich nur nicht ergeben.«

»Was wolltest du denn ursprünglich machen?«

»Es ist ziemlich albern.«

»Das glaube ich nicht.« Lou nippte an ihrem Kakao, der nicht ganz so gut schmeckte wie der ihrer Großmutter, aber vielleicht kleidete nur Nostalgie die Vergangenheit in andere Farben.

»Eigentlich wollte ich Archäologie studieren. In der Schule haben mich Geschichte und Geografie immer am meisten interessiert, Archäologie kam mir wie eine gute Kombination aus beidem vor.«

»Sag ich doch, das ist nicht albern. Wieso hast du das nicht gemacht?«

Sachte tippte Gloria gegen den Becher, sie bemerkte es kaum. »Ich habe kein Abitur gemacht, das hätte ich erst nachholen müssen, und, nun ja, damals war es einfacher, eine Ausbildung anzufangen, ich wollte schnell auf eigenen Beinen stehen.« Sie klang so zielstrebig in dieser Version ihrer Vergangenheit, wie eine junge Frau, die endlich ihr Leben angehen wollte, dabei hatte sie nur aufhören wollen zu warten und sich nach Menschen zu sehnen, die nie zurückkehren würden.

»Dann war es sicher komisch, in das Haus zurückziehen zu müssen.«

Gloria erwiderte Lous Blick. »Ein bisschen, aber eigentlich hat es ganz gut funktioniert. Als die Kinder kamen, war ich froh, Unterstützung zu haben. Meine Mutter ist auch nach dem Tod meines Vaters mit uns hier wohnen geblieben. Wir hatten immer ein volles Haus. Später hat meine Mutter wieder geheiratet und ist an die Nordsee gezogen. Das war eine ziemliche Umstellung für uns, die Kinder, das Haus und der Garten und all die Alltagsdinge haben plötzlich viel mehr Zeit in Anspruch genommen. Aber ich wollte das Haus ungern aufgeben, und die Kinder haben sich hier auch wohlgefühlt. Es gab viele Gründe, aus denen wir immer hiergeblieben sind.«

Manchmal fand Lou das, was Menschen nicht erzählten, sehr viel interessanter als das, was sie tatsächlich sagten. »Es ist schön und ungewöhnlich, wenn man so tiefe Wurzeln hat, oder?«, fragte sie nun.

Wurzeln. Vielleicht war es das, vielleicht war es das nicht, Gloria war sich nicht sicher. Manche Lebensgeschichten waren kompliziert, manche Beziehungen zwischen Menschen und Häusern waren kompliziert und nicht mit so einem einfachen Wort wie »Wurzeln« erklärbar, nur wusste sie selbst nicht, wie sie es sonst bezeichnen sollte.

»Ich habe erst wieder richtig angefangen zu arbeiten, als die Kinder älter waren. Wir haben umgebaut, und Herbert hat in den freien Zimmern sein Antiquariat eingerichtet. Das war am Anfang nur ein Hobby, eigentlich ist er Bibliothekar.«

Lou überlegte, ob die Küche früher anders ausgesehen hatte, welche Veränderungen das Haus wohl durchlaufen hatte, seit Gloria darin lebte, ob Gloria manchmal noch die alten Schichten des Gebäudes wahrnahm, ob die Zeit für sie verschwamm oder ob sie immer in der Gegenwart blieb. »Bereust du es manchmal, nicht Archäologie studiert zu haben?«

»Nein«, erwiderte Gloria viel zu schnell. Lou fragte nicht weiter nach. An manche Menschen musste man sich sehr langsam herantasten, jede Person hatte ihren eigenen Rhythmus, ihr eigenes Tempo, um ihre Lebensgeschichte zu teilen.

»Ich denke manchmal darüber nach, dass es vielleicht doch richtig gewesen wäre, Tänzerin zu werden.«

»Das wolltest du ursprünglich machen?«

»Ja, sogar sehr lange.« Lou lächelte über den Rand ihrer Tasse hinweg, sie sah sich selbst in ihren Tanzklamotten, sie sah sich vor jedem Spiegel eine Pirouette drehen oder eine kurze Bewegungsabfolge durchgehen, selbst wenn sie nur Treppen gelaufen war, hatte sie Choreografiefiguren im Kopf gehabt. »Ich habe schon mit zwei angefangen zu tanzen, mit drei kam Ballett. Später habe ich dann Jazzdance und Standard gemacht, lateinamerikanische Tänze und Bauchtanz.«

»Das ist ja eine sehr vielseitige Ausbildung.«

»Na ja, ich beherrsche viele Grundlagen, aber nichts wirklich gut.«

»Wieso ist kein Beruf daraus geworden?«

»Es gab genug Menschen, die mehr Talent und größere Ambitionen hatten als ich. Und meine Eltern haben immer gesagt, Sport und Kunst taugen nur als Hobby. Wahrscheinlich haben sie damit recht.«

»Vielleicht.« Gloria hatte ihren Teil der Zimtschnecke bereits gegessen und auch den Kakao fast ausgetrunken.

Lou hingegen schaute aus dem Fenster, sie hielt nicht, wie sonst häufig bei den gemeinsamen Mahlzeiten, an dem Gespräch fest, sie lächelte nicht mehr. Auf einmal war sie ein kleines Mädchen mit großen Augen, das Gloria in den Arm nehmen und trösten wollte, sie war ein Kind, das nirgendwo hingehörte.

Gloria blinzelte, sie bildete sich Dinge ein. »Kommst du gut mit deinen Eltern zurecht?«, fragte sie schließlich.

»Schon. Wir sehen uns aber nicht besonders oft. Aktuell wohnen sie in Japan.«

»Das ist weit weg.«

»Ja«, erwiderte Lou. »Das war schon immer so. Sie wohnen meistens weit weg.« Damit stand sie auf, um das Geschirr in die Spülmaschine zu räumen, aber Gloria hielt sie auf.

»Das kann ich machen«, sagte sie. »Danke für den Kakao.«

»Gern geschehen.« Für einen Moment stand Lou unschlüssig in der Küche, ohne Aufgabe, während Gloria das Geschirr zusammenstellte. »Ich geh jetzt hoch. Bis später.«

Erst nachdem Lou gegangen war, überlegte Gloria, ob diese noch länger hätte bleiben wollen, ob sie ihr Kekse hätte anbieten sollen oder etwas anderes. Es geschah nicht oft, dass jemand in ihre Küche kam, um Zeit mit ihr zu verbringen. Ihre Kinder waren viel unterwegs gewesen. Erst abends war die Familie zusammengekommen, jeder hatte seinen Tag mitgebracht und die Erlebnisse in den Raum gegossen, ihre Abendessen waren voller Erzählungen gewesen, selbst Herbert hatte hier und da unterhaltsame Anekdoten beigesteuert. Als die Kinder noch im Haus gewesen waren, hatte sie sich den ganzen Tag lang auf diese Momente gefreut.

Kapitel 9

Sperrangelweit stand die Tür zu Lous Zimmer offen. Ohne dass sie groß darüber nachdachte, blieb Alissa im Flur stehen und betrachtete das Chaos: Kleidungsstücke auf dem Boden, Bücher auf dem Schreibtisch, dazwischen ein paar Teller, Stifte, Papier, bunte Stofftücher, selbst auf dem Bett lagen Dinge herum. Alissa fiel ihre eigene Neugierde erst auf, als sich Lou von hinten an ihr vorbeidrückte. Sie trug eine gestreifte Hose, die sehr nach Schlafanzughose aussah, und einen weiten roten Pullover mit hohem Kragen, offenbar hatte sie sich bereits auf das Ende des Tages eingestellt.

»Dein Zimmer sieht schlimmer aus als meins«, sagte Alissa. Aus irgendeinem Grund hatte sie angenommen, Lous Leben wäre sortiert und beschriftet und genau das würde auch ihr Zimmer widerspiegeln, obwohl sich Alissa nicht sicher war, woher dieser Eindruck kam. Bisher hatte sie sich kaum mit Lou unterhalten.

Lou zog das Handtuch von ihrem Kopf. »Kreatives Chaos«, erwiderte sie und warf es über eine Stuhllehne.

»Was machst du denn Kreatives?«

Von ihrem Bett angelte Lou ein Blatt Papier, skizzenhaft war ein Raum dargestellt, hier und da angedeutete Farben. »Ich überlege, wie mein Zimmer aussehen soll, wenn es fertig ist.« Sie reichte Alissa den Zettel. »Ich mag Innendesign, und ich mag es, neue Orte zu gestalten, besonders nachdem ich umgezogen bin. Meistens ziehe ich aber wieder aus, bevor alles so aussieht, wie es aussehen soll.«

Auf der Zeichnung befanden sich die meisten Möbel dort, wo sie auch jetzt standen, nur das Bett war an die Wand gerückt mit der Kommode daneben. »Das sieht gut aus. Innenräume kann ich nicht gut zeichnen, ich kriege nie die Proportionen richtig hin.« Alissa gab Lou das Blatt zurück. »Viel fehlt ja nicht mehr.«

»Das ist nur einer von mehreren Entwürfen, und bisher bin ich mit keinem wirklich zufrieden.«

»Wieso Perfektion, wenn du es dann doch nicht so einrichtest?«

Lou lachte kurz und legte das Blatt auf ihrem Schreibtisch ab. »Ich weiß, vergeudete Energie. Trotzdem, ich denke jedes Mal, dass es diesmal so werden wird, wie ich es gern hätte. Sofern ich mich überhaupt für eine Version entscheiden kann.«

»Kann ich die anderen sehen?«

»Klar. Dort auf dem Bett.«

Alissa beugte sich über die Bilder.

Das Zimmer hatte sehr leer und kalt gewirkt, bevor Lou eingezogen war, laut Gloria war es vorher nur ein selten benutztes Gästezimmer gewesen. Alissa hätte es sich nie ausgesucht und war froh gewesen, dass Gloria ihr das nebenan vorgeschlagen hatte mit den Fenstern in zwei Richtungen, sodass sie nicht nur nach Norden schauen musste wie Lou, sie hatte mehr Licht, sie hatte mehr Wärme. Kurz nach ihrem Einzug hatte Lou die Wand am Kopfende des Bettes in einem dunklen Violett gestrichen, schlichte Lichterketten verströmten dort goldgelbes Licht. Mit kleinen Holzklammern waren Fotos entlang der Lichterkettenkabel befestigt, Aufnahmen von Menschen, von Orten, weite grüne Natur und Stadtimpressionen. Über der Rückenlehne des Schreibtischstuhls hing eine kuschelig wirkende Decke, und auf einem Stapel Bücher standen eine Tasse Tee und daneben ein kleiner Teller mit Keksen.

»Ich glaube, du brauchst keine Einrichtungsplanung. Du bist einfach da, und damit kommt auch alles andere.«

»Die Wand hat sich nicht wirklich von allein gestrichen«, erwiderte Lou und fuhr sich durch die feuchten Haare. »Aber ich wohne auch nicht gern in Zimmern, die sich nicht nach mir anfühlen. Weißt du, was ich meine?«

»Ja, glaub schon.«

Von ihrem Schreibtischstuhl sammelte Lou eine Strickjacke und eine Hose, beides warf sie in den Wäschesack neben der Tür, der genau genommen nur ein IKEA-Beutel war. »Wenn du willst, kannst du dich setzen. Nimm dir ruhig die Decke, falls dir kalt ist.«

Alissa ließ sich zögernd auf dem Stuhl nieder und zog sich die moosgrüne Decke über den Schoß. Grün und Lila, Lou hatte eindeutige Lieblingsfarben. »Ich weiß nicht mal, wo man da anfängt«, sagte sie. »Welche Farbe für die Wände, wo welche Möbel stehen, so was. Die Umzugsleute haben meine Sachen irgendwohin gestellt, und ich habe nicht mehr groß was verändert.«

»Bist du denn zufrieden damit, wie dein Zimmer aussieht?« Lou begann, die Zettel von ihrem Bett zu einem Haufen zusammenzuschieben.

Kuschelige Gemütlichkeit umschloss Alissa, fast hätte sie die Augen schließen und einfach in Lous Stuhl einschlafen können. »Nein«, erwiderte sie schlicht. Bisher hatte ihr niemand diese Frage gestellt, ihre Mutter nicht, ihr Vater schon gar nicht. »Es ist größer als das, was ich vorher hatte, und ich dachte erst, das wäre super, weil ich mehr Platz habe. Aber mehr Platz ist eigentlich nur wichtig, wenn man ihn braucht.«

Den Stapel aus losem Papier legte Lou auf den Schreibtisch, wo er zwischen Schreibwaren und anderen Blättern und dem Bücherstapel mit den Keksen nicht sehr viel ordentlicher wirkte als die einzelnen Zettel vorher verteilt auf dem Bett. »Wenn du magst, können wir mal alles ausmessen und zusammen überlegen, was dir gefallen könnte. Aus dem Bauch heraus würde ich sagen, du brauchst Farbe an den Wänden, eine Leseecke mit einem Sessel oder Sitzkissen und vielleicht noch einen Teppich.« Bisher hatte Lou nur wenige kurze Blicke in Alissas Zimmer geworfen, meistens war die Tür geschlossen.

»Kostet deine Beratung was?«, fragte Alissa. »Ich kann mir nämlich gerade gar keine Innendesignerin leisten.«

»Normalerweise nehme ich dreihundert Euro die Stunde, aber ich gebe dir einen Mitbewohnerrabatt von hundert Prozent.«

»Dann buche ich dich hiermit. Es wird aber auch kein Trinkgeld geben.«

Lou zog die Vorhänge zu und lehnte sich dann an das Bücherregal. »Wenn ich ehrlich bin …«, begann sie, ein anderer Klang färbte ihre Stimme, die lockere Heiterkeit war nur noch gedämpft. »Ich betreibe den ganzen Aufwand vor allem, weil ich Veränderung um mich mag. Vielleicht willst du das ja gar nicht.«

»Die Veränderung ist schon da.« Alissa dachte an den Essay, den sie noch schreiben musste und für den es langsam zu spät wurde, das Abendessen war schon über eine Stunde her. »Und jetzt geht sie auch nicht mehr weg.« Träge beobachtete sie Lou dabei, wie diese einige Kerzen anzündete.

»Willst du denn, dass sie wieder weggeht?«

Der Geruch von abgebrannten Streichhölzern hing in der Luft. Bisher war Alissa nicht bewusst gewesen, dass sie ihn mochte, dass er für sie etwas von Vorweihnachtszeit hatte und Sonntagsfilmabenden im Winter. »Wenn die Veränderung wieder weggeht, wäre alles wie vorher, aber wenn Vorher gut gewesen wäre, wären wir nicht hier. Ich würde mir also etwas wünschen, was nicht mehr schön werden kann.«

»Das ist wohl so.« Lou suchte auf dem Bett nach ihrer Mütze, ihre nassen Haare waren kalt geworden. »Darüber hast du schon häufiger nachgedacht, kann das sein?« Die Mütze lag auf dem Boden neben dem Bett, Lou setzte sie auf.

Das Thema des Essays lautete *Leben im 21. Jahrhundert*. Alissas LER-Lehrerin hatte eine Abneigung gegen präzise Aufgabenstellungen, sie bevorzugte große Fragen mit unauffindbaren Antworten, als gäbe es davon nicht schon genug. »Vielleicht?«

»Es kann ganz schön ätzend sein, so vom Leben der eigenen Eltern mitgerissen zu werden«, sagte Lou und setzte sich auf ihr Bett, dorthin, wo ein bisschen Platz war.

»Hm. Darf ich?« Als Lou nickte, nahm sich Alissa einen Keks. »Du bist schon häufig umgezogen, oder?«

»Ja, sehr oft. Ich müsste ziemlich lange nachdenken, um mich genau daran zu erinnern, wo ich schon überall gewohnt habe.«

»Wie ist das, wenn man ständig woanders lebt?« Der Keks schmeckte nach Gewürzen und Honig, ohne dabei allzu süß zu sein. Im ersten Moment wollte Alissa ihn wieder weglegen, doch dann gewöhnte sie sich an den Geschmack, er brauchte etwas, um sich zu entfalten.

»Unruhig. Aufregend. Eindrucksvoll. Lehrreich. Manchmal auch sehr einsam.«

Alissa zog die Füße auf den Stuhl und verbarg sie unter der Decke, ihr Blick wanderte zu den Fotos. Menschen, so viele Menschen, viele waren jünger oder älter als Lou, ihr Leben war aufgespannt zwischen all diesen Personen, doch nur drei oder vier erkannte Alissa auf mehreren Bildern. »Das sieht nicht besonders einsam aus.«

»Ich weiß«, erwiderte Lou. »Einsamkeit ist sehr oft unsichtbar.«

»Hm. Ist es hier anders?«

»Es ist immer überall anders.«

Jemand lief die Treppe nach oben, Alissa entdeckte Gloria, die in ihrem Zimmer verschwand. Es musste wirklich schon spät sein. »Ich muss noch Hausaufgaben machen«, sagte sie, erhob sich abrupt und wickelte sich aus der Decke.

»Tu das.«

Unschlüssig blieb sie stehen. Gern würde sie noch länger in Lous Zimmer bleiben, vielleicht könnte sie einfach hier den Essay schreiben, während Lou an ihren Dekorationsplänen arbeitete, auf einmal kam es ihr merkwürdig vor, dass sie alle jeden Abend in ihren Zimmern hockten, hinter verschlossenen Türen. »Wer ist das dort?«, fragte sie und deutete auf eine der Frauen, die auf mehreren Fotos zu sehen war, graue Haare, eine große Brille, ein Lächeln, das gleichzeitig verhalten und offen wirkte.

»Meine Großmutter.« Lou erhob sich ebenfalls und trat neben Alissa. »Sie war übrigens Innendesignerin. Vielleicht habe ich den Hang zur Einrichtungsplanung von ihr.«

»Möglich.« Alissa erwiderte Lous Lächeln. »Waren ihre Lieblingsfarben auch Dunkelgrün und Violett?«

»Sie mochte alle Farben.«

Endlich setzte sich Alissa in Bewegung. »Schlaf gut«, sagte sie, als sie die Tür schon fast erreicht hatte.

»Bis morgen.«

Der Laptop in ihrem Zimmer war bereits in den Ruhemodus übergegangen, offenbar ging er davon aus, dass Alissa heute nicht mehr fleißig sein würde. Leider würde sie ihm das Gegenteil beweisen müssen, in zwei Tagen war Abgabe.

Alissa klapperte ein bisschen auf der Tastatur herum, damit der Computer wieder aufwachte, und auch wenn er nicht gerade erfreut über die Störung wirkte, ließ er sich auf die Herausforderung ein und zeigte Alissa das leere Worddokument, das sie vorhin geöffnet hatte.

Leben im 21. Jahrhundert. Was sollte sie dazu schreiben? Dass die Welt zwar im Begriff war unterzugehen oder zumindest die Menschheit, aber dass sie dafür alles im Internet bestellen konnte, was sie wollte, ohne dafür das Haus verlassen zu müssen? Das einundzwanzigste Jahrhundert, dachte Alissa, war alles Mögliche auf einmal, und weil sie das dachte, schrieb sie es einfach auf. Sie tippte alle folgenden Gedanken hinterher, sie schrieb über Wasser aus Plastikflaschen und verschmutzte Meere und einzigartige Musik und Serien und Wissenschaft und Glauben und Menschen, die vergessen wurden, sie schrieb übers Hinsehen und Weggucken und Weiterlaufen, selbst wenn es kein Ziel gab, sie schrieb über Farben und Möglichkeiten und dass Anfänge und Enden manchmal dasselbe waren.

Ihr Aufsatz umfasste eintausendzweihundertfünfundvierzig Wörter, dabei sollten sie maximal siebenhundert schreiben, aber sie war zu müde, um sich den Text noch mal durchzulesen und zu sortieren und zu kürzen, das würde sie morgen erledigen müssen. Jetzt fühlte sie sich leer geschrieben, sie fühlte sich taub und wie fremd in ihrem Körper, als hätte sie in den anderthalb Stunden konzentrierten Schreibens ein anderes Leben gelebt und wüsste nun nicht mehr, wie sie ihres zu leben hatte. Wahrscheinlich würde sie alles wieder löschen, sobald sie es zu überarbeiten versuchte. Manchmal ergaben ihre Gedankenkonstrukte nur in dem Moment Sinn, in dem sie sie aufschrieb, und sobald sie sie durchlas, waren es nur noch zerfetzte Sinnlosigkeiten in holpriger Sprache, aber darüber konnte sie sich ein anderes Mal Gedanken machen, jetzt musste sie dringend Zähne putzen und ins Bett gehen.

Sie war jedoch nicht die Einzige, die diesen Plan gefasst hatte, Jay stand bereits im Bad, als Alissa es betreten wollte. »Entschuldige«, sagte sie. »Die Tür war offen.«

»Isch weisch«, nuschelte er, spuckte Zahnpasta ins Waschbecken und lächelte sie im Spiegel an. »Ich bin gleich fertig. Stört mich aber nicht, wenn du auch Zähne putzt.«

Zögernd trat Alissa neben ihn und nahm ihren Becher mit der Bürste darin aus dem Spiegelschrank. Sie wusste nicht, wieso sie zögerte, denn eigentlich war das doch keine besonders private Sache, im Gegenteil, auf ihren Campingurlauben früher war sie ständig anderen Menschen begegnet, die vor ihren Zelten und Wohnwagen Zähne geputzt hatten. Trotzdem ließ sie sich Zeit damit, Wasser in den Becher zu geben und die Zahnpasta aufzutragen, sie schaute nicht in den Spiegel, denn hier in dem kleinen Raum mit den hässlichen braunen Fliesen fühlte sich das anders an als auf einem Campingplatz. Es musste einen Punkt geben, ab wann man mit jemandem zusammen Zähne putzen konnte, und Alissa war sich ziemlich sicher, dass sie und Jay diesen Punkt noch nicht erreicht hatten.

Jay spülte den Mund unter dem Wasserhahn aus. »Schlaf gut«, sagte er, und er sagte das, als würden sie jeden Abend nebeneinander im Bad stehen.

»Du auch«, sagte Alissa.

Er verschwand in den Flur, die Badezimmertür ließ er geöffnet. Alissa beeilte sich, es war wieder viel zu spät, ihr Vater schlief sicher schon längst. Wahrscheinlich schliefen alle schon längst, nur sie war noch wach, sie und Jay, der vielleicht etwas für die Uni machte oder las oder einen Film schaute, sie könnte nachsehen, wenn sie wollte, Netflix würde das wissen. Stattdessen löschte sie das Licht im Flur und verkroch sich in ihrem Bett, am nächsten Morgen würde sie viel zu müde sein, um rechtzeitig aufzustehen. Immerhin musste sie keinen Aufsatz mehr schreiben.

Kapitel 10

Für einen Samstag war es noch zu früh zum Aufstehen, das spürte Alissa bereits, bevor sie die Augen aufschlug. Morgenlicht glitzerte vor dem Fenster und auf dem Boden, sie hatte wohl am Abend vergessen, die Vorhänge zuzuziehen. Sie schloss die Augen wieder und lauschte auf die Geräusche des Hauses. Irgendjemand klapperte in der Küche herum, wahrscheinlich ihr Vater, draußen diskutierten zwei Hunde miteinander, und eine Familie schien die gesamte Straße unterhalten zu wollen, sie hörte Stimmen und das spielerische Geschrei von Kindern und das Schlagen von Autotüren, und irgendwann verstummten die Stimmen, und ein Motor ging an.

Sie fühlte sich merkwürdig leicht und zufrieden und ein bisschen sehnsüchtig, doch sosehr sie sich auch bemühte, ihr Traum blieb unsichtbar in ihr. Manchmal reichte dieses Gefühl, das er hinterließ, um den Tag in angenehme Farben zu kleiden, einfach nur weil sie für ein paar Minuten in einer von ihrem Unterbewusstsein gestalteten Fiktion glücklich gewesen war.

Da der Schlaf ohnehin nicht zurückkam, schlug sie die Augen auf und drehte sich auf den Rücken. Die Decke war hier weiter entfernt als in ihrem alten Zimmer. Vielleicht sollte sie sie streichen, in Blau oder Gelb oder einem hellen Grünton. Sie könnte Lou fragen.

Ihr Vater klopfte an ihre Zimmertür, und für einen Moment befürchtete Alissa, sich im Wochentag geirrt zu haben und sofort aufspringen und sich für die Schule fertig machen zu müssen.

»Deine Mutter hat angerufen. Sie fragt, ob wir schon zum Frühstück vorbeikommen können. Dein Bruder ist später verabredet.«

»Auf einmal?«

»Sie haben es vergessen.«

Gregor wusste genauso gut wie seine Tochter, dass sie diese Verabredung nicht vergessen hatten, sondern dass sie sich spontan ergeben hatte. Normalerweise kamen Alissa und Gregor erst nachmittags und gingen nach dem Abendessen, so lautete die Vereinbarung, die Marion selbst vor einem Monat fixiert hatte.

»Wann müssen wir los?«

»In spätestens einer Dreiviertelstunde.«

Sie stand auf, noch in ihre Decke gewickelt, so schnell war sie nicht bereit für den kühlen Märzmorgen. »Das ist doch jede Menge Zeit«, sagte sie und öffnete die Tür.

»Na ja«, erwiderte Gregor, fand aber nicht, dass das jede Menge Zeit war, vorher würde er es kaum schaffen, seine Laborwerte anzuschauen, und das hatte er sich eigentlich für diesen Morgen vorgenommen. »Ich bin in meinem Zimmer.« Er sagte das so, als gäbe es noch andere Orte, an denen er sich aufhalten könnte.

Alissa warf ihre Decke auf das Bett, fast zumindest, und verschwand im Bad. Es roch noch feucht, all ihre Morgen sammelten sich in diesem Raum und in der Küche, und genau dort traf sie nach dem Duschen auch auf Jay.

Er kochte gerade Kaffee und verfluchte sich innerlich dafür, seiner Schwester versprochen zu haben, ihr beim Packen zu helfen. In einer Woche würde sie mit ihrem Freund zusammenziehen, sie hatten eine hübsche Wohnung gefunden, etwas klein zwar, aber derzeit konnte man nicht wählerisch sein, so hatte sie das formuliert und damit ihre Siebzigquadratmeterwohnung in der dritten Etage gemeint, Altbau in Schöneberg mit zwei riesigen Zimmern, von wegen nicht wählerisch. Er hatte die Anzeige gesehen, es gab einen hübsch bepflanzten Innenhof und Parkettboden und einen Balkon, die Wohnung lag relativ ruhig und trotzdem nicht weit von der nächsten U-Bahn-Station entfernt, aber natürlich, man nimmt eben, was man kriegen kann, auch wenn es nichts Besonderes ist.

»Hallo«, sagte Alissa.

Überrascht drehte Jay sich um, er hatte sie nicht gehört.

»Sorry, ich wollte dich nicht erschrecken.«

»Schon gut. Bin nur noch nicht richtig wach.« Er hasste es, wenn er neidisch und bitter wurde, seine Laune durchtränkte seinen ganzen Morgen. »Willst du auch Kaffee?«, fragte er und bemühte sich um ein Lächeln, tatsächlich, es half, schon fühlte er sich ein winziges bisschen besser.

»Danke, mir reicht Orangensaft.« Sie nahm die Packung aus dem Kühlschrank, nebeneinander standen sie an der Arbeitsplatte, sie goss Saft in ein Glas, er Kaffee und viel Milch in seine Hermine-Tasse.

»Irgendwelche Pläne für heute?«, fragte er.

»Wir fahren zu meiner Mutter, wie immer, Familienfrühstück.«

Jay setzte sich, Alissa blieb an die Arbeitsplatte gelehnt stehen, die feuchten Haare fühlten sich unangenehm im Nacken an.

»Klingt nicht so begeistert.«

»Ich nehme mir was zum Lesen mit, dann geht das schon.«

Jay überlegte, ob er weiter nachfragen sollte. Bisher war das das längste Gespräch, das sie je miteinander geführt hatten, anfangs war er sich nicht einmal sicher gewesen, ob sie überhaupt mehr als drei Worte hintereinander sagen konnte. »Was liest du gerade?«

»*Das trügerische Gedächtnis*.«

Er nippte an seinem Kaffee, durch die Milch war er fast schon wieder kalt. »Okay. Kenne ich nicht. Ist das ein Roman über Demenz?«

Sie lachte, das konnte sie also tatsächlich, im ersten Moment war er ernsthaft irritiert.

»Das ist ein Sachbuch darüber, wie Erinnerungen funktionieren.«

»Musst du das für die Schule lesen?«

Kurz blickte sie aus dem Fenster, da war ein Spatz, der auf dem Fensterbrett eine Pause einlegte und dann weiterflog. »Nein«, sagte sie und wandte sich wieder Jay zu. »Mich interessieren nur so Themen, die mit dem Gehirn zu tun haben. Ich lese im Wartezimmer beim Zahnarzt auch immer die Psychologiezeitschriften.«

»Wie, zum Spaß?«

»Ja, zum Spaß.«

Ein, zwei Schlucke würde er noch trinken, das würde reichen, damit er es bis zu seiner Schwester schaffte, wo es eine Siebträgermaschine und besseren Kaffee gab, dabei hatte Lou schon teureren gekauft als er. Nur eben die Siebträgermaschine nicht. »Als ich in deinem Alter war, habe ich nur gezockt oder Animes geschaut.«

»Jetzt machst du das nicht mehr?«

»Doch, aber ich lese immer noch keine Zeitschriften über Psychologie. Eigentlich lese ich gar keine Zeitschriften. Oder Fachbücher. Höchstens die für die Uni.«

Sie trank aus ihrem Glas. Langsam sollte sie sich die Haare föhnen, bestimmt würde gleich ihr Vater kommen und sie darauf hinweisen, dass sie aufbrechen mussten, wenn sie pünktlich sein wollten, als wäre das Familienfrühstück ein wichtiger Geschäftstermin. »Ich finde das spannend, was so alles in unseren Köpfen passiert«, sagte sie, statt ins Bad zu gehen. »Ich habe mal einen Artikel über Menschen gelesen, die aus einem Koma erwacht und danach nicht mehr mit ihrem Leben zurechtgekommen sind, weil sie sich während des Komas ein völlig anderes ausgedacht hatten. Sie mussten dann nicht nur wieder laufen oder sprechen lernen, sondern sich komplett neu sortieren. Sie haben zum Teil geglaubt, dass sie einen ganz anderen Job haben oder mit erfundenen Leuten verheiratet sind.« Sie vermissten Menschen, die es nicht gab, sie vermissten ein Selbst, das sie nicht waren. Es fiel ihr schwer, das nicht auch schön zu finden. »Unser Unterbewusstsein besteht aus ganzen Welten. Schon komisch, dass wir darin alles Mögliche sein können, und dann wache ich immer wieder in der langweiligsten Version meines Lebens auf.«

Er lächelte, nur ganz leicht, fast sah sie es nicht. »Ich glaube nicht, dass du die langweiligste Version deines Lebens lebst.«

Gerade als Alissa fragen wollte, was Jay mit seinem Tag vorhatte, betrat ihr Vater die Küche, die Aktentasche bei sich, die er überallhin mitnahm, immer in der Hoffnung, unterwegs arbeiten zu können. Alissa hasste diese Tasche, das hatte sie schon oft gesagt, aber bisher war es ihr nicht gelungen, ihn von den Vorteilen eines Rucksacks zu überzeugen.

»Du bist noch nicht fertig«, sagte er und blickte auf ihre Haare.

Alissa trank den letzten Schluck Saft und stellte das Glas in die Spüle. »Das geht so«, sagte sie. »Das geht so nicht«, erwiderte ihr Vater, und bevor er ihr aufzählen konnte, welche Schäden ihr Gehirn davontragen konnte, wenn sie um diese Jahreszeit mit nassen Haaren das Haus verließ, verabschiedete sie sich von Jay und ging zurück ins Bad, um die Haare zu föhnen, obwohl sie schon wieder so lang waren, dass das ewig dauerte. Riskieren wollte sie allerdings nichts, am Ende verlor sie noch ihr Unterbewusstsein und die nächtlichen Träume, und dann blieb ihr nur der langweilige Teil, nichts anderes.

Jay ging in sein Zimmer, und während er sich anzog, stieß er gegen den Schreibtisch und warf die Lampe hinunter, die den Sturz jedoch unbeschadet überstand. Sie hatte nur knapp seine Gitarre verfehlt, vielleicht wäre es ein Zeichen gewesen, dachte Jay, vielleicht war es ein Zeichen, nur eben subtiler als eine zerstörte Gitarre. Die Lampe hob er wieder auf und stellte sie zurück an ihren Platz. Sein Pullover hatte ein Loch im Ärmel, doch zum Umziehen blieb Jay keine Zeit mehr, und überhaupt, er wollte ja beim Packen helfen und nicht zu einem Bewerbungsgespräch. Im Flur stolperte er über eine Teppichkante und prallte gegen die Wand oder eigentlich gegen Lous Zimmertür, heute stellte er sich filmreif ungeschickt an.

Erschrocken fuhr Lou hoch, obwohl sie nicht mehr wirklich geschlafen, sondern dem Rhythmus der anderen gelauscht hatte.

Als es ruhig wurde, stand sie auf und begegnete auf dem

Weg zur Küche Gloria, die gerade den Trockner in der Wäschekammer im Flur belud, sich aber gleich verabschiedete, da sie und Herbert demnächst zu Herberts Schwester aufbrechen wollten. Lou wünschte ihnen einen schönen Samstag, und Gloria lief nach unten. Herbert saß im Salon und las die Zeitung. Der Tee in seiner Tasse war bereits kalt, aber so trank er ihn am liebsten, kalten schwarzen Tee mit Zucker und ein bisschen Zitrone. Wenn sie schon am Wochenende versuchten, auf Kaffee zu verzichten, nur weil der Arzt das empfohlen hatte, wollte er wenigstens eine akzeptable Alternative zu sich nehmen. Die Kanne hatte er für Gloria auf ein Stövchen gestellt, und als sie das Zimmer betrat, goss er ihr eine Tasse ein, dafür hatten sie wohl noch Zeit.

Nachdem auch die beiden die Villa verlassen hatten, war Lou allein im Haus. Vor ihr lagen ungefüllte Stunden, heute gab sie keinen Tanzunterricht, sie musste nicht ins Kino, sie war mit niemandem verabredet. Sie suchte ein paar Songs heraus und reihte sie in eine Playlist, dann stellte sie ihre Bluetoothbox auf laut. Im Rhythmus der Musik lief sie durch ihr Zimmer und sammelte Kleidungsstücke ein, alles, was dreckig war, sie fand nur den Beutel nicht, in dem sie die Schmutzwäsche normalerweise aufbewahrte, weil Beutel, selbst große, einfach immer verschwanden. Also trug sie die Kleidung lose in die Wäschekammer und stopfte sie in die Trommel, lief zurück, um zu schauen, ob sie etwas übersehen hatte, nahm die Box mit, während sie durch den Flur zur Waschmaschine tanzte, und dann betrachtete sie die Drehknöpfe und die Anzeige und überlegte, ob ihre Kleidung heute pflegeleicht war oder Buntwäsche, denn irgendwie war sie beides, alle möglichen Farben, aber nichts davon war besonders pflegeaufwendig. Sie entschied sich für bunt, das konnte nicht verkehrt sein, und lächelte angesichts der gefühlt dreihundertfünfzig verschiedenen Waschmittel, die in dem Regal über den Maschinen aufgereiht waren, jeder besaß sein eigenes und Gloria selbst den Rest.

Als die Maschine Wasser zu pumpen begann, tanzte Lou in die Küche, sie tanzte ein bisschen vor dem Kühlschrank und ein bisschen vor dem kleinen Tisch. Dann nahm sie sich Brot und Aufstrich und ein paar Gewürzgurken, zog sich hoch auf die Arbeitsplatte und schaute aus dem Fenster hinter sich, der Winter verabschiedete sich bereits. Wenn sie genau hinsah, konnte sie erste grüne Knospen erkennen, das karge Graubraun wurde etwas satter, etwas weniger blass.

Das Brot war schon trocken, deshalb aß sie die Reste komplett auf, morgen konnte sie frisches holen oder besser heute noch, aber später. Sie tanzte zurück in ihr Zimmer und sammelte das schmutzige Geschirr ein, noch immer besaß sie kein eigenes mit Ausnahme der Sammelteller, die sie nicht für Essen benutzte. Schließlich begann sie mit dem Papierkram, ab jetzt wollte sie alles ordentlich sortieren, damit sie nicht permanent etwas suchen musste, sie hatte schließlich einen Ort, an den ihre Dinge gehörten.

Langsam ließ der Aufräumschub nach. Obwohl sie mitten in einem Song war, den sie liebte, sank ihr Energielevel spürbar, von einer Sekunde auf die nächste wich alle Motivation. Es war einfach nicht besonders anregend, Zettel zu sortieren und abzuheften, es war zu langsam, zu still, sie musste sich bewegen, um die Energie zu halten.

Lou suchte den Song heraus, den sie mit den Kindern im Training für die Choreografie ausgewählt hatte. Sie musste sich wieder in Aufräumstimmung hineintanzen, warum nicht gleichzeitig an der Choreografie feilen? Sie tanzte einmal durch, was sie bei den letzten beiden Terminen gemeinsam erarbeitet hatten. Es gab nicht genug Platz in ihrem Zimmer, aber heute war sie allein im Haus, was bedeutete, dass sie ihren Lebensraum ausweiten konnte, also ging sie hinunter in den Salon. Der Anfang saß gut, ab der Mitte hing die Spannung, hier hatte sie nur ein paar Figuren aneinandergereiht, weil ihr noch etwas fehlte, es war einfach keine durchgehende Geschichte. Auch das Tanzen war eine Erzählform, so wie Romane oder Comics oder Bilder oder Fotografie, und wenn sich Lou nicht ganz sicher war, was genau sie erzählen wollte, spürte man das in ihrer Choreografie.

Erschrocken zuckte sie zusammen, als sie bemerkte, dass jemand in der Tür stand.

»Die Musik ist sehr laut«, sagte Gregor.

»Was?« Lou lief zu ihrem Handy auf dem Couchtisch und stoppte den Song.

»Die Musik ist sehr laut«, wiederholte Gregor.

»Ich weiß. Entschuldigung, ich dachte, ich wäre allein im Haus.«

»Ich bin gerade gekommen.«

Sie wartete, Gregor schien jedoch alles Nötige gesagt zu haben, zumindest war er im Begriff, die Tür wieder zu schließen. Gleich nach dem Frühstück mit seiner Ex-Frau war er gegangen, manchmal blieb er nicht lange. Alissa würde später nachkommen, nach dem Spaziergang mit Thore und dem Hund.

Bevor er die Tür ganz hinter sich zugezogen hatte, fiel ihm etwas ein. »Ich habe Kopfhörer«, sagte er und drehte sich wieder zu Lou um.

»Kopfhörer?«

»Ja. Für die Musik.«

»Ach, du willst mir die Kopfhörer ausleihen?«

Er nickte, abwartend blickte er sie an.

»Das ist sehr nett, danke. Ich habe selbst welche, aber sie stören mich beim Tanzen. Jedenfalls ein bisschen.« Sie schob das Handy in die Hosentasche und lächelte Gregor an. »Ich brauche sowieso eine Pause. Keine Sorge, ich bin jetzt nicht mehr laut.«

In der oberen Küche trank Lou zwei Gläser Wasser, der Geschirrspüler lief noch, nur die Waschmaschine war bereits fertig. Sie räumte die feuchte Kleidung in den Beutel, den sie unter ihrem Bett gefunden hatte, und trug ihn hinunter in den Keller, wo es einen Trockenraum gab. In dem schwachen Draußenlicht, das durch das schmutzige Kellerfenster drang, hängte Lou ihre Sachen auf. Es gab keine Heizung in dem weiß verputzten Raum, doch der Öltank schien das Zimmer mit zu erwärmen, und immerhin, der Boden war sauber gefliest, alte Schränke standen an den Wänden, fast könnte man hier wohnen, wenn man der Ästhetik von Heizräumen etwas abgewinnen konnte. Wahrscheinlich waren die Möbel voller Erinnerungen, voller Besitztümer von Menschen, die es nicht mehr gab.

Auf dem Weg zurück nach oben stoppte Lou im Salon und betrachtete die Harfe. Bisher hatte sie noch niemanden darauf spielen hören, und als sie Gloria vor Kurzem gefragt hatte, wer sie eigentlich benutzte, hatte diese nur geantwortet, dass sie schon immer dort gestanden hatte. Instrumente wollten gespielt werden, sie waren keine Dekoration. Lou entfernte die Schutzhülle und hoffte, dass sie sie hinterher wieder richtig platzieren konnte, dann holte sie einen Stuhl aus dem anliegenden Esszimmer und setzte sich vor das große Instrument. Zaghaft zupfte sie an einer Saite. Unter ihren Fingern fühlte sie sich rau an, nur widerwillig ließ sie sich einen Ton entlocken. Mal strich Lou über die eine Saite, mal über jene. Die Tonfolge klang grauenhaft und bestärkte das Gefühl, etwas Verbotenes zu tun, Lou öffnete die Tür zu einem Raum, der sie nichts anging. Eine Weile saß sie noch vor dem Instrument, es erzählte ihr etwas, was sie nicht verstand. Schließlich räumte sie alles wieder so auf, wie es zuvor gewesen war, ging nach oben und begann, im Internet zu recherchieren, wie genau man Harfe spielte. Gloria würde es ihr wohl nicht beibringen, selbst wenn sie wusste, wie es ging.

Kapitel 11

An manchen Tagen fühlte Gloria ihr Alter stärker als an anderen, es war ein Gewicht, das mit jedem Geburtstag größer wurde. Alter, das klang so, als müsse sie sich bald nach einem Pflegeheimplatz umsehen oder zumindest nach betreutem Wohnen, doch bis dahin vergingen hoffentlich noch viele Jahre. Weniger allerdings, als bereits vergangen waren.

Eigentlich hatte sie nach der Arbeit ein paar Kleinigkeiten einkaufen wollen, wenigstens etwas Obst, die Milch war auch fast alle. Beim Anblick des vollen Supermarktparkplatzes hatte sie jedoch beschlossen, den Laden gar nicht erst zu betreten. Im Tiefkühler hatte sie noch Himbeeren, zum Nachtisch könnte sie eine Quarkcreme zubereiten oder ein paar Muffins backen, wenn sie sich beeilte. Es war Freitag, und freitags gab es immer Nachtisch, um das Wochenende einzuläuten, diese Tradition hatten sie von ihrer Mutter übernommen.

Das Licht neben dem Hauseingang glimmte viel zu schwach, da musste wohl das Leuchtmittel ausgetauscht werden. Gloria hantierte lange mit dem Schlüsselbund herum, ihr Handgelenk tat weh, und wenn das Handgelenk wehtat, benötigte sie für die meisten Tätigkeiten doppelt so lange. Die Tür war jedoch gar nicht abgeschlossen, wie sie letztlich feststellte, obwohl Herbert bereits die Schilder, die auf das Antiquariat hinwiesen, weggeräumt hatte.

Ihr Ehemann stand vor einem der Bücherregale und sortierte den Inhalt um, was nie ein gutes Zeichen war, denn er liebte sein System. Wenn er seine Ordnung abänderte, dann nur, weil er unter Stress stand oder weil ihn etwas sorgte.

»Ich bin zu Hause«, sagte sie, und obwohl sie sich wirklich beeilen musste, um halbwegs pünktlich ein Abendessen zustande zu bringen, blieb sie stehen und betrachtete die Bücher.

»Du bist heute spät«, sagte Herbert, eine Feststellung, die sie überraschte. Sie war davon ausgegangen, dass er auf solche Dinge gar nicht achtete.

»Im Büro war viel los. Sie haben einen großen Deal an Land gezogen, mehrere teure Grundstücke und eine Villa am Griebnitzsee. Es gab Sekt und sehr viele Dinge zu organisieren.«

»Hm«, erwiderte Herbert. »Gut, dass jetzt Wochenende ist.«

»Ja, zum Glück. Langsam beginnt auch die Gartenarbeitssaison.«

»Ach, wir haben bald April. Dann schneit es bestimmt wieder.«

Sie lächelte. »Vielleicht. Brauchst du Hilfe? Oder ist irgendwas los?«

Nur kurz sah er sie an, bevor er mehrere dicke Romane aus dem Regal zog. »Die Ordnung gefällt mir so nicht. Und Timo und ich hatten einen Streit.«

»Hat er angerufen? Worüber habt ihr euch gestritten?«

Die Bücher legte er auf einen der ohnehin schon vollgestellten Tische. »Er hat den Besuch zu Ostern abgesagt, weil er zu Christian fährt und mit dem Haus hilft. Ich habe ihm gesagt, dass dich das sehr traurig machen wird.«

»Wir könnten auch zu Christian fahren«, sagte sie, obwohl sie schon ahnte, dass Herbert die Aussicht auf eine Reise nicht begeistern würde.

»Wir müssten in einem Hotel übernachten.«

»Ja, ich weiß. Aber vielleicht würde Milla ja auch kommen.«

Herbert brummte eine Antwort zwischen halbherziger Zustimmung und Unwillen. Er würde in Ruhe darüber nachdenken müssen, daher ließ ihn Gloria allein.

Im Flur zog sie die Schuhe aus, hängte den Mantel auf und den Schal darüber, sie wusch sich die Hände in dem kleinen Bad, und schon während sie den Salon durchquerte, wusste sie, dass etwas anders war als sonst. Geräusche kamen aus der Küche, ein schwerer, würziger Duft hing im Raum. Sie öffnete die Tür, Stimmen und feuchtwarme Luft schlugen ihr entgegen, alle Arbeitsplatten waren belegt mit Schneidebrettern und Schüsseln mit geschnittenem Gemüse, ihre sonst sorgsam sortierten Gewürzbehälter waren überall verteilt. Jay stand am Herd und rührte in einer Pfanne, und Lou drehte sich zu Gloria um, ihre Wangen waren gerötet.

»Ich hoffe, es ist in Ordnung, dass wir deine Küche belegt haben. Die oben wäre zu klein gewesen.«

»Ja, natürlich«, erwiderte sie reflexartig. Seit Ewigkeiten war sie nicht mehr zu dem Geruch einer fertigen Mahlzeit nach Hause gekommen, seit ihre Mutter ausgezogen war nicht mehr, und das war fast zwanzig Jahre her.

»Wir dachten, heute kochen wir mal«, fuhr Lou in aller Selbstverständlichkeit fort.

»Ich …«, sagte Gloria, und dann sagte sie nichts mehr, sie schaute nur und wartete auf ihre eigene Reaktion.

»Wir haben alles selbst gekauft, und wir räumen hinterher wieder auf. Du wirst gar nicht merken, dass wir überhaupt hier gewesen sind.«

Das bezweifelte Gloria, und dann kam sie, die Reaktion. Sie verspürte tatsächlich so etwas wie Erleichterung. Erschöpft ging sie zu dem kleinen Esstisch und ließ sich auf einen der Stühle sinken. Zu den schmerzenden Handgelenken gesellte sich ein verspannter Nacken, wen hatte sie da vorhin verschaukeln wollen, natürlich hätte sie es nicht geschafft, Nachtisch zu machen.

»Was gibt es?«, fragte sie.

»Indisch. Als Vorspeise so was wie Bratkartoffeln und gebratenen Blumenkohl mit viel Kreuzkümmel, als Hauptgericht Gemüse-Kurma und Dal mit Reis, zum Nachtisch haben wir einfach nur Eiscreme gekauft, sonst hätte das alles noch länger gedauert.«

»Das klingt gut«, sagte Gloria und lehnte sich zurück.

Lou kontrollierte die Konsistenz der Linsen, sie würden noch ein wenig brauchen. Eigentlich hatten sie und Jay fragen wollen, doch Gloria war nicht an ihr Handy gegangen, und sie hatten beide beobachtet, dass Gloria freitags immer sehr müde war, wenn sie nach Hause kam. Manchmal war es einfacher, Tatsachen zu schaffen, als um Erlaubnis zu bitten, trotzdem war Lou erleichtert, dass dieser Versuch nicht schiefgegangen war.

Natürlich fragte Gloria nach ein paar Minuten des Ausruhens, was sie tun könnte, und weil sie unruhig wirkte, trug Lou ihr auf, den Tisch zu decken. Ausnahmsweise beschloss Gloria, nicht die Alltagsteller herauszuholen, sondern die hübschen bordeauxfarbenen mit der rotgoldenen Verzierung, die Herbert und sie zu ihrer Silberhochzeit bekommen hatten, Geschirr zur Silberhochzeit, nun ja, manchmal fiel den Menschen eben nichts ein. Immerhin, sie liebte dieses Service, auch wenn es seit vier Jahren nur unbenutzt im Schrank ruhte. Sogar Servietten legte sie dazu, sie besaß noch hübsche Stoffservietten von ihrer Großmutter, handbestickt mit ihrem Monogramm. Gloria zündete Kerzen an und stellte Untersetzer auf den Tisch, sechs Teller, so wie früher.

Um kurz nach halb acht begannen sie mit dem Essen. Jay und Lou hatten alles auf den zu dem Service gehörenden Platten angerichtet. Gloria hatte Wein in eine Karaffe umgegossen, rotviolett schimmerte er im Licht der Kerzen.

Jay brachte ein Schälchen mit gehacktem Koriander, Herbert stocherte in seinem Essen. Es missfiel ihm, dass jemand anderes als Gloria gekocht hatte, schließlich wusste sie am besten, was ihm schmeckte, und diese Pampe hier würde ihm nicht schmecken, sie roch ja schon so streng.

»Das nächste Mal überfallen wir dich nicht so«, sagte Lou, als sie Gloria das Korianderschälchen reichte.

»Das nächste Mal?«, fragte Gloria. Das Essen war hervorragend, überhaupt würde sie gern ab und zu mal was anderes ausprobieren, nur ließ sich Herbert selten zu Experimenten überreden, er ließ sich generell zu wenig überreden.

»Ja. Wir haben heute so lange hin und her überlegt, was wir kochen wollen, dass wir bei der Gelegenheit Ideen für mindestens fünf weitere Mahlzeiten gesammelt haben. Wenn du magst, können wir gern mal wieder das Kochen übernehmen.« Langsam ließ Lou den Vorschlag in den Raum fließen, sie registrierte, dass Herbert stirnrunzelnd aufblickte, sie registrierte Glorias Zögern, vielleicht war sie doch zu voreilig gewesen.

»Wieso nicht?«, erwiderte Gloria, ihre Antwort war ein Schweben in der Luft.

»Ich finde es richtig lecker«, sagte Alissa. Heute trug sie die Haare offen und nicht zu Zöpfen geflochten, sie waren lang, stellte Gloria fest, die Spitzen müssten dringend geschnitten werden.

»Ich auch«, sagte Jay.

»Ja, es ist mal etwas anderes«, erwiderte nun auch Gloria. »Und es ist wirklich sehr gut geworden.«

»Dann aber mit weniger Gewürzen«, brummte Herbert, während er Fenchelsamen aussortierte.

In den letzten Wochen hatten sie zum Essen meistens das Radio eingeschaltet. Irgendwann hatte Lou das eingeführt, und inzwischen war die Hintergrundmusik zu einem Bestandteil ihrer gemeinsamen Mahlzeiten geworden.

Jay begann, eine Anekdote aus der Bibliothek zu erzählen. Er hatte, nachdem er lange ein Buch gesucht hatte, nicht mehr ganz genau gewusst, welcher Arbeitsplatz seiner gewesen war, und versehentlich den Laptop eines anderen Studenten benutzt, weil dieser dasselbe Modell besaß wie Jay selbst. Jay stand auf, um seinen übertrieben panischen Kommilitonen nachzuahmen, Imitationen waren seine Stärke. Sie lachten alle, sogar Gregor, und auch wenn es der Vollständigkeit halber erwähnenswert gewesen wäre, hatte Jay die Tatsache verschwiegen, dass er vor dem Bibliotheksbesuch mit einem anderen Studenten im Park gekifft hatte, was er nicht oft tat, aber wenn, dann führte das zu solchen Erlebnissen.

Lou bestand darauf, den Tisch abzuräumen, während Alissa und Jay die Eiscreme in Schälchen verteilten. Herbert trank seinen Wein aus und sehnte sich nach seinem Fernseher, sie hatten heute später als sonst gegessen und länger ebenfalls. Er stand auf, kaum dass er seinen Nachtisch aufgegessen hatte, und ging in den Salon hinüber.

Während Lou und Jay die Arbeitsplatten abwischten, räumte Gloria das Geschirr in die Spülmaschine. Alissa füllte die Reste in die Gefäße um, die Gloria ihr herausgestellt hatte, danach verabschiedete sie sich. Ihr Vater war bereits gegangen, niemand hatte bemerkt, wann das geschehen war. Sie stieg die Treppe nach oben, leise öffnete sie die Tür zu seinem Zimmer. Er war still gewesen heute, noch stiller als sonst, vielleicht beschäftigte ihn etwas.

»Musst du noch arbeiten?«, fragte sie.

»Ja«, sagte er. Dann blickte er auf. »Aber erst nach dem Rommé.« Aus der Kommode holte er die Karten. In seinem Zimmer befand sich kein richtiger Tisch, deshalb spielten sie auf dem ordentlich hergerichteten Bett, anschließend ging Alissa in ihr Zimmer. Auf dem Schreibtisch lag ihr Handy. Niemand hatte ihr geschrieben.

Ob Lou Rommé spielte? Oder Jay? Bei Gelegenheit würde sie die beiden fragen. Als leise Gitarrenklänge aus dem Nachbarzimmer kamen, holte sie sich ein Kissen, setzte sich auf den Boden und lehnte sich gegen die Wand, auch wenn sie sich kühl anfühlte. Diesmal spielte Jay keinen Song, den sie kannte, vielleicht war es sein eigener, ein wenig melancholisch mit einer Melodie, die immer mehr an Spannung gewann, bis sie sich zum Ende hin in einem raschen Rhythmus entlud. Mit Bassbegleitung könnte das ein guter Rocksong werden, dachte Alissa und schloss die Augen, umhüllt von ihrer neuen Kuscheldecke, eine dunkelblaue sternenübersäte Fleecedecke, die ihr Lou vor ein paar Tagen mitgebracht hatte. »Ich dachte, sie gefällt dir vielleicht«, hatte sie gesagt, und Alissa war so überrascht gewesen, dass sie sich erst am darauffolgenden Abend hatte bedanken können.

Während das Haus langsam stiller wurde, spielte Jay denselben Song immer wieder von vorn, bis nur noch die Gitarrenklänge blieben und seine Stimme, Alissa schwebte auf der Musik davon.

»Wohin willst du?«, fragte Lou. Ihre Gestalt wirkte seltsam verzerrt, und sie war kleiner als Alissa. Sie trug eine weite tiefviolette Robe, die Kapuze über den Kopf gezogen, und eigentlich sang sie mehr, als dass sie sprach, aber nicht mit ihrer eigenen Stimme, sie war viel tiefer.

Alissa wollte antworten, doch kein Wort kam ihr über die Lippen, sie kannte keine Worte mehr, nur Bilder und Melodien, also sprach sie so, in Bildern und Melodien, sie erzählte stumme Gedanken.

»Ja«, sagte Lou, ohne noch Lou zu sein, Alissas Mutter stand am Herd in der Küche, in der alten Küche in der alten Wohnung. Thore saß auf dem Boden und spielte mit einem winzigen Hund, auch er selbst war noch ein Baby, das hinter dem Hund herkrabbelte. »Aber du kannst uns immer anrufen, hörst du?«

Alissa nahm einen Rucksack, er war riesig, viel größer als sie selbst, sie schwang ihn mühelos auf ihren Rücken und verließ die Wohnung. Vor ihr erstreckte sich ein unendliches Mohnblumenfeld, nur Grün und Rot bis zum Horizont.

Sie wachte auf, weil ihr Nacken schmerzte und ihr rechtes Bein eingeschlafen war. Irritiert sah sie sich um, sie brauchte einen Moment, um zu registrieren, dass sie auf dem Boden lag. Eigentlich müsste sie noch Zähne putzen, sie entschied sich jedoch, darauf zu verzichten, sondern lediglich in den Schlafanzug zu wechseln und ins Bett zu gehen.

Eine ganze Weile versuchte sie einzuschlafen, aber sie hatte Durst, und ihre Füße waren eisig. Schließlich gab sie auf, stand auf, erfühlte die kuscheligsten Socken in ihrer Kommode und tastete sich im Dunkeln durch ihr Zimmer und den Flur. Der Teppich schluckte ihre Schritte, nur die alten Dielen darunter knarrten ab und zu, als wollten sie sich beschweren.

»Nicht erschrecken«, sagte jemand in der Dunkelheit der Küche, natürlich erschreckte sie sich trotzdem. Auch weil sie einen Moment brauchte, um die Stimme zuzuordnen, die ganz anders klang mitten in der Nacht, sie klang nachdenklich und nach Fernweh und einer stillen Art von Sehnsucht.

»Wieso bist du wach?«, fragte Alissa. Die Zeitanzeige des Backofens und der Schimmer Draußenlicht färbte das Schwarz in Schatten und Grau, es war gerade so hell genug, dass sie ein Glas aus dem Schrank nehmen konnte, ohne etwas dabei kaputtzumachen.

»Ich hatte Lust auf Schokolade«, sagte Jay, wie zum Beweis knisterte er mit der Verpackung, die vor ihm auf dem kleinen Tisch lag.

»Deshalb konntest du nicht schlafen?« Mit dem gefüllten Glas setzte sie sich zu ihm.

Sie sprach leise, leiser als sonst, fand Jay, in ihrem Reden lag ein Zuhören. »Ich bin aufgewacht und dann nicht mehr eingeschlafen. Warum, weiß ich nicht.« Das war natürlich gelogen, er wusste sehr genau, was seine nächtlichen Gedanken aufwirbelte, es geschah zu selten, um dann nicht eindeutig zu sein.

»Da hilft Schokolade bestimmt.« Das Lächeln schwang in

Alissas Stimme wie eine ganz eigene Melodielinie, es färbte ihre Worte und die Schatten um sie herum.

»Bestimmt hilft sie absolut gar nicht. Aber Schokolade zu essen ist besser, als nachts wach im Bett herumzuliegen.«

»Lebensweisheit.« Alissa trank vorsichtig einen Schluck. Man musste dafür gar nicht viel sehen, erstaunlicherweise funktionierten einige Dinge auch in dieser tiefen Dämmerung, wobei, mittlerweile kam es ihr nicht einmal mehr besonders dunkel vor. »Ich schaue dann immer YouTube oder TikToks. Das hilft genauso wenig.«

»Wieso liegst du denn nachts wach?«

»Aus tausend Gründen«, sagte sie, obwohl es nicht tausend Gründe dafür gab, höchstens drei oder vier, und die waren auf unterschiedliche Weise miteinander verknüpft, sie sprangen durcheinander, sobald Alissa schlaflos im Bett lag und auf den Morgen wartete, sie wurden ein großer unüberwindbarer Grund.

»Doch so wenige.«

»Ja. Heute hatte ich hauptsächlich kalte Füße.« Eventuell wäre es schlau von ihr gewesen, die Wärmflasche mitzunehmen.

Jay schob ihr die Tafel Schokolade zu, weiße Schokolade mit Erdbeerstückchen, das Papier der Verpackung schleifte auf der Tischoberfläche. »Willst du auch was?«

Alissa brach sich ein Stückchen ab. »Urgs! Was ist das denn für ein Verbrechen?«

Fast schon klang sie wieder wie sonst, wie tagsüber, doch ihre Stimme war immer noch ein wenig weicher als sonst.

»Tut mir leid. Ich mag nur spezielle Sorten.«

»Ja, eindeutig. Jetzt bin ich immerhin gewarnt und nehme im Dunkeln nie wieder was von dir an.« Sie spülte den Geschmack mit dem restlichen Wasser weg. Schokolade ohne Kakao, das war nun wirklich keine richtige Schokolade. »Wieso liegst du nachts wach?«, fragte sie noch einmal.

Jay knabberte an einem Stückchen. »Weißt du schon, was du nach der Schule machen willst?«, fragte er statt einer Antwort.

»Manchmal ja, manchmal nein. Ich wollte sehr lange Försterin werden.«

»Försterin?«

Normalerweise hätte Alissa die belustigte Überraschung, mit der Jay reagierte, genervt, doch sie war zu schläfrig, darüber nachzudenken, sie wollte nur hier sitzen bleiben und dieser Jay-Stimme lauschen, die wie nicht gesungener Gesang war. »Ich weiß, es ist ein bisschen komisch. Wahrscheinlich mochte ich die Vorstellung, den ganzen Tag lang durch den Wald zu streifen und mich um Bäume zu kümmern. Ich hatte mir das so vorgestellt wie bei Ronja Räubertochter, wenn ihr Beruf nicht Räubertochter wäre.«

»Hm, ja. Klingt logisch.«

»Fand ich auch. Irgendwann habe ich gemerkt, dass man als Försterin doch ein paar mehr Aufgaben hat. Seitdem hänge ich mit der Planung.«

»Was interessiert dich denn?«

Alissa zuckte mit den Schultern, was Jay nur als vage Bewegung wahrnahm.

»Du hast ja noch Zeit«, sagte er, und er sagte das so, als hätte er selbst keine mehr.

»Ich weiß. Außerdem kann man sich immer auch wieder umentscheiden. Oder? Meine Mutter wollte erst Feuerwehrfrau und dann Turnerin werden. Die Feuerwehrausbildung hat sie sogar angefangen.« Sie hob ihr Glas, um den letzten Schluck zu trinken, allerdings gab es keinen letzten Schluck mehr.

»Und dann?«

»Dann ist sie doch Lehrerin geworden, das passt auch viel besser zu ihr. Jedenfalls kann man jederzeit von vorn anfangen.«

»Ja, aber auch für den Anfang wäre es gut, sich etwas zu suchen, das einem Spaß macht. Selbst wenn das irgendwann nicht mehr so ist.«

»Das ist schwer genug.«

Jay wickelte die Verpackung um die restliche Schokolade. »Für manche ja, für andere nein.«

»Wie ist es für dich?«

Er lächelte in die beginnende Dämmerung. »Schwer genug.«

Eine Tür wurde geöffnet, und als hätten sie sich abgesprochen, schwiegen Alissa und Jay, sie lauschten den Schritten, der sich öffnenden und schließenden Badtür, der Stille danach. Alissa stand auf, um ihr Glas wieder aufzufüllen, sie trank ein paar Schlucke im Stehen, doch plötzlich erschienen ihr die Geräusche, die sie dabei verursachte, unangenehm laut.

Aus dem Bad hörten sie die Toilettenspülung und den laufenden Wasserhahn, dann wieder die Tür und Schritte, ein Stehenbleiben. Im Türrahmen zeichnete sich eine Gestalt ab, sie war zu schlank, um Gregor zu gehören.

»Steigt hier gerade eine Party, zu der ich nicht eingeladen wurde?«, fragte Lou, ohne den Raum zu betreten.

»So ähnlich«, erwiderte Jay.

»Schade. Vielleicht hätte ich was zu essen mitgebracht. Oder Alkohol.«

»Wir können dir Leitungswasser anbieten. Jay hat außerdem richtig eklige Schokolade.«

»So was gibts?« In Lous Stimme schwang das Lächeln so deutlich, dass Alissa es sich klar vorstellen konnte, selbst in die Nacht nahm sie es mit.

»Ja. Wusste ich vorher auch nicht.«

Jay schnaubte. »Ich esse sie gern allein.«

»Mach das. Ich gehe wieder ins Bett.« Schon wandte Lou sich um und verschwand.

Unschlüssig lehnte Alissa mit dem Rücken am Kühlschrank. Sie müsste auch wieder gehen, sie beide wahrscheinlich, doch sie wollte bleiben.

»Deine Mutter«, begann Jay vorsichtig, »du verstehst dich nicht so gut mit ihr, oder?«

»Wir kommen zurecht.« Sie stellte das Glas auf der Arbeitsfläche ab, Durst hatte sie nicht mehr.

»Klang bisher nicht so.«

»Sie ist okay, wirklich.« Alissa stieß sich ab und setzte sich wieder, die Beine zog sie auf den Stuhl, um ihre Füße zu wärmen. »Manchmal haben wir nur unterschiedliche Vorstellungen davon, was wichtig ist und was nicht.«

»Das ist normal. Bei Kindern und ihren Eltern, meine ich.«

»Ist es mit deinen auch so?«

»Ja. So ähnlich. Ist mitunter schwer zu erkennen, was man selbst wirklich will, wenn man die Erwartungen der Familie ausklammert.« Wenn er sang, bekam seine Stimme etwas Raues, genau wie jetzt, als gäbe es etwas in ihm, was er in solchen Momenten nicht mehr zurückhalten konnte. Bisher hatte Alissa nicht sehr auf die Texte seiner Songs geachtet, aber sie nahm sich vor, das bei Gelegenheit zu ändern.

»Du hast noch nie groß von deiner Familie erzählt.«

»Da gibt es auch nicht viel zu erzählen. Außerdem lenkst du ab.«

»Das habe ich von dir. Aber gut, meine Mutter, na ja, sie wird manchmal einfach wütend, ohne dass ich genau weiß, wieso eigentlich, und sie will immer so viel. Sie will, dass ich in der Schule besser werde und dass ich mehr in meiner Freizeit unternehme und dass ich viele Freunde habe und viele Interessen und überhaupt, dabei ist das doch meine Sache und nicht ihre. Ich kann nicht die ganze Zeit nur viel sein, manchmal muss wenig reichen.«

»Ist für Eltern schwer zu unterscheiden, glaube ich. Was ihre Sache ist und was die Sache ihrer Kinder.«

»Ja, vielleicht.«

Ein paar Sekunden lang schwiegen sie. »Wie haben sich deine Eltern eigentlich kennengelernt? Dein Vater … Also, ich kann mir nicht so vorstellen, dass er …«

»… in seiner Jugend bei Mädchen so beliebt war?«

Leise lachte Jay, und Alissa dachte, dass dieses Lachen eine schöne Art war, den Morgen zu begrüßen.

»Keine Ahnung, ob er das war. Meine Mutter hat bei meinem Vater studiert, sie haben sich in der Uni kennengelernt. Damals war er noch nicht Professor, natürlich, und das war auch nicht in Berlin, sondern in Hamburg. Sie sind erst kurz vor meiner Geburt nach Berlin gezogen.« Immer deutlicher schälten sich die Umrisse der Umgebung aus dem Grau, und als Alissa aus dem Fenster sah, konnte sie am Himmel einen hellen Schimmer erkennen. »Sind deine Eltern noch zusammen?«, fragte sie.

»Ja, sind sie.«

»Und sind sie glücklich miteinander?«

»Du stellst Fragen.«

»Sorry. Du musst natürlich nicht antworten.«

»Ich weiß nicht, ob sie glücklich miteinander sind. Wenn ich ehrlich bin, habe ich darüber nie wirklich nachgedacht.«

»Hast du nicht?«

»Hast du das, bevor sich deine getrennt haben?«

Mit dem Finger malte Alissa unsichtbare Muster auf den Tisch. »Keine Ahnung. In den letzten ein, zwei Jahren schon manchmal, glaube ich, weil die Stimmung zu Hause immer so komisch war. Ich wusste nur nicht, ob das etwas mit mir oder mit ihnen zu tun hatte.«

»Haben sie viel gestritten?«

»Nein, fast gar nicht. Mit meinem Vater kann man nicht streiten, der geht einfach, wenn es ihm zu viel wird. Es war nur sehr still zwischen meinen Eltern, und anfangs habe ich das gar nicht gemerkt. Aber irgendwann ist es mir aufgefallen, und je stiller es zwischen meinen Eltern geworden ist, desto mehr hat meine Mutter mit meinem Bruder und mir geschimpft.« Vielleicht war es ein Stern, den sie da malte, oder eine aufgewühlte Meeresoberfläche oder einfach nur tanzende Linien. »Und dann haben sie meinen Geburtstag vergessen.«

»Richtig vergessen?«

»Ja, richtig vergessen. Das war letztes Jahr. Sie haben schon die Tage vorher nichts gesagt, und ich dachte, vielleicht planen sie eine Überraschung, also habe ich es auch nicht angesprochen. Ich bin also an meinem Geburtstag früh aufgewacht und ins Wohnzimmer gegangen, aber es gab keinen Geburtstagstisch. Es gab auch kein Geburtstagsfrühstück. Wir sind zur Schule gegangen, ich bin zurückgekommen, der Tag ging ganz normal zu Ende, ohne dass irgendjemand etwas gesagt hat.«

Nur kurz berührte Jay Alissas Hand. »Das ist ja furchtbar. Haben sie es hinterher gemerkt?«

»Ja. Abends noch, als ich schon im Bett lag. Meine Mutter ist in mein Zimmer gekommen und hat sich entschuldigt, es war sehr dramatisch mit vielen Tränen. Aber auch schon zu spät, auf eine Art. Irgendwie verändert sich etwas, wenn man weiß, dass die eigenen Eltern den Geburtstag ihres Kindes vergessen können. Da haben auch all die großen Pläne fürs Wochenende nicht mehr geholfen.« Alissa blinzelte, sie wollte nicht weinen, so schlimm war es nun auch nicht und außerdem schon ein Dreivierteljahr her.

»Als ich zwölf war, haben mir meine Eltern eine Gitarre zum Geburtstag geschenkt, weil sie keine Ahnung hatten, was sie mir sonst schenken sollen. Dabei habe ich mich überhaupt nicht für Musik interessiert.«

»Dafür spielst du ziemlich gut.«

Es sollte ihn nicht überraschen, dass sie ihn schon einmal gehört hatte, aber aus irgendeinem Grund tat es das. Vielleicht weil er sich immer allein fühlte mit dem Instrument und den Melodien, er füllte den Raum um sich herum, bis er an nichts anderes mehr dachte. »Danke. Ich wollte damit nur sagen, dass … Keine Ahnung, was ich sagen wollte, wenn ich ehrlich bin.«

»Es ist komisch, oder? Dass Eltern nicht mehr alles über einen wissen, wenn man älter wird. Vielleicht streite ich deshalb so oft mit meiner Mutter.«

»Ja«, sagte Jay. »Vielleicht.«

Der Lichtstreifen draußen wurde größer und heller, unaufhörlich breitete sich der Morgen aus. »Morgen, oder besser nachher, fahren wir wieder zu ihr. Ich sollte wenigstens nicht total übermüdet sein, wenn ich dort ankomme, sonst ertrage ich den Besuch gar nicht.« Eigentlich hatte Alissa keine Lust aufzustehen. Sie wollte mit Jay in der Küche bleiben und dem Tag dabei zusehen, wie er erwachte, aber ihre Augenlider waren schwer. Also erhob sie sich, Jay rührte sich nicht.

»Schlaf gut. Ich bleibe noch einen Moment.«

In ihrem Zimmer umschlängelte Alissa alle Hindernisse und zog die Vorhänge zu. Sie kuschelte sich in ihr Bett und schloss die Augen und wartete auf den Schlaf und den Tag und alle Tage darauf, und obwohl noch so viele kommen würden, war da manchmal das Gefühl, das Leben wäre nicht mehr als eine Nacht wie diese. Mit leisen Worten und merkwürdiger Schokolade in der Dunkelheit.

Kapitel 12

Herbert war missmutig. Am Vorabend hatte Gloria ihm die letzten Monatsabrechnungen vorgelegt: ihr Gehalt, seine Rente, die Mieteinnahmen, die Einnahmen des Antiquariats. Dagegen alle Ausgaben. Es sah nicht gut aus. Von Anfang an war sie dagegen gewesen, dass er früher in Rente ging. »Wenigstens bis fünfundsechzig«, hatte sie gesagt, »das sind nur zwei Jahre mehr.« Auch die beiden Jahre hatte er nicht gewollt, denn das Antiquariat rief ihn, daran konnte er nichts ändern. Gloria wollte das nicht richtig verstehen, Bücher hatte es schließlich auch in der Bibliothek gegeben. Andere, allerdings, und da waren mehr Menschen gewesen, ständig kamen Leute mit ihren Fragen. Hier hatte er in der Regel seine Ruhe vor ihnen. Was, laut Gloria, das eigentliche Problem war, man sollte kein Geschäft eröffnen, wenn man seine Ruhe vor Menschen haben wollte.

Er betrachtete die hohen Bücherregale, so viele Jahre hatte er gebraucht, das Antiquariat einzurichten und zu befüllen, bis es so weit war, es zu eröffnen, und das alles, während er noch in der Bibliothek tätig gewesen war.

Und nun diese Zahlen. Herbert präferierte Buchstaben, aber Gloria hatte ihre Abrechnungen so zusammengefasst, dass auch er die grundsätzliche Aussage verstand. Die rote Zahl war größer als die grüne. Nicht beängstigend viel größer, vor dem Einzug der Mitbewohner war es schlimmer gewesen, aber ganz auffangen konnten sie die steigenden Kosten trotzdem nicht. Hier musste mal ein Klempner geholt werden, dort brauchte Milla ein paar Hundert Euro.

Die Eingangstür wurde geöffnet, Jay kam herein. Umständlich klopfte er seine Schuhe am Fußabtreter ab.

»Hast du alle Bücher bekommen?«, fragte er dann.

Irgendwann in den letzten Wochen hatten die neuen Hausbewohner angefangen, ihn zu duzen. Erst Lou, dann Jay, schließlich auch Alissa. Nur Gregor hatte sich mehr Zeit gelassen, er hatte gewartet, bis Herbert aufgegeben und ihn zuerst geduzt hatte.

»Die Bücher?«, fragte Jay erneut. »Ich brauche sie schon nächste Woche.«

Bücher finden, das konnte Herbert. Ja, natürlich auch mithilfe des Internets, ganz fremd war ihm das nicht. Aber es gab andere Wege, sehr viel ältere und zuverlässigere, nicht umsonst hatte er immer einen guten Kontakt zu Kollegen gehalten.

»Alle da«, erwiderte er nun.

»Danke.« Jay folgte Herbert bis zur Tür des Büros. Das war Herberts Revier, alle wussten das, obwohl es nie jemand ausgesprochen hatte, nicht einmal Gloria. Hinter dieser schlichten dunklen Holztür befand sich sein Reich, dort lagerten die besonderen Bücher, die nicht für die Öffentlichkeit bestimmt waren, die geheimen Schätze, obwohl Jay vermutete, dass sie in Wahrheit nicht besonders geheim waren. Am Ende war jedes Buch nur bedrucktes Papier.

Herbert kehrte mit einem Stapel Fachbücher zurück und legte sie neben der Kasse ab. Eigentlich hätte Jay nicht alle kaufen müssen, zwei oder drei davon gab es in ausreichender

Anzahl in der Universitätsbibliothek, aber dieses Semester wollte er besonders gründlich sein, das hatte er sich vorgenommen. Die Prüfungen des letzten waren unterschiedlich ausgefallen, seine Hausarbeit war am Ende sogar ganz gut geworden, also okay gut, nicht überragend gut. Doch während er sie geschrieben hatte, hatte er zum ersten Mal wirklich begonnen, sich für sein Studium zu interessieren, wahrscheinlich zu spät, schließlich würde das sein letztes Semester sein, bevor er die Bachelorarbeit anfing. Trotzdem, dieses Semester wollte er fulminant absolvieren, und sofern er einen Master anschloss, würde er dann richtig loslegen.

»Sechsundvierzig Euro«, sagte Herbert. Eventuell musste er seine Marge noch mal überdenken. Fünf Euro Gewinn dafür, dass er fast eine Stunde Zeit investiert hatte, würde Gloria in ihrer Liste tiefrot markieren.

Jay schluckte. Er hatte sogar mit mehr gerechnet, immerhin hatte er sechs Bücher bestellt. Aber der April war erst eine Woche alt, demnächst würde das Café, in dem er jobbte, ein paar Tage schließen, weil es renoviert wurde. Schokolade musste er streichen, das war klar, vielleicht auch ein paar Mahlzeiten bei Gloria, obwohl es ihm vor dem Mensaessen gruselte.

Aus seinem Portemonnaie holte er einen Fünfzigeuroschein, sein gesamtes Barvermögen.

Schweigend gab Herbert ihm das Wechselgeld heraus. Der Junge sah heute blass aus, er sollte dringend mehr in die Sonne gehen. Als Herbert in dem Alter gewesen war, war er ständig draußen gewesen. Zwar immer mit einem Buch und selten mit einem Fußball, aber darauf kam es am Ende gar nicht an.

»Ich habe das Antiquariat ein paar Kommilitonen empfohlen«, sagte Jay.

»Hast du das?«

»Ja. Die waren aber irritiert, weil man es nicht so gut im Internet findet.«

Herbert hätte vorher ahnen können, dass Jay mal wieder mit dem Thema anfangen würde. »Es gibt eine Webseite.«

»Auf der steht fast nichts drauf.«

»Das Wichtigste schon. Mehr ist mir zu umständlich.«

»Ich glaube nur, dass sie jetzt woanders ihre Literatur kaufen werden, weil es einfacher ist, die Bücher im Internet zu bestellen, als einen Laden zu suchen, den man nicht mal bei Google findet.«

Herbert schwieg.

»So ein Google-Eintrag ist wirklich schnell gemacht. Das geht einfach über das Profil.« Er war sich nicht sicher, ob das stimmte, im Zweifelsfall konnte er das rasch recherchieren.

»Dann mach das doch«, sagte Herbert, um endlich seine Ruhe zu haben.

»Über dein Profil, meinte ich. Dann ist das Antiquariat mit deinem Google-Account verknüpft, und du kannst Informationen ändern und auf Bewertungen reagieren, wenn du das willst.«

Auch das noch. Gloria liebte Google-Bewertungen. Selbst wenn sie nur ein neues T-Shirt kaufen wollte, las sie erst alle durch, die es zu dem Laden gab, statt einfach zu kaufen, was sie brauchte.

Herbert blickte auf sein Handy, das neben der Kasse lag. Schweigend schob er Jay das Gerät zu.

»Sicher?«, fragte dieser irritiert.

Herbert brummte ein verwaschenes »Ja« und wandte sich wieder einem Büchertisch zu, den er ein wenig umräumen wollte. Wirklich gelungen war die Anordnung nicht, dabei hatte er den Tisch schon zweimal umgestaltet. Vielleicht sollte er es mal mit Farben probieren. Angeblich gab es Menschen, die Bücher nach Farben aussuchten, als hätte der Inhalt des Buches irgendetwas mit dem Äußeren zu tun.

Jay stellte ein paar Fragen, die Herbert halb abwesend beantwortete. Grün neben Rot? Oder lieber neben Blau? Nein, das war der falsche Ansatz. So weit kam es noch, dass er ein farbig codiertes Antiquariat führte.

»Fertig«, sagte Jay.

Für einen Moment hielt Herbert in der Bewegung inne, als warte er darauf, dass etwas geschah. Es geschah nichts. »Gloria schaut sich im Internet immer Restaurants an, in die sie gern gehen würde, und liest dann die Bewertungen«, sagte er zu den roten Büchern, die einander unbehaglich musterten.

»Das machen viele«, erwiderte Jay.

»Ich nicht.« Herbert schob das oberste Buch, dic Autobiografie von Salman Rushdie, auf einen anderen Stapel. »Sie sucht in Orten und Ländern überall auf der Welt. Spanien, Kanada, meistens aber in Frankreich.«

»Vielleicht würde sie gern mal dorthin verreisen?«

Herbert legte *Joseph Anton* wieder zurück auf seinen ursprünglichen Platz. »Vielleicht, ja, aber sie fliegt nicht gern. Wir haben das einmal probiert, mit den Kindern nach Korsika. Ihr ist so schlecht geworden, dass es ihr den ganzen restlichen Tag nicht gut ging. Auf dem Rückflug genauso. Seitdem sind wir nie wieder geflogen.«

Jay gab ihm das Smartphone zurück, Herbert legte es zurück auf den Kassentisch. »Es gibt viele Orte, die man auch anders erreicht.«

»Ich weiß.« Lange Autofahrten waren ihm ein Graus. Wenn er im Auto lesen könnte, wäre es etwas anderes, dann ließe sich die Zeit gut nutzen. Meistens fuhr ohnehin Gloria. Ihm wurde trotzdem schlecht dabei, sodass ihm nichts anderes blieb, als die ganze Zeit aus dem Fenster zu schauen. Straßen und Häuser und Landschaften, sonst nichts. »Ich bin gern zu Hause.«

»Man kann beides gern machen, zu Hause sein und verreisen. Nur eben nicht gleichzeitig.«

»Sie hat nie was gesagt. Wenn sie Urlaub machen will, kann sie das doch einfach sagen. Außerdem ist hier immer viel zu tun. Wir fahren ja schon manchmal zu den Kindern. Für mehr Reisen haben wir gar keine Zeit.«

»Wenn das Fernweh erst mal anfängt, ist das egal.«

»Ja, nun. Fernweh. Woran erkenne ich, ob sie Fernweh hat?«

Jay nahm die bestellten Bücher, sie waren etwas schwerer, als er erwartet hatte. »Daran, dass sie andere Orte auf Google Maps anschaut«, sagte er. Damit wandte er sich um und schlängelte sich an Herbert vorbei.

Vielleicht wurde es wirklich Zeit, dass das Antiquariat nicht nur Geld kostete. Auch wenn er fast dreißig Jahre lang die Familie ernährt hatte, hätte er nicht so früh aufhören müssen. Und die Bücher … Sie wollten sicher gelesen werden. Dafür waren sie ja da. »Was muss man für so einen Onlineshop machen?«, fragte er, als Jay schon fast im nächsten Raum verschwunden war.

Er kam noch einmal zurück und blieb im Durchgang zwischen den beiden Bücherräumen stehen. »Das weiß ich so im Detail auch nicht, aber ich kann es herausfinden.«

»Gut«, sagte Herbert und wandte sich wieder dem Büchertisch zu. Er würde einen für magischen Realismus machen, ein seit dem Hype in den Sechzigerjahren völlig unterschätztes Genre. Mr. Rushdie und Señor Márquez wären gute Anführer dafür.

»Gut«, erwiderte Jay. Da das Gespräch für Herbert eindeutig beendet schien, trug er seine Bücher nach oben und legte den Stapel auf dem Schreibtisch ab. Im Schwung der Motivation holte er seine Seminarpläne aus dem Rucksack und studierte die Themen.

Dann blieb sein Blick an der Gitarre hängen. Sie lächelte ihn an, geradezu herausfordernd, wie er fand, obwohl er jetzt wirklich keine Zeit für sie hatte. Am Abend hatte er noch eine Vorlesung, vorher war er mit Merlin und Lizzy verabredet, bis dahin wollte er sich sortieren, und dazu kam die neue Aufgabe, für Herberts Antiquariat einen Onlineshop einzurichten oder zumindest ein paar Informationen dafür zu sammeln.

Andererseits, nur kurz ein bisschen üben, das sollte doch drin sein, und jetzt, da es langsam wärmer würde, könnte er im Garten spielen. Mit der Gitarre lief Jay nach draußen. Es war ein wolkiger Tag, aber mild, kein Regen war in Sicht. An Bäumen und Sträuchern öffneten sich erste Blattknospen, und die Krokusse und Gänseblümchen blühten in Weiß und Lila auf den Rasenflächen und unter den Bäumen gelbe Narzissen.

Aus dem Schuppen holte er einen alten Klappstuhl. Jay zog die Gitarre auf den Schoß und zupfte ein paar Saiten an, stimmte hier und da ein bisschen nach. Am Ende der Semesterferien hatte er seinen letzten Song endlich zu Ende komponiert und den Text fertig geschrieben, er hatte alle Lücken gefüllt, aber das Lied seitdem kein einziges Mal komplett gespielt, es war einfach da gewesen und hatte auf seine Weltpremiere gewartet.

Nun ja, Weltpremiere. Natürlich nannte er das nur sich selbst gegenüber so, um ein bisschen Feierlichkeit in den stillen Garten zu locken, immerhin waren einige Blaumeisen und ein Grünfink, die sich an Glorias Futterhäuschen bedienten, anwesend. Doch vermutlich kümmerten die sich recht wenig um Musik, sondern fühlten sich eher durch seine Anwesenheit gestört.

Er spielte sich mit ein paar Akkorden in die eigentliche Melodie hinein, er summte seine Stimme an, dann begann er mit dem Song. Bisher hieß er »Don't Call Me After Midnight«, warum, wusste Jay selbst nicht, eigentlich passte der Titel überhaupt nicht zum Text. Egal, Titel brauchte er nur als Referenz nach außen, er brauchte sie nur, wenn er anderen von seinen Songs erzählte oder wenn er sie auf YouTube veröffentlichte. Aber selbst diese Öffentlichkeit war beschränkt, sie war nicht mehr als ein Hinterhofbalkon, auf den ein paar Nachbarn schauen konnten, sonst bemerkte niemand, was dort geschah.

Jay hielt die Augen geschlossen, denn auch wenn er nicht mehr Publikum hatte als die Vögel und vielleicht ein Eichhörnchen und ein paar Nachbarn, die eventuell gerade ein Fenster offen stehen hatten, wollte er sich konzentrieren. Er träumte von Musik, er träumte von Bühnen und von Zuhörern, nur war all das eben ein Traum, es gehörte nicht zu seinem Erleben, nicht zu dem Jay, der er momentan war, vielleicht nicht einmal zu dem Jay, der er sein wollte.

Alissa stellte den Rucksack ab und setzte sich auf die Stufen vor dem Nebeneingang. Sie hatte Jay schon vom Gartenzaun aus gehört, jedoch angenommen, dass er bei offenem Fenster in seinem Zimmer sang. Immer wieder hatte sie sich vorgestellt, wie es aussah, wenn er nur für sich Musik machte. Sie fühlte sich wie ein Eindringling, obwohl sie nur still dasaß und ihm zusah, sie fühlte sich, als wäre sie ungebeten in sein Zimmer stolziert, aber es war zu spät, sie konnte sich nicht mehr abwenden und einfach ins Haus gehen, sie wollte den ganzen Song hören oder zumindest den Rest davon. Die Haare hatte er zusammengebunden, ganz leicht ging sein Oberkörper in dem schlichten Rhythmus mit. Obwohl sie nicht alle Worte verstand, die er sang, erkannte sie, dass es ein Liebeslied war oder eher ein Liebeskummerlied, zumindest transportierte das die Melancholie der Melodie, die Verletzlichkeit in Jays Stimme. Sie konzentrierte sich, um den Text besser zu verstehen. *Now I see your shadow under the water, my heart starts to forget*, sang er, und dann begann er mit dem Refrain, er wurde schneller dabei, dramatischer, fand Alissa, *All the days to follow are a lifeless vision, cause in empty rooms, nobody wants to listen*, und irgendwas sagte ihr, dass es doch kein Liebeslied war, jedenfalls kein Beziehungsliebeslied.

Die letzten Töne verklangen zwischen blattlosen Bäumen. Jay hing ihnen noch nach, bevor er die Augen wieder öffnete und als Erstes Alissa bemerkte. Sie starrte ihn an, dann sprang sie auf, wollte wohl etwas sagen, ließ die Arme jedoch wieder sinken, ohne ein einziges Wort hervorgebracht zu haben.

»War es sehr schlecht?«, fragte Jay leise. Eigentlich hatte er nur scherzhaft klingen wollen.

»Nein«, antwortete Alissa, er hörte das Zögern vor ihrer Antwort.

»Du kannst ruhig ehrlich sein.«

»Es war nicht schlecht, aber du kannst das besser.«

»Kann ich das?«

Langsam ging Alissa auf ihn zu, während sie nach den richtigen Worten suchte. Von Musik hatte sie keine Ahnung, sie fühlte sie nur, konnte sie jedoch nicht beschreiben. »Den Refrain mag ich. Der hat sehr viel Kraft, und ich mag auch, wie du zum Ende hin Spannung aufbaust. Da ist sehr viel Gefühl, aber es ist noch … Die Strophen selbst sind noch ein bisschen …«

»Lahm?«

»Hm. Zu gleichförmig vielleicht. Ich mag diesen Teil vor dem Refrain, das ist wie ein Energieschub, bevor es weitergeht.«

»Die Riffs?«

»Ja, also, keine Ahnung. Das mit dem Wasser.«

»Okay.«

»Die Strophen könnten noch ein bisschen Wumms vertragen.«

Jay lächelte, wirkte jedoch gleichzeitig etwas nervös. »Du findest, der Song müsste rockiger sein.«

Alissa nickte. Sie liebte das Lied, das hatte sie nur nicht ausgesprochen, aber auch etwas, das man liebte, konnte erst am Anfang stehen, es konnte trotzdem größer und schöner werden. »Du hast diese Spannung am Ende, und deshalb muss der Anfang ruhiger sein. Das verstehe ich. Ich glaube nur, du wiederholst in der Melodie zu viel. Auch wenn es ruhig ist, kann sie ein bisschen breiter sein. Durch, ich weiß nicht, mehr unterschiedliche Töne oder mehr Wechsel in der Geschwindigkeit.« Unsicher sah sie ihn an, wahrscheinlich schlug sie völligen Blödsinn vor.

Jay spielte das Lied erneut an, genau so, wie er es zuvor gespielt hatte, doch statt nach der ersten Strophe in den Refrain überzugehen, begann er von vorn mit der Strophenmelodie.

Wenn er hier etwas änderte, statt d-Moll vielleicht a-Moll, wäre die Melancholie etwas tiefer, aber danach könnte er eine Nuance schneller werden, oder nein, es würde reichen, aus dem Piano rauszugehen, in ein Fortepiano vielleicht, dann hätte er an dieser Stelle einen Sprung, eigentlich das Gegenteil dessen, was der Text aussagte, *My feet stay cold, the night is falling into my dreams*, er würde eine Dissonanz zwischen Text und Ton erzeugen, die eigentlich sehr subtil war, vielleicht aber trotzdem transportiert wurde.

»Das klingt runder«, sagte Alissa, als er die Strophe zum vierten oder fünften Mal gespielt hatte.

Er legte die Gitarre auf seinen Schoß. »Danke.«

Alissa zog die Ärmel ihrer Jacke über die Hände, sie trug noch immer ihre Winterkleidung. »Schon gut.«

»Dir ist kalt. Lass uns reingehen. Ich will sowieso die Änderungen aufschreiben.«

Ihr war tatsächlich etwas kühl, trotzdem wartete sie, bis er den Stuhl wieder in den Schuppen geräumt hatte. »Worum geht es in dem Lied eigentlich?«, fragte sie, als er zurückkam. »Ich dachte erst, es ist ein Lied über Liebeskummer, aber so richtig passt das auch nicht.«

»Fast«, entgegnete er. »Nicht lachen.«

»Ich lache nicht.«

»Es geht um jemanden, dessen Katze gestorben ist.«

»Oh.« Sie betraten den Flur, Jay zog die Tür hinter sich zu. »Hattest du eine Katze? Bei deinen Eltern, meine ich.«

»Nein. Aber ich habe immer die Katze der Nachbarn gefüttert, wenn die nicht da waren, und die ist auch gern zu uns gekommen.« Er streifte die Jacke ab und hängte sie neben Alissas an den Haken. »Ein paarmal hat sie bei mir im Bett geschlafen, während ich Hausaufgaben gemacht habe. Hat sich ein bisschen so angefühlt, als wäre es auch meine Katze.«

Ohne die Mäntel der anderen sahen die Garderobenhaken seltsam leer aus.

»Verstehe.« Sie fröstelte, auch hier im Haus war es nicht richtig warm.

»Wieso bist du eigentlich schon so früh zu Hause?«, fragte Jay, während er vor ihr her die Treppe nach oben lief.

»Die letzten beiden Stunden sind ausgefallen. Wieso bist du schon hier?«

»Mittwochs habe ich nur vormittags ein Seminar und abends eine Vorlesung. Dazwischen sind ein paar Stunden Zeit.«

Vor der Küche nickten sie sich lächelnd zu, dann lief Jay weiter in sein Zimmer, während sich Alissa einen von Lous Müsliriegeln nahm, weil sie auf Joghurt keine Lust hatte, eigentlich hatte sie auf gar nichts wirklich Lust. Diese Sesam-Honig-Müsli-Teile, die Lou in einem Unverpackt-Laden namens »Bruchstücke« kaufte, waren allerdings höchst verlockend. Alissa hinterließ Lou auf einem Zettel eine kurze Notiz, so machten sie das jetzt.

Mit dem Reststück und einem Glas Orangensaft ging Alissa in ihr Zimmer. Durch die Wand hörte sie Jay, sie hörte seinen Song, sie hörte die Veränderung und die Nähe und die Ferne, sie hörte ihn selbst darin. Still kaute sie auf den süßen Nüssen und Haferflocken und Sesamkörnern, während sie dem Lied lauschte, immer und immer wieder von vorn.

Kapitel 13

Alissa saß im Schneidersitz auf ihrem Schreibtisch vor dem offenen Fenster, zum ersten Mal in diesem Jahr. Auf ihrem Schoß lag ihr Skizzenblock, auf dem obersten Blatt waren ein paar Striche, die sich nicht miteinander verbinden wollten, dieses Bild war wie ein Tausend-Teile-Puzzle, von dem nur noch Reste übrig waren, und alle Teile waren blau.

Jemand klopfte an ihre Zimmertür. Bevor sie das Geräusch richtig registriert hatte, wurde sie schon geöffnet. Alissa wandte sich um.

»Komm«, sagte Lou, sie wirkte ungeduldig, als würde sie Alissa an eine Verabredung erinnern, obwohl sie, zumindest soweit Alissa wusste, gar nicht verabredet waren.

»Wohin?«, fragte sie daher.

»Raus. Das ist der erste richtige Frühlingstag. Es sollen fast zwanzig Grad werden, die Sonne scheint, und ich wette, wenn wir lange genug suchen, finden wir auch eine Eisdiele, die aufhat.«

»Eiscreme ist für Kinder.«

»Ja, genau, du alte Frau. Nun hock hier nicht herum wie ein grummeliger Kobold. Die Welt wartet auf dich.«

»Mein Zimmer ist ein Teil der Welt. Ich bin also schon drin.«

Lou setzte sich neben Alissa auf den Schreibtisch. Ihr Körper kribbelte, summte, tanzte, er wollte hinaus, sie wollte hinaus, sie wollte ziellos und frei durch die Stadt streifen, denn dieser Teil des Jahres gehörte ihr, sie wurde eine andere, wenn sich das Leben nach draußen verlagerte, wenn die Luft voller Gespräche und Musik war, sie wollte die Vorfreude auf den Sommer in sich speichern. »Ich bezahle das Eis auch.«

»Es ist nicht so, dass ich mir kein eigenes Eis kaufen kann.«

»Du kannst, aber es schmeckt besser, wenn es jemand anderes bezahlt. Nun komm schon.«

»Lou, ich habe gerade wirklich keine Zeit. Nächste Woche sind die Prüfungen für Deutsch und Mathe, ich muss noch echt viel lernen.«

»Ah.« Lou nickte verständnisvoll. »Lass mich raten«, sie deutete auf die Zeichnung, »das ist Mathe, oder? Geometrie? Oder Kurvendiskussion?«

»Ich mache gerade Pause.«

Lou schaute sich das Bild kaum an, oder die Abwesenheit eines Bildes, sie lächelte nur. »Du hast nichts, was du zeichnen willst. Inspiration wartet nicht in deinem Zimmer.« Damit stupste sie Alissa an und ließ sich vom Schreibtisch gleiten. »Pack den Block und deine Stifte ein. Wenn es sein muss, pack auch Mathe ein. Darin war ich eigentlich immer ganz gut, und ansonsten finden wir sicher unterwegs jemanden, der dir helfen kann.« Sie wandte sich nicht einmal um, als sie das Zimmer wieder verließ, der unverkennbare Rhythmus ihrer Schritte hallte durch den Flur, unverkennbar auch für Gregor. Er setzte seine Kopfhörer auf. Dieser Tag war lauter als die anderen, lauter als die davor. So laut, dass er sich nur schwer konzentrieren konnte, dabei war das schon in der Uni schwierig, wo ständig jemand in sein Büro kam, um etwas zu besprechen. Er hörte nicht, wie Alissa zaghaft gegen seine

Zimmertür klopfte und ihm mitteilte, dass sie mit Lou spazieren gehen würde, wie sie die Tür wieder schloss, als er nicht antwortete. Auch das Klicken seiner Tastatur hörte er nicht, aber er wusste, wie sie klang, und dieses eingebildete Geräusch holte ihn in seine Konzentration zurück, bis es ihm gelang, seine Arbeit fortzusetzen.

Während sie die Treppe hinuntersprang, streifte sich Alissa ihre Tasche über, der Skizzenblock war darin, die Bleistifte von 8B bis 2H, etwas Geld, ein Schlüsselbund mit zwei Schlüsseln, eine Packung Taschentücher, ein paar Tampons, Wundspray und Pflaster für den Notfall, das war sie von den zahlreichen Spielplatzbesuchen mit ihrem zu Unfällen neigenden Bruder so gewohnt, eine halb volle Flasche Wasser, kein einziges Mathe-Arbeitsblatt.

»Ich habe doch geahnt, dass man dich mit Eiscreme locken kann«, sagte Lou, als sie hintereinander in den Garten traten. Sie wäre auch allein losgegangen, doch manche Tage wurden größer, wenn sie sie mit den richtigen Menschen teilte, und dass Mel keine Zeit hatte, wusste sie schon.

»Du hast mir den Frühling und die Welt versprochen, also zeig mir den Frühling und die Welt«, erwiderte Alissa.

Manchmal ist jeder Schritt eine Geschichte, jedes Lachen eine Erzählung, jedes Wort ein Roman, dachte Lou. Sie lief ein wenig schneller als Alissa, vielleicht weil sie größer war, genau genommen viereinhalb Zentimeter größer. Sie bremste sich, als ihr der Unterschied in der Laufgeschwindigkeit auffiel. Die Eile konnte sie sich aufheben für einen anderen Tag, an dem sie sie brauchen würde, in jedem Leben sollte es nur eine begrenzte Menge an Hektik geben. Alissa und Lou spazierten durch Straßen und Parks, sie hielten an zwei Eisdielen und teilten sich ein Stück Pizza, sie setzten sich auf Bänke und ließen sich die Sonne ins Gesicht scheinen, und Alissa zeichnete weiterhin nur Striche, aber es waren andere Striche als vorher und vor allem mehr von ihnen, sie gruppierten sich.

»Wieso malst du Schatten?«, fragte Lou und blinzelte träge in die Sonne.

»Was?«

»Schatten. Das soll das doch darstellen, oder? Wieso zeichnest du nur die Schatten, ohne das, was den Schatten wirft?«

Überrascht betrachtete Alissa ihre Zeichnung und versuchte zu erkennen, was Lou erkannte, und ja, vielleicht hatte sie recht, vielleicht waren diese Striche der Schatten der Platane vorne auf der Wiese, vielleicht waren die anderen Striche der Schatten der Bierflasche neben dem Mülleimer, vielleicht waren jene Striche der Schatten des älteren Mannes, der auf der Bank gegenüber saß und in einem Buch blätterte. Sicher war sie sich nicht, und weil sie sich nicht sicher war, konnte sie auch Lous Frage nicht beantworten, denn wenn man nicht einmal weiß, was man tut, weiß man erst recht nicht, wieso man es tut.

Lou fragte nicht noch einmal nach, sie mochte es, wenn ihre Fragen lose im Raum schwebten und etwas anstießen, sie mochte den leisen Klang gegeneinanderpurzelnder Gedanken wie fallende Dominosteine, und nun schloss sie die Augen und dachte selbst nichts mehr oder kaum etwas, sie dachte so wenig wie möglich.

Alissa zeichnete den Schatten eines Labradors und den eines neugierigen Spatzes, sie zeichnete den Schatten eines Fußballs und den einer rauchenden Frau, sie zeichnete den Schatten einer Bank und schließlich Lous, nur ihren eigenen zeichnete sie nicht, ein anderes Mal vielleicht. Langsam sank die Sonne, noch war es zu früh für lange milde Abende, und da sie beide keine Jacke mitgenommen hatten, gingen sie zurück nach Hause.

»Machst du das jedes Jahr?«, fragte Alissa, als sie den Garten erreichten.

»Was mache ich jedes Jahr?«

»Rausgehen, wenn der Frühling anfängt.«

»Klar. Jedenfalls, wenn ich irgendwo bin, wo es richtige Frühlingsanfänge gibt.«

»Wieso?«

»Wegen der Stimmung. In den ersten warmen Tagen jeden Jahres passiert etwas in den Menschen. Sie lassen etwas los und etwas anderes herein. Ich schaue mir das gern an, weißt du? Manchmal spürt man das auch noch später, im Sommer, ab und zu auch an milden Oktobertagen, aber nie so intensiv wie im April oder Mai.«

»Du hast komische Gedanken.«

»Findest du?«

»Schon.«

Lou lächelte, als hätte Alissa ihr ein Kompliment gemacht, und summte leise eine Melodie, die Alissa nicht kannte. Sie zogen ihre Schuhe aus, stellten sie ordentlich zu den anderen und liefen nach oben, und zum ersten Mal seit Langem kontrollierte Alissa nicht als Erstes, ob ihr jemand in der Zeit ohne WLAN eine Nachricht geschrieben hatte. Nicht einmal jetzt holte sie das Smartphone aus der Tasche, sondern ließ diese nur vor dem Bett fallen, nachdem sie den Skizzenblock herausgenommen hatte, und löste vorsichtig die heutige Zeichnung heraus. Mit Klebeband befestigte sie das Blatt an der Wand in der Nähe des Schreibtischs und trat ein Stück zurück, um es genauer anzusehen. Das Bild war noch nicht fertig, bisher bestand es nur aus Fragmenten, die Andeutung eines Prozesses.

In ihrem Zimmer öffnete Lou das Fenster. Noch war es nicht so weit, dass sie es den ganzen Tag lang geöffnet lassen konnte. Ein bisschen frische Luft schadete trotzdem nicht. Sie ging nach unten, um Gloria zu fragen, ob sie beim Kochen Hilfe gebrauchen konnte, denn von selbst würde sie nicht kommen und darum bitten, das tat sie nie.

Gloria arbeitete jedoch nicht in der Küche, sondern saß im Salon an der Harfe und blickte aus dem gardinenbehangenen Fenster, das Abendlicht schimmerte auf ihrer Haut. Sie wandte den Kopf, als Lou die Tür leise hinter sich schloss.

»Ich wollte nicht stören«, sagte Lou, obwohl sie offensichtlich bei irgendetwas störte.

»Du störst nicht«, sagte Gloria dennoch. Ein abwesendes Lächeln schlich über ihre Gesichtszüge. »Ich habe nur an etwas gedacht.«

»Woran?«

»An mich, als ich ein junges Mädchen war, ungefähr so alt wie Alissa.«

Lou ging zu dem Sessel, in dem Herbert immer saß, wenn er die Abendnachrichten schaute, und ließ sich darauf nieder. »Hast du damals Harfe gespielt?«, fragte sie vorsichtig.

Gedankenverloren betrachtete Gloria das Instrument, legte die Finger auf die Saiten, zog sie jedoch sofort wieder zurück. »Ja«, sagte sie schließlich. »Mein Vater war großer Musikliebhaber. Ich bin schon als Kind mit meinen Eltern zu Konzerten gegangen, meist in die Philharmonie. Mein Vater wollte unbedingt, dass ich ein besonderes Instrument lerne. Mit fünf habe ich angefangen.«

»Ist das nicht ganz schön jung für so ein großes Instrument?«

»Die Konzertharfe hier haben wir später angeschafft. Meine erste war kleiner.«

»Wieso hast du aufgehört?«

Wieder senkte Gloria den Blick auf das Instrument, als würde Lou nicht nach ihrer Geschichte fragen, sondern der der Harfe.

»Das hatte mehrere Gründe«, sagte Gloria schließlich. »Ich hatte das Gefühl, die Musik meines Vaters zu spielen. Als ich klein war, hat mich das nicht gestört. Er ist zu all meinen Konzerten gekommen und hat mich ermutigt, immer besser zu werden. Nicht weil er wollte, dass ich Musikerin werde, aber er fand, ich hätte Talent, und in unserer Familie ist Talent etwas Wertvolles. Meine Eltern wollten nicht, dass ich es verschwende. Ich habe jeden Tag geübt und bin immer besser geworden. Aber ich wurde auch älter. Und irgendwann … irgendwann wollte ich nicht mehr nur deshalb etwas tun, weil mein Vater sich das wünscht.« Sie drehte sich um, zu Lou hin und von dem Instrument weg. In ihrem Lächeln lag eine Traurigkeit, die nicht nur etwas mit vergangenem Talent zu tun hatte oder jugendlichen Abnabelungsprozessen.

Lou wartete auf weitere Erklärungen, doch da Gloria nichts mehr hinzufügte, fragte sie: »Was waren die anderen Gründe?«

Gloria schwieg lange, irgendwann räusperte sie sich. »Außer meinen Eltern gab es niemanden, der einfach nur zugehört hat, weil er mich spielen hören wollte, und ohne solche Zuhörer wird Musik schnell leer und bedeutungslos. Aber wenn meine Eltern zugehört haben, fiel ihnen immer etwas auf, was ich besser machen könnte. Wo ich noch üben musste, wie ich meine Haltung korrigieren könnte.«

»Hattest du sonst ein gutes Verhältnis zu deinem Vater?«

»Als Kind ja. Später dann nicht mehr ganz so sehr. Ich bin nicht die Tochter geworden, die er sich gewünscht hat. Ich war eben ein Einzelkind. Da bekommt man, glaube ich, sämtliche Erwartungen der eigenen Eltern ab, alle Vorstellungen und Wünsche, die sie sonst auf mehrere Kinder verteilen können.« Auch mit mehreren Kindern konnte man etwas vermissen, eine Leere fühlen, die nie wirklich verschwand.

»Wir werden doch nie die Kinder, die unsere Eltern gern gehabt hätten«, erwiderte Lou.

»Wahrscheinlich ist das der Sinn der Sache.« Abrupt stand Gloria auf, nachdem ihr Blick zufällig auf die Uhr über der Salontür gehuscht war. »So spät schon? Ich muss dringend mit dem Kochen anfangen.«

»Deshalb bin ich eigentlich runtergekommen. Ich wollte dich fragen, ob ich helfen kann.«

Seit dem indischen Kochabend war schon ein Monat vergangen. Einmal hatte Lou gefragt, ob sie und Jay wieder das Abendessen übernehmen könnten, doch Gloria hatte es an dem Tag nicht gepasst. Letzte Woche hatten die beiden ein paarmal oben für alle gekocht, als Gloria mit Grippe im Bett gelegen hatte.

»Also …«, erwiderte Gloria zögerlich. Sie hatte grüne Bohnen auf dem Markt geholt, Kartoffeln waren noch da, dazu wollte sie ein Hähnchen im Ofen machen. Kartoffeln schälen und Bohnen putzen für sechs Leute, das war schon einiges an Aufwand. »Ja, das wäre nett, danke.«

Lou folgte Gloria in die Küche und setzte sich an den Tisch. Sie begann damit, die Kartoffeln zu schälen, während Gloria das Hähnchen würzte. »Ich hätte auch gern ein Instrument gelernt«, sagte sie. »Aber meine Eltern haben nicht so den Hang zur Musik. Und sie waren der Meinung, dass ich sowieso nach ein paar Monaten wieder aufgeben würde, womit sie wahrscheinlich recht hatten.«

»Wenn du das richtige gefunden hättest, hättest du es bestimmt nicht gleich wieder sein lassen.«

»Ich weiß nicht. Ich fange eine Menge Dinge an und höre sie wieder auf.«

»Beim Tanzen bist du geblieben. Du hast also Durchhaltevermögen. Und ohne musikalisches Gespür wäre das auch nicht gegangen.« Gloria schaltete den Ofen ein und gab die Bohnen in ein Sieb, um sie abzuspülen. Noch waren sie frisch und knackig, das erste Gemüse der Saison. Sie kannte die Markthändlerin ganz gut, seit über zehn Jahren kaufte sie bei ihr ein.

»Das kann sein. Es liegt mir aber mehr, mich körperlich auszudrücken, und ich bin sowieso zu ungeduldig, um jeden Tag vor einem Instrument zu sitzen und zu versuchen, besser zu werden.«

Sie war bestimmt ein wildes Kind gewesen. Gloria sah das lockenköpfige Kleinkind lachend durch einen Garten rennen, sie sah waghalsige Aktionen auf Klettergerüsten und Herumgespringe auf dem Bett, wenn eigentlich Schlafenszeit war. Unwillkürlich lächelte Gloria, und gleichzeitig stach es in ihrem Bauch, Scherben von etwas, das vor langer Zeit zersplittert war. »Beim Tanzen musstest du bestimmt auch viel üben.«

»Schon, aber das fiel mir leicht. Ich kann mich am besten konzentrieren, wenn ich mich bewegen kann.«

Mit den Bohnen setzte sich Gloria ebenfalls an den Tisch. »Bei meinen Kindern waren Instrumente auch nicht so beliebt. Timo war der Einzige, der sich für Musik interessiert hat, aber mehr für das Elektronische dahinter. Deshalb ist er Tontechniker geworden.«

»Was machen deine anderen Kinder?«

»Christian ist Physiker und arbeitet an Fotovoltaikanlagen. Und Milla, nun ja, sie kann sich nicht so gut festlegen. Ein bisschen schauspielert sie am Theater, aber damit verdient sie natürlich nicht genug zum Leben, deshalb hat sie noch einen Minijob.«

»Wie war es denn zu Ostern mit ihnen? Bisher hast du wenig erzählt.«

Das Messer war schon etwas stumpf. Gloria stand auf, um sich ein anderes zu holen. »Wenn wir alle zusammenkommen, ist es manchmal ein bisschen schwierig. Milla treffe ich ja gelegentlich zum Mittagessen, aber seit die beiden Jungs nicht mehr in Berlin wohnen, hören wir uns selten. Gerade Timo und Herbert geraten schnell mal aneinander, schneller als früher. Wahrscheinlich hat das auch was mit elterlichen Erwartungen zu tun oder mit unterschiedlichem Temperament, ich weiß es nicht.« Sie setzte sich wieder. »So sind Familien eben. Wie ist es mit deiner?«

Nur kurz blickte Lou auf. »Manchmal glaube ich, dass ich auch nicht die Tochter bin, die sich meine Eltern gewünscht haben«, sagte sie dann.

»Wieso?«

»Ich weiß es nicht. Es hat immer etwas gefehlt, irgendwie. Ich hatte ständig das Gefühl, ich würde sie enttäuschen, auch wenn sie das nie so direkt gesagt haben.« Lou warf einen Blick in den Topf, um zu überprüfen, wie viele Kartoffeln sie bereits geschält hatte. Ein paar mehr könnte sie noch machen, manchmal aßen sie ziemlich viel, besonders sie selbst und Jay, er liebte

Kartoffeln. »Mit meinen Großeltern habe ich mich besser verstanden als mit meinen Eltern.«

»Wahrscheinlich ist es immer schwierig, wenn Eltern Erwartungen haben, die sie nicht aussprechen.«

Drei, vier Sekunden lang dachte Lou darüber nach. »Kann sein. Es ist vor allem dieses Gefühl, dass ich sie enttäusche. Ich weiß, dass sie sich etwas anderes für mich vorgestellt haben, das merke ich, jedes Mal wenn wir uns sehen oder miteinander telefonieren. Aber ich weiß eben nicht, was genau sie für Vorstellungen haben. Irgendwie versuche ich dann, das wiedergutzumachen, indem ich mir mit allem extra Mühe gebe. Ich bin besonders fröhlich, ich bin besonders aufmerksam, aber das ist so anstrengend, und jedes Mal merke ich das erst, nachdem ich aufgelegt habe oder sie wieder abgereist sind.«

»So schlimm?«

»Schlimm nicht. Nur anstrengend.«

Gloria warf die geputzten Bohnen in den Topf. Wenn Lou ihre Tochter wäre, würde sie sich wahrscheinlich mehr Sicherheit für sie wünschen, eine Beziehung, einen festen Job. Sie war hübsch und intelligent und könnte mit Sicherheit eine anspruchsvollere Arbeit machen als die, der sie nachging. »Manchmal sieht etwas nach Erwartungen aus, dabei sind es nur Sorgen. Vielleicht verstehen sie nicht, dass du mit deinem Leben zufrieden bist, so, wie es ist.«

Lou öffnete den Mund, sie setzte zu einer Antwort an, die sie dann doch für sich behielt. Natürlich hatte sie ihren Eltern unzählige Male zu verstehen gegeben, dass sie nichts ändern wollte, dass sie sich ihr Leben so ausgesucht hatte. Kommunikation war nicht ihr Problem, doch solange sie nur redete, wo niemand zuhörte, konnten ihre Worte nirgendwo ankommen. »Vielleicht liegt es daran, dass ich adoptiert bin«, sagte sie schließlich.

Gloria legte das Messer ab. »Adoptiert?«, wiederholte sie.

»Ja. Meine Eltern konnten selbst keine Kinder bekommen. Ich glaube, mit mir wollten sie alles besonders richtig machen. Aber dann kam ich mit dem Leben im Ausland nicht zurecht, erst recht nicht, weil wir alle paar Jahre umgezogen sind. Ich habe mich gegen alles gewehrt, ich bin nicht mehr zur Schule gegangen, ich habe fast nichts mehr gegessen, bis sie schließlich eingewilligt haben, mich bei den Eltern meiner Mutter in Berlin zu lassen. Manchmal … manchmal glaube ich, dass sie das mehr verletzt hat, als sie zugeben wollen. Immerhin haben sie mich quasi ausgesucht. Sie haben sich bewusst entschieden, die Eltern eines elternlosen Kindes zu sein, andere Eltern werden einfach schwanger. Und dann war ich so undankbar und habe das Leben, das sie mir ermöglicht haben, zurückgewiesen. Das, was sie mir geben wollten, wollte ich nicht haben. Ich wollte sie als Eltern nicht haben.«

»Das stimmt doch nicht, oder?«

»Nein, natürlich nicht, aber für sie muss sich das so angefühlt haben. Das war mir damals nicht klar, oder ich habe einfach nicht darüber nachgedacht. Ich bin mit den vielen Umzügen und der Unbeständigkeit einfach nicht zurechtgekommen, und mit meiner Großmutter habe ich mich immer sehr gut verstanden. Deshalb war das damals für mich naheliegend, bei ihr zu bleiben.«

Gloria wusste, dass man seine Kinder nicht einfach so loslassen konnte, selbst dann nicht, wenn diese Kinder warm und sicher und zufrieden waren. »Konnten sich deine Eltern keinen Job in Berlin suchen?«, fragte sie.

»Nein, nicht wirklich. Oder … Eigentlich weiß ich es nicht genau.« Lou hielt inne und ließ die Hand, in der sie eine halb geschälte Kartoffel hielt, sinken. »Ich glaube, damals gab es irgendwie nur die beiden Optionen. Sie oder meine Großeltern.« Eine Kartoffel noch, dachte Lou, sie dachte es nur nebenbei.

»Wie alt warst du, als du zu ihnen gekommen bist?«

Lou gab diese letzte Kartoffel in den Topf. »Noch ein Baby.«

Sie hatte Andeutungen von Sommersprossen, wie Alain sie gehabt hatte, und wenn sie lächelte, zog sie den rechten Mundwinkel ein bisschen höher als den linken.

»Weißt du …? Hast du dich jemals gefragt …?«

»Nein, nicht wirklich. Oder ja, klar, vielleicht schon. Aber es war eine geschlossene Adoption, ich kann also nicht so leicht herausfinden, wer meine biologischen Eltern sind. Und irgendwann habe ich aufgehört, mich danach zu fragen. Ich habe eine Familie. Sie ist nicht perfekt, das ist ja keine, aber trotz allem gehören wir zusammen. Es ist manchmal besser, wenn die Vergangenheit in der Vergangenheit bleibt, glaube ich.« Sie sagte das so überzeugend, wie sie es vermochte, so, wie sie es sich schon seit Jahren sagte, auch in den Momenten, in denen es sich nicht so anfühlte.

»Wahrscheinlich hast du damit sogar recht«, erwiderte Gloria leise.

»Es ist komisch, oder? Dass man Kinder nicht fragen kann, ob sie geboren werden wollen beziehungsweise ob sie in das Leben geboren werden wollen, das für sie ausgesucht wurde. Diese eine, die wichtigste Entscheidung von allen, die können wir genauso wenig für uns treffen wie die, wie wir sterben wollen.«

Gloria ließ das Messer sinken. »Das ist ein düsteres Thema.«

»Findest du?« Lou lächelte und strich sich mit dem Handrücken über die Stirn. »Ich finde das nicht düster, nur interessant. Stell dir vor, irgendwann findet man das Davor. Vielleicht ist es eine eigene Welt oder eine andere Ebene in unserer Welt, die sich mit den richtigen Messgeräten aufspüren lässt. Und dann reisen Leute dorthin, und da warten all die Seelen auf ihre Geburt, und man kann ihnen zeigen, wie die Gegenwart der Menschen aussieht, die sie gebären werden. Wie ihre Familie sein wird. Und sie können sagen: Nein, dann nicht. Das will ich lieber doch nicht.«

Gloria versuchte, sich das vorzustellen, aber es gelang ihr nicht. Sie wollte sich nicht fragen, was ihre eigenen Kinder entschieden hätten, ob eines von ihnen lieber nicht geboren worden wäre, vielleicht sogar alle. Das, was sie als Mutter hatte geben können, hatte sich nie genug angefühlt.

»Wobei die Frage ist, ob das Babyseelen ohne Bewusstsein überhaupt können«, fügte Lou hinzu. Immer bunter wurde die Vorstellung in ihrem Kopf, sie sah all diese Wesen, die noch keine Menschen waren, sie sah eine große schimmernde Welt, in der es alles gab, nur kein Ziel, denn das Ziel bekämen sie erst mit der Geburt, aber auch danach würden sie es permanent suchen, und ein Teil von ihnen würde sich immer ins Vorher zurücksehnen, dorthin, wo sie glücklich gewesen waren, obwohl es nur die anderen Babyseelen gab, keine Eltern, kein Zuhause, keinen Lebenssinn.

»Sind Seelen nicht alterslos?«, fragte Gloria.

Darüber hatte Lou noch nicht nachgedacht. Es klang logisch. Vielleicht war das Vorher auch kein Vorher, sondern nur ein Dazwischen, in das man nach dem Tod zurückkehrte, um dann wiedergeboren zu werden, vielleicht war doch alles ein ewiger Kreislauf. »Wahrscheinlich haut das schon allein mathematisch nicht hin mit den ganzen Seelen. Denn dann ist ja auch die Frage, wie sie entstehen, und falls sie entstehen, kommen immer neue hinzu, und gibt es deshalb immer mehr Menschen auf der Welt?«

»Dieses Rätsel werden wir wohl niemals lösen können«, erwiderte Gloria und nahm die letzte Bohne.

»Zu schade eigentlich. Auf die interessantesten Fragen gibt es nie Antworten. Hättest du dir ausgesucht, geboren zu werden?«, fragte sie.

»Das weiß ich nicht«, antwortete Gloria. Es fiel ihr schwer, über so eine Frage nachzudenken, vor allem mit all den Fantasiegebilden drumherum, die Lou eben gezeichnet hatte. »Ich glaube auch nicht, dass es diese Option gibt. Wahrscheinlich würden sehr viele Kinder nicht existieren, wenn sie sich das aussuchen könnten. Wer will schon in Armut geboren werden oder drogenabhängige Eltern bekommen?«

»Oder es würden nur noch liebende, glückliche Eltern aus gesicherten Verhältnissen Kinder haben, und Armut und Gewalt würden aussterben.«

Gloria erwiderte Lous Lächeln. »Das klingt ziemlich utopisch.«

»Ist es ja auch. Ohne Armut gibt es keinen Reichtum, unsere gesamte Weltwirtschaft würde zusammenbrechen, überall würde Chaos herrschen, der Weltuntergang wäre da.«

Gloria schaltete den Herd an. »Jetzt übertreibst du aber.«

»Ich denke nur laut.«

Aus einem Korb nahm Gloria eine Zwiebel. Sie war genauso, das Kind, das nicht Glorias Lieblingskind war, weil Mütter keine Lieblingskinder hatten. Es tanzte in seiner wilden Fantasie und streute sie in die Welt, jeder Gedanke war eine Entdeckung, jeder Tag ein Erlebnis. Aus den Augenwinkeln betrachtete Gloria Lou. Sie zupfte ein wenig Petersilie und Schnittlauch von den Kräutertöpfen, und während sie das tat, schien sie immer noch in dieser fiktiven Welt festzuhängen, als würde sie dort sich selbst besuchen.

»Soll ich noch was helfen?«, fragte Lou, nachdem sie die Kräuter fertig gehackt hatte.

»Nein, den Rest mache ich allein.«

Gloria wurde schweigsam, wenn sie ihre Ruhe haben wollte, das kannte Lou bereits, daher deckte sie nur rasch den Tisch und verließ die Küche. Im Salon saß Herbert in seinem Sessel vor dem Fernseher und schaltete durch die Kanäle. Lou blieb vor der Harfe stehen, die Hülle lag noch auf dem Sofa. Vorsichtig strich sie über das warme, dunkle Holz und fragte sich, wie es klang, wenn Gloria sie spielte. Erfahren würde sie das wohl nie. Sie holte die Hülle, diesmal gelang es ihr etwas besser, sie wieder über das Instrument zu streifen. Um Herbert nicht weiter zu stören, ging sie aus dem Zimmer und nach kurzer Überlegung nach draußen.

Das Sonnenuntergangslicht badete den Abend in tiefes Orangerosa, die Luft war ziemlich kühl geworden. Genau so stellte sich Lou die Vorher-Welt vor. Licht aus Rosa und Orange, erwachendes Grün, mehr davon, als es hier um diese Jahreszeit gab, überall Natur. Und dazwischen all diese gestaltlosen Seelen, die auf ihre Leben warteten.

Kapitel 14

Die Liege hatte Alissa im Gartenschuppen gefunden. Sie bestand nur aus Plastik, und sie musste sie mit einem Lappen von Spinnweben und Schuppendreck befreien, bevor sie sie in die Sonne stellte und die Auflage darauflegte. Sie wollte die Zeit nutzen, die sie das Haus und den Garten ganz für sich hatte. Gloria war arbeiten, Herbert bei einem Arzttermin, Jay in der Uni, ihr Vater natürlich ebenfalls, wo Lou steckte, wusste Alissa nicht.

Das Haus war anders, wenn sich niemand darin befand, oder vielleicht war auch Alissa anders, vielleicht fühlte sie sich anders. Sie konnte sich mit ihrem Skizzenblock in die Sonne setzen, sie konnte sich ein Stückchen Kuchen holen und ihn essen und Musik hören, und niemand würde ihr Verhalten irgendwie beurteilen, weil sie vielleicht keinen Kuchen essen oder sich dringend auf die MSA-Prüfung in Englisch vorbereiten sollte, die immerhin in zwei Tagen stattfinden würde. Nun allerdings ruhte sie sich erst einmal in dem Gefühl aus, Mathe und Deutsch ganz gut hingekriegt zu haben, sie hatte sich eine Pause verdient.

Mit angezogenen Beinen saß Alissa auf der lila geblümten Auflage, ihr Blick schweifte durch den Garten, zu den ersten Rosenknospen, zu den verblühenden Kirschblüten, zu den Gemüsepflänzchen in den Beeten, die jeden warmen Sonnenstrahl aufzusaugen schienen. Sie dachte daran, wie ihr Jay vor fast einem Monat seinen Song vorgespielt hatte. Seitdem hatte sie ihn kein einziges Mal mehr spielen gehört, und sie konnte ihm schlecht sagen, dass sie seine Musik vermisste, sie hatte schließlich keinen Anspruch darauf.

Alissa setzte vorsichtige Striche aufs Papier. Es gab Tage, an denen sie es nicht schaffte, Bilder in ihrem Kopf entstehen zu lassen, sie wusste nicht, wohin sie wollte, ob sie überhaupt etwas wollte. Zeichnen fühlte sich dann absurd an, als wüsste sie nicht mehr, wie es funktionierte, als hätte es mit Handwerk gar nichts zu tun, sondern wäre reines Talent, und Talent konnte nach Belieben kommen und gehen. An diesen Tagen ging es nur weit weg, es verschwand über alle Ozeane, und Alissa blieb mit dem leeren Blatt allein zurück. An anderen Tagen jedoch konnte sie etwas einfangen oder nicht einmal das, etwas tauchte in sie hinein, und sie musste nicht erst einen Ansatz finden, ihre Hand arbeitete nahezu ohne ihren Kopf. Meistens war Zeichnen etwas zwischen den beiden Extremen, sie begann, korrigierte, verwarf, Schritt für Schritt kam sie weiter.

Heute ließ sie sich Zeit. Sie erstellte zunächst eine sehr grobe Skizze, dann begann sie mit der eigentlichen Zeichnung, sie gestaltete die Gesichter so detailliert, wie sie konnte, und erst als der Vordergrund fertig war, konzentrierte sie sich auf den Hintergrund.

»Hey«, sagte Lou, sie sagte es vorsichtig, um Alissa nicht zu erschrecken, trotzdem zuckte diese zusammen und blickte dann auf.

»Hey«, antwortete Alissa.

Lou stand ein Stückchen von ihr entfernt, trat nun jedoch

näher, bis ihre Gestalt einen Schatten auf den Zeichenblock und einen Teil der Liege warf, und schob sich die Sonnenbrille in die Haare. »Ein schöner Tag, um im Garten zu sitzen. Ist niemand zu Hause?«

»Nein, alle sind unterwegs.« Alissa nahm die Beine hinunter und rückte ein Stückchen, um Lou Platz zu machen. »Wo kommst du her?«

»Ich habe Mel mit den Kindern geholfen. Die Kita hatte Betriebsausflug, und Mel ist ein bisschen krank.« Lou setzte sich. Sie sah nicht so aus, als hätte sie einen anstrengenden Babysittertag hinter sich, im Gegenteil, sie wirkte entspannt und gelassen. »Darf ich mir das Bild ansehen?«

»Hm. Okay?« Das Zögern war nur kurz, ein unmerkbarer Moment. Alissa fühlte es als einen kurzen Stich in ihrem Bauch, der wieder verschwand, bevor sie Lou ihren Zeichenblock reichte.

»Hat es einen Titel?«, fragte Lou.

»Nein. Du meinst, es braucht einen?«

»Ich weiß nicht. Ich dachte, Gemälde haben immer einen.«

»Das ist kein Gemälde.«

Lou gab Alissa den Block zurück. »Ich weiß, aber es könnte trotzdem in einer Galerie hängen, und wenn es dann jemand kaufen will, geht das nicht, weil die Person nicht weiß, wie es heißt.«

»Sobald die Zeichnung in einer Galerie landet, bekommt sie einen Namen.«

Lou lehnte sich, auf ihre Hände gestützt, ein Stück zurück und blinzelte, als die Sonnenstrahlen ihr Gesicht trafen. »Fühlst du dich immer so?«, fragte sie und richtete sich wieder auf, um die Schuhe abzustreifen und die Füße auf den Rasen zu setzen, während sie auf Alissas Antwort wartete.

»Wie fühle ich mich?«

»So wie das Mädchen auf dem Bild.«

Nun war Alissa diejenige, die die Zeichnung studierte, das Mädchen in der Mitte, das, ja, doch, mit etwas Fantasie, sie sein könnte, sie hatte ähnliche Haare, aber sie trug nicht gern kurze Kleider wie das Mädchen, sie war auch nicht so dünn, wenn man es genau nahm, vielleicht waren ihre Augen ein bisschen so, ein bisschen zu weit auseinander, ein bisschen zu hell. Ein paar andere Menschen befanden sich um sie herum, sie spielten Federball, zwei sahen so aus, als würden sie sich miteinander unterhalten, um sie herum war ein Garten, nicht der hier, nicht Glorias Garten, sie hatte nicht lauter einzelne Pflanzen und Beete gezeichnet, nur ein paar Bäume, ein paar Büsche, nur die Andeutung von Grünzeug, mehr nicht. »Ich weiß nicht«, sagte sie schließlich. »Wie fühlt sich das Mädchen denn?«

»Müsstest du das nicht wissen?«, fragte Lou, das Lächeln in ihrer Stimme schwappte über ihre Frage und machte sie zu einer Antwort.

»Dem Mädchen geht es gut. Es denkt einfach nach.«

»Hm.« Nur kurz schaute Lou auf das Bild, bevor sie Alissa ansah.

»Sie ist mit ihren Freunden zusammen. Und sie sind draußen, es ist Sommer. Wieso sollte es ihr nicht gut gehen?«

Lou wandte sich ab. In dem Apfelbaum neben ihnen hüpfte eine Amsel herum, geradezu erwartungsvoll war sie dort beschäftigt, womit auch immer. »Das Mädchen sitzt im Zentrum, aber zwischen ihr und ihren Freunden ist Abstand. Und du hast sie ein bisschen anders gezeichnet, etwas schroffer und dunkler.« Für einen Moment schloss sie die Augen, als die Sonne sie blendete. »Jedenfalls empfinde ich das so, aber ich habe nicht viel Ahnung von Kunst. Und soweit ich weiß, funktioniert die eh so, dass jede Person was anderes darin sieht.«

Mit dem Finger strich Alissa über die Figuren. »Ist das nicht manchmal so?«, fragte sie. »Dass man etwas mit anderen macht oder mit anderen redet, aber es bleibt eine Distanz, die man nicht wegkriegt?«

»Du meinst, selbst mit den Menschen, die einem wichtig sind?«

Alissas Ja klang leise und rau, sie sprach es zu dem Mädchen auf dem Bild.

»Manchmal kann das so sein.«

»Was macht man dann? Wenn das so ist, meine ich.«

Mit dem Fuß malte Lou ein unsichtbares Muster in das Gras. Unter der Frühlingswärme fühlte es sich feucht an. »Versuchen, die Gemeinsamkeiten zu finden. Oder lernen, trotz der Unterschiede, die die Distanz ausmachen, eine Verbindung herzustellen.«

»Was, wenn das alles unmöglich ist?«

»Mit den wichtigsten Menschen ist es nicht unmöglich, nur mühsam.« Lou legte ihre Hand auf Alissas. »Meinst du eine bestimmte Person?«

Alissa schüttelte den Kopf. »Nein, das war nur eine theoretische Frage.« Sie klappte den Block zu, sammelte ihre Bleistifte und den Radiergummi aus dem Gras und räumte alles ordentlich in das Etui zurück. »Das ist ja nur ein Bild, mehr nicht.«

Lou stand auf, sie wollte Alissa nicht vertreiben. »Ich muss gleich wieder los ins Kino.« Das stimmte nicht ganz, sie hatte noch fast zwei Stunden Zeit, aber wenn sie jetzt ging, würde Alissa vielleicht weiterzeichnen, sie musste sich nur damit beeilen, sie wieder in Ruhe zu lassen. »Bis später.«

»Bis später.«

Lou schlenderte zum Haus, die Schuhe baumelten in ihrer Hand, und als sie die Tür öffnete, trat Gloria heraus, ihren Laptop in der Hand.

»Du bist heute früh zu Hause«, sagte Lou.

»Ja, ich muss Überstunden abbummeln.« Gloria lächelte kaum, sie war müde, sie hatte noch Papierkram zu erledigen, auch wenn sie sich lieber um die Sachen kümmern würde, die hier im Garten auf sie warteten. Die Schuppentür zum Beispiel war immer noch nicht repariert, etwas stimmte am Wasseranschluss nicht, ein paar Setzlinge warteten schon seit Wochen darauf, eingepflanzt zu werden.

Im ersten Moment wollte Alissa aufstehen und ebenfalls ins Haus gehen, entschied sich jedoch dagegen. Kurz blickte sie auf, als Gloria an ihr vorbei zu dem kleinen Tisch ging, der im Schatten der Trauerbirke stand. Sie lud Kontoauszüge herunter und versuchte, einen Überblick über ihre Finanzen zu gewinnen. Mit den Mieteinnahmen kam zwar langsam wieder mehr Geld in die Kasse, als sie ausgaben, das schon, wirklich gut sah es trotzdem nicht aus.

Sie dachte an all die Gegenstände, die sich im Haus angesammelt hatten, wie so oft in den letzten Wochen. Lauter Sachen, die noch von ihren Eltern und Großeltern und den Kindern stammten. Vieles hatte sie im Keller gelagert, Kleidung, Unterlagen, Fotos. Vielleicht wäre es gut, wenn der Keller einfach mal feucht werden würde, wenn Wasser und Schimmel all diese Dinge, die sie nur schwer und alt machten, vernichtete. Bisher hatte sie nie die Zeit gefunden, das ganze Haus gründlich zu entrümpeln. Wahrscheinlich wäre es auch für ihre Mitbewohner angenehmer, wenn in den Fluren nicht so viele unbenutzbare Schränke und Kommoden stehen würden.

Gloria sah zum Haus hin. Diese Menschen würden ihre Gründe finden zu gehen, Lou würde die Erste sein, sie war wie ein Wesen aus einer anderen Welt, das manchmal nur halb sichtbar war. Sie war alles auf einmal, und sollte sie gehen, würden die anderen nach und nach folgen. Noch einmal würde Gloria nicht Bewerbungen sichten, Fremden das Haus zeigen, sich an diese Fremden gewöhnen, sie würde es nicht noch einmal machen können, und Herbert würde sich komplett dagegen wehren. Ihr Blick blieb an Alissa hängen, die, in ihre Tätigkeit versunken, auf der Liege saß. Gloria lächelte. Für sie alle wäre mehr Platz im Haus, wenn es nicht so voller Vergangenheit wäre.

Sie könnte mit der Harfe anfangen. Eines ihrer Kinder hätte sie spielen können, und vielleicht wäre das auch geschehen, hätte sie darauf bestanden. Es war eine Doppelpedalharfe mit sechsundvierzig Saiten, Ahorn- und Nussholz, sicher war sie immer noch etwas wert. Es könnte reichen, um ein paar Sachen reparieren zu lassen.

Gloria zog ihr Handy heran und suchte die Nummer ihrer Mutter heraus. Es war ein früher Montagnachmittag, um diese Uhrzeit unternahm sie meist einen Spaziergang.

»Gloria?«, fragte sie, ihr Tonfall klang besorgt. »Ist alles in Ordnung?«

»Ja, natürlich. Ich wollte nur wissen, wie es dir geht.«

Alissa blickte auf, begriff dann aber, dass Gloria nicht mit ihr sprach.

»Dann bin ich ja beruhigt.«

»Rufe ich wirklich so selten an, dass du dir Sorgen machst, wenn ich es tue?«

Sie lachte kurz auf. »Nein, das nicht. Oder vielleicht, ja. Mit Timo telefoniere ich häufiger als mit dir.«

Gloria lächelte, auf einmal sah sie jünger aus, fand Alissa. »Ja, du warst von Anfang an seine Heldin. Weißt du noch, wie du ihn als Baby stundenlang herumgetragen oder im Kinderwagen durch die Gegend geschoben hast, weil er bei dir am besten schlafen konnte?«

»Natürlich weiß ich das noch.« Im Hintergrund klapperte etwas.

»Störe ich dich? Bist du unterwegs?«

»Ja, ich bin gerade in ein Café gegangen, als du angerufen hast, aber meine Freundinnen sind noch nicht da. Ich habe noch ein bisschen Zeit.«

»Gut.« Gloria schaute auf ihren Monitor, die Tabelle mit ihren Haushaltsausgaben war noch geöffnet.

»Du hast aber nicht angerufen, um über Timo zu sprechen, oder?«

»Hm. Nein.«

»Sondern?« Eine andere Stimme mischte sich in die Unterhaltung.

»Sind deine Freundinnen gekommen?«

»Ja.«

»Dann rufe ich dich besser später noch mal an.«

Ihre Mutter murmelte etwas auf Dänisch. Wie sie mit gut sechzig Jahren eine komplett neue Sprache gelernt und sich einen neuen Freundeskreis aufgebaut hatte, war Gloria ein Rätsel. Der Umzug an die Nordseeküste hatte ihre Mutter nicht einmal besonders nervös gemacht, sie war einfach davon ausgegangen, dass es ihr dort gut gehen würde, weil sie glaubte, dass man schon das Beste bekam, wenn man das Beste erwartete. Vielleicht muss man nur den richtigen Mann finden, dachte Gloria, und für die Dauer dieses Gedankens vergaß sie tatsächlich, dass sie verheiratet war.

»Erzähl mir doch schnell, weshalb du anrufst, Kind. Sonst mache ich mir Sorgen und kann meinen Käsekuchen gar nicht genießen.«

Eines Tages würde sie Herbert fragen, was er von einem Umzug hielt, vielleicht nicht nur in ein anderes Haus, sondern in eine andere Stadt, ein anderes Land, Südfrankreich war angeblich sehr schön. »Ich wollte dich nur fragen, ob es für dich in Ordnung wäre, wenn ich ein paar der Sachen hier aus dem Haus verkaufe. Alte Sachen von den Großeltern oder von Papa und dir.«

»Was ist denn los, Gloria? Brauchst du Geld?«

»Nein. Nein, das ist es nicht. Ich will nur das Haus entrümpeln und mit den Sachen anfangen, die sich gut verkaufen lassen.«

Alissa hatte eine Seite umgeblättert und begonnen, Gloria zu zeichnen, nicht genau, kein Porträt, es war mehr ein Gefühl um Gloria herum, das sie einfangen wollte.

»Ach so.« Gloria hörte das Misstrauen in der Stimme ihrer Mutter. »Ein paar Möbelstücke dürften noch etwas wert sein. Den Schmuck habe ich nie genau durchgesehen, da könnte aber etwas dabei sein. Und dein Großvater hat Zigarettenbilder gesammelt. Davon gibt es mehrere komplette Alben, aber ob die etwas wert sind, weiß ich nicht.« Wieder sagte sie etwas zu ihren Freundinnen, vielleicht auch einem Kellner. »Das wird ein ganz schöner Aufwand.«

»Ich weiß. Aber es muss ja mal ein Anfang gemacht werden. In dem Haus sind Generationen an Besitztümern, wenn ich das so lasse, ist es irgendwann unmöglich in den Griff zu bekommen. Als Erstes wollte ich die Harfe verkaufen.« Eigentlich hatte Gloria sich verabschieden und das Thema ruhen lassen wollen, jedenfalls für heute, doch nun war ihr der letzte Satz einfach entglitten.

»Die Harfe«, sagte ihre Mutter, sie sagte es ohne Fragezeichen am Ende.

»Ja. Ich benutze sie sowieso nicht.«

Auch ohne dass sie es aussprach, wusste Gloria, was ihre Mutter dachte. »Dein Vater hat dich immer so gern spielen sehen«, genau das hatte sie jedes Mal gesagt, wenn sie über das Instrument gesprochen hatten. Manchmal hatten sich ihre Worte wie eine Drohung angefühlt. »Bist du dir sicher?«, fragte sie nun.

»Ziemlich. Ich habe seit damals nicht mehr darauf gespielt.«

»Du könntest es wieder versuchen.«

Ganz sicher würde sie das nicht tun. Sie war nicht mehr derselbe Mensch, sie fühlte nicht mehr auf dieselbe Weise, und das würde nur noch deutlicher werden, würde sie versuchen, an ihr fast vierzig Jahre jüngeres Ich anzuknüpfen, das Mädchen mit dem glatten blonden Haar, mit der etwas zu großen Brille, mit den viel zu großen Lebensträumen, das für jemanden spielte, den es nie wieder gesehen hatte. »Du weißt, dass das nicht geht«, sagte Gloria nun. Damals hatte sie ihre Leere und ihre Traurigkeit in das Instrument gespielt, sie würde das alles nicht wieder herausspielen. Sollten sie darin ruhen, bis sie von jemand anderem mit anderen Träumen und Ängsten überspielt wurden.

Ihre Mutter schwieg. Sie saß weit weg in einem Café, mit Freundinnen, die Gloria nicht kannte, sie hatte einen schönen, leichten Nachmittag erwartet, und sicherlich hatte sie den auch verdient. Ihr Leben mit Glorias Vater war nicht immer einfach gewesen, das war Gloria bewusst, auch wenn sie das erst nach dem Tod ihres Vaters wirklich verstanden hatte.

»Tut mir leid«, sagte Gloria. »Ich wollte gar nicht mit dem Thema anfangen. Ich will nur ein paar Altlasten loswerden.«

»Können wir ein anderes Mal darüber sprechen?«, fragte Glorias Mutter zögernd.

»Ja, okay. Hab noch einen schönen Nachmittag.« Sie wartete die Verabschiedung nicht ab, sondern legte gleich auf, bevor sich ihre Augen mit Tränen füllen konnten. Für einen Moment, vielleicht auch zwei, saß sie ruhig im Garten, in ihrem Garten, sie sah ihn kaum, sie hörte ihn kaum, sie spürte nur einen Luftzug auf der Haut und eine Musik, die schon längst nicht mehr da war. Dann atmete sie tief ein, schob entschlossen die Schultern zurück und klappte ihren Laptop zu. Erst dann wurde ihr wieder bewusst, dass sie nicht allein war.

»Ist alles okay?«, fragte Alissa zögernd. Den Skizzenblock hatte sie zugeklappt. Sie wollte nicht, dass Gloria dieses Fragment eines Bildes sah, obwohl sie kaum etwas gezeichnet hatte, nicht mehr als ein Paar trauriger Augen.

»Ja, alles okay. Es ist manchmal ein bisschen kompliziert, wenn ich mit meiner Mutter telefoniere.« Gloria erhob sich und nahm den Laptop wieder an sich. »Tut mir leid, falls ich dich gestört habe.«

»Hast du nicht.«

Wolken schoben sich vor die Sonne. Auch wenn heute nicht Freitag war, würde Gloria etwas backen. Bestimmt würden sich alle über einen Käsekuchen zum Nachtisch freuen.

Kapitel 15

»Du siehst müde aus«, sagte Lou. Sie stand in der Tür zum Salon, gerade hatten sie das Abendessen beendet – Ofenkartoffeln und mediterran zubereitete Dorade –, der Geruch von Knoblauch und Mangold und gebackenem Fisch hing noch im Haus, obwohl Gloria lange gelüftet hatte.

»Ich bin auch müde.« Jay hängte seine Jacke an den Haken, er bemühte sich um ein Lächeln.

»Du warst bei deiner Familie?«

»Ja. Das ist manchmal anstrengend.«

»Familie ist meistens anstrengend.«

Jay wollte schon sagen, dass seine Familie besonders anstrengend war, hielt die Worte jedoch zurück, schließlich kannte er Lous Familie nicht.

»Es ist noch was da.«

»Ah, okay.« Noch während er die Worte aussprach, wanderte sein Blick Richtung Esszimmer, der Tisch war bereits abgeräumt, gerade wischte Alissa ihn ab. »Eigentlich wollte ich bei meinen Eltern essen. Hat nicht ganz geklappt.«

»Hast du vergessen, wie essen geht?«

»So ähnlich.«

Lou schwieg auf diese Weise, die eigentlich Fragen waren, sie wich seinem Blick nicht aus.

»Wir haben uns gestritten. Es war sehr albern, wenn man es

genau nimmt.« Wirklich Appetit hatte er nicht, aber Hunger durchaus, nur hatte er sich nicht fürs Abendessen eingetragen, da er ja gewusst hatte, dass er bei seinen Eltern sein würde. Sie planten gern für mindestens drei Wochen im Voraus, lieber noch für zwei, drei Monate, Überraschungen waren nicht ihr Ding.

»Streits sind selten albern.« Sie folgte seinem Blick. »Gloria wird schon nichts dagegen haben, wenn du die Reste isst.«

Bevor er etwas erwidern konnte, hatte sie sich bereits umgedreht und war zurück in die Küche gegangen, und weil Jay nicht so lange im Vorraum herumstehen wollte, bis Gloria ihn entdeckte und fragte, wie es seiner Mutter ging – was sie jedes Mal tat, nachdem er seine Eltern besucht hatte, obwohl sie sie noch nie getroffen hatte –, lief er nach oben. In der Küche füllte er ein Glas mit Wasser und setzte sich, bald darauf folgte Lou.

»Ich habe alles zusammengekratzt, was noch da war, und Gloria hat es sogar in der Mikrowelle aufgewärmt.« Den Teller stellte sie auf dem Tisch ab, dazu ein Schälchen mit Dessert.

»Heute ist doch gar nicht Freitag.«

»Gloria hatte Lust auf Tiramisù.« In den letzten Wochen hatte es häufiger ungeplanten Nachtisch gegeben, der Mai schien Glorias Dessertmonat zu sein. Lou ließ Wasser in den Wasserkocher laufen und schaltete ihn ein. »Was für ein Streit war das?«

Manchmal war sich Jay nicht sicher, ob er es gut fand, dass sie ein Gespräch nicht erst warmlaufen ließ, sondern sich direkt hineinstürzte, als könne es in der nächsten Sekunde schon zu spät für die großen Fragen sein. Doch andererseits, so viele Konversationen waren nur wie Popcorn, nicht mehr als süße Pappe im Mund. »Ein schwieriger Streit.«

»Gibt es leichte?«

In der Wäschekammer im Flur lief die Waschmaschine.

»Kommt vor, ja. Aber stimmt schon, die meisten sind kompliziert.«

Lou nahm sich eine Tasse aus dem Schrank. »Ich dachte, du streitest dich nicht.« Sie entschied sich für grünen Tee. Während das Wasser heiß wurde, setzte sie sich Jay gegenüber auf den einzigen anderen Stuhl.

Mit der Gabel pikte er eine Kartoffel auf. Lou hatte ihm ganz schön viele Kartoffeln aufgetan, und hätte er mehr Appetit, hätte er zu diesem Zeitpunkt schon die halbe Portion verschlungen. »Ich hab dir ja mal erzählt, dass ich zwei Schwestern habe«, sagte er.

»Hast du.«

»Sie sind nicht so viel älter als ich, drei Jahre und fast fünf. Beide haben je eine Klasse übersprungen, ihre Studiengänge haben sie in Regelstudienzeit geschafft, obwohl sie auch beide nebenbei gearbeitet und tausend Praktika gemacht haben. Tja, und ich dagegen … Mein Abi ist eher mäßig. An der Uni habe ich mich nur eingeschrieben, weil in der Welt meiner Eltern andere Möglichkeiten gar nicht existieren.«

»Du magst dein Studium nicht?«

Er zuckte mit den Schultern. »Gibt es etwas, das du gern machen oder mehr machen würdest, aber du traust dich nicht wirklich?«, fragte er.

Mit einem Ploppen schaltete sich der Wasserkocher aus, direkt darauf begann die Waschmaschine zu schleudern.

»Was genau meinst du damit? Bungee-Jumping? Oder so etwas wie deine Musik?«

»Na ja, du würdest ja nicht meine Musik machen.«

»Nein. Ich würde gar keine Musik machen.« Sie hatte die Arme verschränkt auf den Tisch gestützt und sah ihn an, doch er sprach nicht weiter, sondern widmete sich dem nächsten Kartoffelstück. »Wenn es eine Möglichkeit gibt, das zu tun, was mir wichtig ist, mache ich das meistens.«

»Das klingt so easy.«

»Ja, das Machen ist manchmal einfacher, als man glaubt, es erfordert nur ein bisschen Mut. Na ja, und man muss mit schlaflosen Nächten und Existenzängsten leben können.«

»Verlockend.«

»Ich weiß. Ob du es glaubst oder nicht, Tanzkurse und irgendwelche Nebenjobs sind nicht gerade der sichere Weg. Hätte ich den genommen, würde ich immer noch als Laborassistentin arbeiten.«

»Laborassistentin? Ist das nicht spannend?«

Sie stand auf und goss das heiße Wasser in die Teekanne. »Doch, schon. Aber so spannend Zellkulturen auch sind, sie reden wenig mit einem.«

»Wäre auch ziemlich unheimlich.« Der Mangold schmeckte besser, als Jay erwartet hatte, was sicherlich daran lag, dass Gloria nicht mit Knoblauch gespart hatte. »Dir hat es also gefehlt, mit Menschen zu reden? Deshalb hast du den Job gewechselt?«

Lou zögerte, während sie das sich verfärbende Wasser in der Kanne betrachtete. »Auch, ja. Es war zumindest ein Grund. Aber mir hat auch Bewegung gefehlt und ganz besonders morgendliches Ausschlafen.«

»Das verstehe ich.«

Wie lange sollte grüner Tee ziehen? Zwei Minuten, drei? Lou konnte sich das nie merken. »Außerdem sind meine Großeltern ziemlich schnell hintereinander gestorben. Wir hatten kaum die Beerdigung meines Großvaters überstanden, da musste ich schon die meiner Oma organisieren. Ich habe einfach einen Neuanfang gebraucht, deshalb habe ich gekündigt und bin ein paar Monate nach Argentinien gegangen.«

Jay hatte sich zu Lou umgewandt. »Das tut mir leid. Mit deinen Großeltern, meine ich.«

»Alles gut, es ist schon eine Weile her.« Lou hob das Sieb aus der Kanne und stellte es in die Spüle.

»Trotzdem. Kann verstehen, dass du dann erst mal wegwolltest.«

Mit ihrer gefüllten Tasse setzte sie sich wieder an den kleinen Tisch. »Was fehlt dir denn?«, fragte sie. »In deinem Studium oder deinem Leben?«

»Wenn ich das wüsste.« Er legte die Gabel auf dem Teller ab und trank einen Schluck, während er darauf wartete, die richtigen Worte zu finden, nur wusste Jay nicht genau, was richtige Worte waren und was falsche und ob es das so überhaupt gab, denn Worte an sich waren keine Tatsachen, sie waren keine Wahrheit, sie kleideten diese nur ein. »Ich gebe mir dieses Semester wirklich Mühe. Habe alle Kurse vorbereitet. Versuche, mich überall einzulesen, weil so ein Studium ja eigentlich dafür da ist. Nicht nur das Nötigste zu machen, meine ich, sondern das Angebot als Chance zu nehmen. Und trotzdem weiß ich nie, was eigentlich das Ziel sein soll.«

»Das Ziel suchst du dir selbst.« Lou nippte an ihrer Tasse. Zu wenig Honig, doch sie hatte keine Lust, noch einmal aufzustehen, also trank sie den Tee so.

»Klingt auch leichter, als es ist.«

»Du weißt, dass du durchaus studieren und gleichzeitig Musik machen kannst, so, wie du es jetzt auch tust. Oder?«

Seit fast zwei Monaten vermied er es, überhaupt die Gitarre in die Hand zu nehmen, er wollte nicht an ihr festkleben, nicht seine Gedanken mit einer neuen Songidee blockieren, so schwer ihm das auch manchmal fiel. Stattdessen lernte er und recherchierte Anbieter für Antiquariatssoftware und Websites, ein paar Sachen hatte er Herbert bereits ergebnislos vorgeschlagen. »Dann mache ich beides nicht richtig, sondern nur halb.«

»Was ist der Unterschied? Wann merkst du, ob du etwas richtig oder halb machst, und woher weißt du, dass du die Sache, für die du dich entscheiden würdest, ganz machen würdest, wenn es keine andere Sache mehr gäbe?«

Langsam nahm Jay seine Gabel und pikte ein Stück Kartoffel auf. »Ich weiß es nicht«, sagte er.

»Eben.«

»Es fühlt sich aber so an. Jeder Tag hat ja nur eine begrenzte Anzahl an Stunden.«

»Zeit ist nicht alles, was man braucht.« Lou lächelte, sie beobachtete die Regungen in Jays Gesicht, die leicht gerunzelte Stirn, die aufmerksam geweiteten Augen, dann eine Veränderung in den Mundwinkeln, als er ihr Lächeln leicht spiegelte. »Selbst die Dinge, die wir lieben, lieben wir vielleicht irgendwann nicht mehr, ganz egal, ob wir von ihnen leben können oder nicht. Wenn wir nicht von ihnen leben können, müssen wir sowieso noch etwas anderes machen, und wenn wir von ihnen leben können, werden sie Arbeit, und Arbeit und Druck töten die Liebe irgendwann.«

»Du meinst, sobald ich von ihr abhängig bin, mag ich es nicht mehr, Musik zu machen?«

»Das weiß ich nicht. Es gibt auch nicht nur ein Entweder-

oder, sondern eine Menge dazwischen, und ich rede hier nur so vor mich hin, damit du in Ruhe essen kannst.«

»Deine Ratschläge sind wirklich sehr hilfreich.«

Sie lachte und legte eine Hand auf seinen Unterarm, nur für einen Moment. »Das sind keine Ratschläge. Was für dich richtig ist, musst du selbst herausfinden, das kann ich dir nicht abnehmen. Für jeden von uns sieht die Welt ein bisschen anders aus.«

Jay nickte, als würde er verstehen, was Lou sagen wollte, und im Prinzip verstand er es auch, es half ihm nur nicht weiter.

Das Schleudern der Waschmaschine ließ die gesamte Etage erzittern. Jay schob den Teller zur Seite und probierte von dem Tiramisù. »Willst du etwas abhaben?«, fragte er Lou.

»Nein danke. Ich hatte schon zwei Portionen. Das hier war der klägliche Rest.«

Sie schwiegen. Leichter Nieselregen benetzte das Fenster, von unten hörten sie Stimmen und Türen, die geöffnet und wieder geschlossen wurden, sie hörten Schritte auf der Treppe und sahen Alissa, wie sie in ihr Zimmer eilte.

»Sie wirkt gestresst«, sagte Jay.

»Am Dienstag hat sie eine Physikarbeit. Sie hat die ganze Woche dafür gelernt.«

»Ach ja, richtig.« Jay stellte sein Schälchen auf den Teller. »Ich glaube, das reicht mir nicht.« Er beugte sich zu seinem Rucksack hinunter und zog eine bunte Blechdose hervor.

»Kekse?«

»Hat meine Oma gebacken. Ich war bei ihr, bevor ich zu meinen Eltern gefahren bin.« Er öffnete die Dose – Zimtplätzchen, Schoko-Walnuss-Cookies, Zitronentaler, seine Großmutter backte meistens zwei, eher drei Sorten auf einmal – und schob sie Lou zu.

»Danke.« Sie nahm sich von jeder Sorte einen.

Jay starrte in die Dose, als würde er darauf warten, dass ihn ein Cookie von selbst ansprang. Lou hatte den mit Walnüssen als Erstes probiert, aber sie tippte darauf, dass Jay sich einen der runden Zitronenkekse nehmen würde. Sie hatte recht.

»Ich würde dir ja Tee anbieten, wenn du ihn mögen würdest.«

»Danke. Ich denke, ich werde erst mal kein Teetrinker.« Trotzdem stand er auf und schenkte sich eine halbe Tasse ein. An den Küchenschrank gelehnt blieb er stehen. Manchmal war Jay so, er hörte auf zu reden und versank in sich selbst, aber etwas sagte Lou, dass er auch nicht allein sein wollte. Schweigend aß sie ihre Kekse auf, sie wartete, während Jay an seinem Tee nippte.

»Gefällt es dir hier eigentlich?«, fragte er unvermittelt.

»Hier im Haus oder hier in Berlin?«

»Tja.« Er stellte die Tasse auf der Arbeitsfläche ab. »Beides?«

»Es gefällt mir meistens, wenn ich irgendwo bin. Sonst würde ich nicht bleiben, sondern wieder gehen. Aber das Leben besteht nur aus Phasen, das gilt auch für die Orte, an denen ich wohne.«

»Ist das nicht anstrengend, ständig woanders zu sein?«

»Nein«, sagte Lou viel zu schnell. »Oder, ja, manchmal. Aber nicht weil ich irgendwann wieder gehe, sondern weil ich schon bei der Ankunft weiß, dass ich nicht bleiben werde. Das ist so wie im Urlaub, wenn man überlegt, ob es sich lohnt, den Koffer auszupacken. Genau so überlege ich jedes Mal, wie sehr ich mich irgendwo einrichte, wie sehr ich mich auf einen Ort und seine Menschen einlasse.«

»Wie sehr hast du dich auf das hier eingelassen?« Mit einer Armbewegung bezog er das Haus ein, die Menschen darin, ihre Gespräche, ihre gemeinsamen Mahlzeiten.

»Ich habe mein Zimmer gestrichen und Möbel gekauft und mich beim Bürgeramt angemeldet.«

»Das ist viel?«

»Na ja, hast du dein Zimmer gestrichen?«

Er stieß sich von der Arbeitsfläche ab und setzte sich wieder ihr gegenüber an den Tisch. »Bisher nicht. Aber das hier war mein erster Umzug, ich bin darin nicht so geübt wie du.«

Lou lehnte sich auf ihrem Stuhl zurück und schob die Hände unter die Oberschenkel. »Diesmal ist es ein bisschen anders als sonst«, sagte sie, die Stimme leicht gesenkt. »Aber mal schauen, ob es so bleibt. Ich weiß nicht, ob dir das aufgefallen ist, aber sie erwähnt immer wieder Dinge, die dringend am Haus gemacht werden müssen. Gloria, meine ich. Und ich habe zufällig gehört, wie sie sich mit Herbert unterhalten hat. Eigentlich ist das Haus zu groß und zu teuer für sie. Solange wir hier wohnen, geht es, nur werden wir das ja nicht für immer tun.«

»Wollen sie es verkaufen?«

»Ich weiß es nicht. Bisher wahrscheinlich nicht. Aber sie macht sich Gedanken, wie lange das Ganze tragbar ist. Mit den anstehenden Renovierungen und all den Kosten und uns.« Sie hielt inne und erwiderte Jays Blick.

Er beugte sich ein Stück nach vorn. Manchmal war es schwer zu erkennen, was Lou wirklich beschäftigte, als wüsste sie das selbst nicht so richtig. »Machst du dir ernsthaft Sorgen, dass wir hier rausmüssen?«

»Nein. So schlimm ist es bestimmt nicht. Ich glaube, Gloria hätte sonst etwas gesagt. Es ist nur ein komisches Gefühl, irgendwie. Ich habe schon lange keine Zimmer mehr gestrichen oder mich bei Bürgerämtern angemeldet.«

Gedankenverloren nahm sich Jay noch einen Keks. »Wenn wir mehr Miete zahlen würden …«, schlug er vorsichtig vor.

»Kannst du dir das leisten?«

»Ich könnte ein paar Stunden mehr im Café arbeiten. Jetzt ist da mehr los und die eine Kellnerin hat zum Ende des Monats gekündigt.«

»Du kannst es dir nicht leisten«, sagte Lou ruhig, er blinzelte, nur damit sie aufhörte, ihn anzusehen und in seinen Gedanken herumzuwühlen. »Ich ja auch nicht. Dazu kommt noch, dass Gloria eigentlich viel zu viel zu tun hat. Die Hausarbeit und der Garten und das Kochen, das ist eine ganz Menge für eine Person.«

Sie hatten lauter gesprochen, während die Waschmaschine gelaufen war, doch nun schleuderte sie langsam aus.

»Sie könnte ja aufhören, für uns zu kochen.«

»Ich glaube, aus irgendwelchen Gründen mag sie das.«

Jay erhob sich, um die Keksdose in seinem Schrankfach zu verstauen. »Auf einer Skala von eins bis zehn, wie besorgt bist du? Eins heißt, du kaufst dir einen riesigen Kleiderschrank, zehn bedeutet, dein Flug nach Hawaii ist schon gebucht.«

»Hawaii?«

»Oder wohin auch immer du als Nächstes gehst.«

»Ich will mein Bücherregal umsortieren, und gestern habe ich mir eine Pinnwand geholt. Also drei, maximal?«

»Drei, okay. Damit kann ich leben. Ist das Mindestrisiko bei Mietverträgen, denke ich.«

Sie schwiegen, Lou kaute ihren letzten Keks, Jay nahm sich ein Glas Wasser. Frisches Leitungswasser mit Eiswürfeln, so trank er es am liebsten.

»Es ist nicht nur die Liebe«, sagte Jay.

»Die Liebe wofür?« Lou wischte die Hand an ihrem hellgrünen, etwas ausgeleierten Jumpsuit ab.

»Was du vorhin meintest. Die Liebe zur Arbeit. Dass, wenn man seine Leidenschaft zum Beruf macht, die Arbeit die Liebe tötet. Oder so.«

»Ja oder so.«

»Wenn man von etwas leben will, kann man dann wirklich noch das machen, was man wirklich machen will? Kann ich dann Tonfolgen einbauen, die nicht komplett harmonisch sind? Kann ich dann Texte singen, die ein bisschen eckig klingen? Oder muss ich das glätten, damit die Leute es kaufen? Und je mehr Leute es kaufen, muss ich es nicht umso stärker anpassen? Ist es dann nicht genauso Arbeit wie ein eintöniger Bürojob, den auch jemand anderes erledigen könnte?«

»Tja«, sagte Lou. »Kunst und Kommerz, das ewige Dilemma.«

»Du hast heute so viele brauchbare Lösungen auf Lager.«

Lou schob ihren Stuhl ein Stückchen zurück und stand ebenfalls auf. »Es gibt nicht nur eine Lösung, weißt du? Ab irgendeinem Punkt bringt dich Denken einfach nicht mehr weiter.« Sie zögerte, dann trat sie auf ihn zu und umarmte ihn, und wie aus einem Reflex heraus umarmte er sie zurück.

»Denken lässt sich nicht einfach abschalten«, sagte er, nachdem sie ihn wieder losgelassen hatte.

»Ich weiß. Aber es lässt sich umlenken.« Sie lächelte. »Du wirst ankommen, irgendwann.«

»Klar. Ich weiß.« Er wandte sich ab, um das Geschirr in die Spülmaschine zu räumen.

»Schlaf gut. Und danke für die Kekse.«

»Nimm dir jederzeit welche. Ich schaffe sie sowieso nicht allein.«

Lou war höflich genug, diese offenkundige Lüge nicht zu kommentieren.

Kapitel 16

Gloria deckte den Tisch im Esszimmer. Heute hatte sie nur ein schlichtes Abendessen vorbereitet. Die Reste der Minestrone vom Vorabend, dazu frisches Brot und Butter, das sollte reichen, denn außer Herbert und ihr war niemand zu Hause. Die anderen waren arbeiten oder bei der Familie, jetzt, da der Sommer langsam kam, schwärmten sie ständig aus. Nur Herbert und sie rotierten um die immer gleichen Räume, um die immer gleichen Angewohnheiten.

Die Suppe blubberte bereits. Gloria rührte in dem Topf, schaltete den Herd aus und ging in den Salon, doch Herbert saß nicht vor dem Fernseher wie sonst um diese Uhrzeit, also lief sie weiter ins Antiquariat. Draußen war es bewölkt, schon den ganzen Tag lang verbargen dicke Wolkenteppiche den Himmel, daher brannte in den immer etwas düsteren Antiquariatsräumen das Licht, viel zu hell. Wenn sie Platz schaffen und eine Leseecke einrichten würden, wäre das Antiquariat sicher gemütlicher. Eine Bank im Vorgarten wäre auch sehr nett, dazu ein Büchertisch zum Schmökern, so könnten Passanten den Laden besser als solchen erkennen, alles würde einladender wirken. Bei Gelegenheit würde Gloria Herbert das vorschlagen.

Sie klopfte an die Tür zum Büro, bevor sie sie aufschob und den Raum betrat. »Das Essen ist fertig«, sagte sie in Herberts lautloses Grübeln hinein.

»Danke.« Er blätterte eine Seite in seinem Buch um, und sie wartete, weil sie wusste, dass er nicht gern mitten in einem Absatz unterbrach. Endlich klappte er das Buch zu.

»Kommst du mit?«

»Ja.« Er erhob sich, kurz dachte sie, er würde ihr einen Kuss geben, doch dann ging er an ihr vorbei ins Esszimmer. Gloria holte den Topf und stellte ihn auf den Untersetzer, und Herbert nahm die Kelle und schöpfte wortlos die Minestrone. Aus der Küche drang das gluckernde Geräusch des Kühlschranks.

Herbert schaute auf seinen Teller, während er aß, das hatte er schon immer so gemacht. Nicht ganz am Anfang ihrer Beziehung, aber später, irgendwann hatte er aufgehört aufzusehen, dieses stumme Essen, jeder nur mit sich selbst beschäftigt, war ihr mit jedem Abend seit Millas Auszug unerträglicher geworden.

»Herbert?«, sagte Gloria.

Er blickte auf. Wenn sie seinen Namen als Frage aussprach, folgte meistens nichts Gutes. Wahrscheinlich schlug sie gleich etwas Verrücktes vor, zwei Wochen Urlaub in der Toskana zum Beispiel.

»Dieses Leben, das wir hatten … in dem Haus hier, mit den Kindern, mit meiner Mutter und dann ohne sie, war das das Leben, das du dir früher vorgestellt hast?«

Was war das denn für eine Frage? Er wartete darauf, dass sie anfing, zu lachen oder sonst wie ihren Scherz als solchen zu erkennen zu geben, doch Gloria lachte nicht. Vollkommen ausdruckslos tauchte sie den Löffel in ihre Suppe.

»Ich habe mir kein Leben vorgestellt«, antwortete er.

»Das glaube ich nicht. Wir haben uns doch alle irgendetwas

ausgemalt, als wir jung waren. Du musst doch eine Vorstellung davon gehabt haben, wie du leben willst und wo, wie deine Familie aussehen soll, was für einen Beruf du haben willst.«

»Das weißt du doch alles«, sagte er.

»Weiß ich das?« Gloria versuchte, sich daran zu erinnern, ob sie jemals wirklich darüber gesprochen hatten, aber dreißig Jahre waren eine lange Zeit.

»Als kleiner Junge wollte ich Schlosser werden, wie mein Großvater. Ich bin gern bei ihm in der Werkstatt gewesen.« Die Suppe schmeckte etwas dünn, das war ihm gestern schon aufgefallen. Normalerweise schmeckten Glorias Suppen nicht zu dünn. »Später wollte ich lieber etwas Ruhigeres machen, also bin ich Bibliothekar geworden.«

»Ja«, sagte Gloria, das wusste sie tatsächlich noch. »Aber wir haben nie darüber gesprochen, wie viele Kinder du haben willst. Oder ob überhaupt welche.« Bei allen drei Kindern war es nicht ums Wollen gegangen, immer nur um Finanzen und Räumlichkeiten und praktische Dinge. Wahrscheinlich waren sie beide davon ausgegangen, dass Kinder ein Teil ihres Ehelebens sein würden, sie hatten das gelebt, was sie gelernt hatten.

»Natürlich wollte ich Kinder.« Das Gespräch verursachte ein unangenehmes Kribbeln auf Herberts Armen. Wohin wollte sie denn damit? Vielleicht wünschte sie sich einen Hund. Das konnte sein. Gloria wählte manchmal sehr lange und umständliche Einleitungen, bis sie zum eigentlichen Gesprächsthema fand. »Ich will keinen Hund«, sagte Herbert deshalb. Besser, er stellte diese Tatsache rechtzeitig klar.

»Einen Hund? Wie kommst du auf einen Hund?«

»Worum geht es dir sonst?« Langsam machte ihm die Unterhaltung Angst. Natürlich, er vermisste es, mit Timo über einen Film zu reden, den sie gemeinsam angeschaut hatten, er vermisste sogar Millas Aufführungen mit dem Theaterkurs, obwohl die schauspielerischen Leistungen der Kinder, das musste man einfach so sagen, nicht besonders beeindruckend gewesen waren. Manchmal vermisste er es sogar, schweigend mit Christian im Salon zu sitzen, jeder mit seinen eigenen Dingen beschäftigt.

Gloria legte ihren Löffel hin und beugte sich ein Stückchen nach vorn. »Ich rede von unseren Kindern.«

»Natürlich wollte ich die.« Sein Blick wanderte zu der Uhr über der Tür zum Salon. Sie waren spät dran mit dem Abendessen. Wenn sie noch länger redeten, würde er den Krimi verpassen, der heute lief.

»Aber wie war das damals? Hast du mich nur geheiratet, weil du schon fünfunddreißig warst und es Zeit wurde, eine Familie zu gründen? Hättest du, wenn du mehr Zeit gehabt hättest, lieber eine andere Frau geheiratet? Oder vielleicht gar keine Familie gehabt?«

Er blickte auf die Suppe in seinem Teller. Sie war wirklich viel zu dünn.

»Herbert?«

»Ich weiß wirklich nicht, was du hören willst.«

»Nur die Wahrheit«, sagte sie.

Er schüttelte den Kopf. »Es war alles gut so, wie es war«, entgegnete er schließlich und spürte so etwas wie Stolz auf seine Antwort. Immerhin, sie war keineswegs gelogen, und gleichzeitig musste er nicht lange in vergangenen Gefühlen oder Wünschen herumwühlen. Was auch immer er sich als junger Mann einmal für ein Leben vorgestellt hatte, war für sein Heute völlig unerheblich. Das musste Gloria doch verstehen, sie verstand sonst immer so viel.

»Was ist, wenn … wenn es Dinge gibt, die ich dir nie erzählt habe?«

»Was für Dinge?«

»Dinge, die passiert sind, bevor wir uns kennengelernt haben.«

Konnte sie nicht einfach sagen, worauf sie hinauswollte? »Dann ist das so. Es ist schon lange her, oder? Wieso sollte das jetzt noch wichtig sein?«

»Weil …« Sie starrte in ihre Minestrone, auf der das Fett schwamm, ausnahmsweise hatte sie nicht an Parmesan gespart. »Manchmal sind solche Sachen sehr lange nicht wichtig und dann plötzlich doch wieder.«

Es war ein Krimi mit Armin Rohde. »Gut. Dann sag, was du sagen willst.«

Gloria erwiderte Herberts Blick, der unruhig zwischen ihr und seinem Teller und dem Salon hin und her schwenkte, sie suchte nach Worten, doch sie sanken immer tiefer, sie fand sic kaum noch. »Mein Vater … Nein. Das ist nicht der Anfang. Als ich sechzehn war …«

Sechzehn. Warum fing sie denn jetzt damit an? Sie hatten zehn Jahre später geheiratet, wollte sie wirklich all die Jahre dazwischen ausgerechnet jetzt aufarbeiten?

»Mein Vater hat immer wieder junge Leute bei uns aufgenommen, um ihnen das Geschäft zu zeigen. So eine Art Praktikum, meine ich, meistens Leute von ausländischen Firmen, mit denen er viel zu tun hatte. Junge Männer, natürlich, das waren selten Frauen damals.«

Eine Liebesgeschichte also. Natürlich hatte es vor ihm andere Liebschaften in Glorias Leben gegeben, das wusste er doch längst. Oder hatte es zumindest geahnt, wieso auch nicht, sie war sehr hübsch gewesen, damals. Sie war auch heute noch hübsch.

»Einer von ihnen hieß Alain.«

Herbert rührte in seiner Minestrone. Der Film spielte in Berlin. Einmal hatte er ihn schon gesehen, aber es beruhigte ihn zu wissen, wie ein Krimi endete. Er konnte sich dann sehr viel besser entspannen.

Gloria seufzte leise. Herberts Aufmerksamkeit war weit weg, sie war so oft weit weg. Selbst nach neunundzwanzig Jahren Ehe wusste sie nie, wie sie die festhalten konnte.

»Ist doch völlig in Ordnung«, sagte Herbert, als Gloria nicht weitersprach. »Du hattest vorher andere Beziehungen. Das weiß ich ja.« Er beugte sich über den Tisch und legte seine Hand auf ihre, sein Ehering neben ihrem. Vielleicht wollte sie ihm sagen, dass dieser Alain ihre große Liebe war, aber er war sich nicht sicher, ob er das hören wollte.

Gloria nahm ihren Löffel wieder auf. Es war eine unsinnige Idee gewesen, das Thema überhaupt aufzuwerfen, sie wusste nicht einmal genau, wieso sie das getan hatte. In den letzten Wochen und Monaten war etwas zurückgekommen, was all die Jahre nur hier und da aufgetaucht war, am Rande von Gedanken und Wünschen und Sehnsüchten.

»Ich werde jetzt fernsehen«, sagte Herbert, stand auf und brachte seinen noch halb gefüllten Teller in die Küche. Gloria blieb am Esstisch sitzen und starrte in ihre Minestrone, die längst schon kalt geworden war. Essen würde sie sie wohl auch nicht mehr.

Der Vorspann seines Films begann. Von ihrem Platz aus

konnte sie den Fernseher nicht sehen, nur hören, aber selbst das war ihr zu viel. Sie brachte ihren Teller ebenfalls weg, räumte die Küche auf und ging nach oben, statt sich zu Herbert zu setzen, wie sie es sonst meistens tat. Manchmal gesellte sich jemand von den anderen zu ihnen, Jay oder Lou, seltener Alissa, Gregor so gut wie nie.

Es war nicht immer so gewesen. Am Anfang hatten sie selten abends einfach nur den Fernseher eingeschaltet, um den Fernseher einzuschalten. Sie hatten sich vorher zusammen einen Film ausgesucht, oder sie hatten etwas anderes unternommen, Brettspiele gespielt oder gemeinsam gelesen. Früher hatte Herbert ihr häufig vorgelesen, manchmal stundenlang. Aber so war das mit Dingen, die früher gewesen waren. Irgendwann verschwanden sie einfach und hinterließen nichts weiter als verschwommene Erinnerungen.

Kapitel 17

Nur knapp verpasste Alissa ihren Bus. Seit dem Umzug musste sie umsteigen, statt einfach durchfahren zu können. Normalerweise wartete sie oder holte sich ein Stück Pizza oder erledigte den Einkauf, wenn ihr am Bahnhof Lichterfelde-Ost der Anschluss davonfuhr, heute jedoch wollte sie nichts davon tun, ganz besonders nicht warten. Nicht an einem Tag wie diesem. Daher beschloss sie, nach Hause zu laufen. Sie nahm einen Umweg zum Schlosspark, sie wollte ein bisschen am Teltowkanal sitzen, anderen Menschen beim Frisbeespielen zuschauen, denn das würde Lou machen, wäre sie an Alissas Stelle. Wäre sie genauso mutig und entspannt, würde sie aus ihren Sandalen schlüpfen, ohne sich groß um Kieselsteine und Scherben zu kümmern. Dort jedoch lag die Grenze. Alissa hatte nicht nur Angst vor spitzen Dingen in ihrer Fußsohle, sondern auch vor Spucke und Essensresten und Hundekacke, sollte sie auf den Schutz ihrer Ballerinas verzichten.

Manchmal trafen sich die anderen abends hier im Park. Alissa wusste nicht genau, wo, vielleicht auf dem Spielplatz bei den Schaukeln, vielleicht ganz woanders. Die anderen, das waren die Coolen aus ihrer Klasse, zu denen sie eindeutig nicht gehörte.

Es fühlte sich komisch an, etwas gleichzeitig zu wollen und nicht zu wollen, als wäre sie zwei Personen in einem Körper, ohne sich entscheiden zu können, wer von beiden sie wirklich war. Vielleicht konnte sie auch zwei Personen gleichzeitig sein, vielleicht war man grundsätzlich nie nur eine. Sie könnte Lou fragen, ob sie sich auch manchmal so fühlte, ob sich das irgendwann änderte, und falls ja, wie Alissa jetzt schon herausfinden konnte, wer sie wirklich war und wer nicht. Dann könnte sie aufhören, sich Gedanken darüber zu machen.

Seit einem halben Jahr war Emily eine von den Coolen.

Die Luft flimmerte vor Hitze, obwohl es gar nicht wirklich heiß war, nur warm und trocken und ein bisschen drückend wie kurz vor einem Gewitter. Der Spielplatz war voll, jeder Quadratmeter schien mit halb nackten Kindern und erschöpften Eltern und bunten Sandförmchen belegt zu sein, auf den Bänken stapelten sich Taschen und Brotdosen und Trinkflaschen, und vor der Rutsche hatte sich eine Schlange gebildet.

Alissas Rucksack drückte auf ihren verschwitzten Rücken. Ihre Schritte wurden schneller, sie hatte Durst, aber ihre Wasserflasche war leer, sie hatte nach dem Sportunterricht vergessen, sie wieder aufzufüllen. Vielleicht konnte sie gleich noch mal los und Kuchen oder Eiscreme für alle kaufen.

Musik schwebte über die Straße, nicht laut, nicht wie von einer Party, trauriger Rock, so würde Alissa den Stil beschreiben, und auch wenn sie den Song nicht kannte, hätte sie darauf getippt, dass Jay derjenige war, der ihn hörte. Er musste allein zu Hause sein, sonst würde er Kopfhörer benutzen. Alissa öffnete das Gartentor, der Song verklang in epischer Melancholie, ein anderer blühte auf, er war schnell und hitzig, eine in Rhythmus gegossene Nacht voller Tanz und Farben. Das war nicht mehr Jays Playlist, stellte Alissa fest. Sie blieb stehen, um ihre Ballerinas auszuziehen, hoffentlich versteckten sich keine

Wildbienen im Klee. Mit den Fingern streifte sie über den Jasminstrauch am Eingang, eine Eidechse, die sich auf dem Weg gesonnt hatte, rannte vor ihr davon ins Gebüsch. Noch immer war die Musik nicht wirklich laut, sie war nur da wie eine Einladung. Alissa folgte dem Lied um das Haus herum in den hinteren Teil des Gartens, wo der Tisch gedeckt war, ein hellblauer Tischläufer darauf und das bordeauxrote Kaffeegeschirr mit den goldenen Blumen, das gleichzeitig schön und zu viel war. Auf den Kunststoffstühlen lagen ebenfalls hellblaue Polster.

Alissa blieb stehen, die Kaffeetafel wartete in einem leeren Garten auf Gäste, acht Gedecke zählte Alissa, acht Personen, die nicht da waren. Auf der Bank neben dem Seiteneingang stand Lous Bluetoothbox, daneben lag ihr Handy.

»Alles Gute zum Geburtstag!«, rief Lou, sie war gerade aus dem Haus getreten, vielleicht rief sie das etwas zu laut und zu fröhlich, aber egal, zu ihrem sechzehnten Geburtstag hatte Alissa alle Fröhlichkeit verdient, die Lou aufbringen konnte. Schwungvoll umarmte sie sie und küsste sie auf die Wange.

»Danke«, sagte Alissa und musterte Lou in ihrem tiefvioletten Kleid. »Habt ihr eine Party geplant?«

»Keine Party, nur Kaffee und Kuchen. Deine Mutter und dein Bruder kommen auch.«

»Okay.« Alissa wartete darauf, dass sie sich freute, sie musste sich doch freuen, wenn die Menschen in diesem Haus solch einen Aufwand nur ihretwegen betrieben, und irgendwie tat sie das auch und gleichzeitig nicht. Es war eine Freude, von der sie wusste, dass sie da war, ohne sie spüren zu können, sie war weit weg von ihr und winkte ihr aus dem Nebel zu. »Hast du was gebacken?«

»Nein, Jay hat gebacken. Gleich heute Morgen, er ist extra früh aufgestanden.«

Alissa wusste nicht, dass Jay backen konnte und dass er das für sie tun würde. »Das ist ja nett von ihm.«

»Ist es. Deine Mutter bringt auch etwas mit. Sie und Gloria haben gestern telefoniert.« Lou fuhr sich durch die Haare, inzwischen fielen sie bis über ihre Schultern und waren ihr ständig im Weg.

Es kam Alissa merkwürdig vor, dass es eine Kommunikation zwischen ihrer Mutter und Gloria gab. Ob sie auch über andere Dinge gesprochen hatten als den Geburtstag, über das Wetter, über Pflanzen, über den Zustand der Welt? Vielleicht hatten sie miteinander gelacht oder darüber geredet, wie Alissa sich eingewöhnte, als wäre sie das neue Kind in der Kitagruppe, und immerhin lebte sie schon seit mehreren Monaten hier, seit einem halben Jahr.

»In ein paar Minuten wollen sie hier sein«, fuhr Lou fort.

»Ist Papa zu Hause?«

»Ja. Alle sind da und helfen Gloria in der Küche. Willst du schnell hochgehen und deinen Rucksack wegbringen?« Alissa betrat das Haus, Lou blieb im Garten, lief barfuß durch den blühenden Klee. Langsam spazierte sie über die Wiese, sie atmete den Gartengeruch ein, blieb an den Gemüsebeeten stehen, pflückte eine reife Erdbeere.

An der Trauerbirke könnte man einen Hängesessel befestigen, dachte sie, ein Schattenplatz im Sommer. Sie blieb stehen, um sich das vorzustellen, ein Tischchen oder ein Hocker dazu wären schön, um Getränke darauf abzustellen. Sie würde Gloria mal fragen, was sie davon hielt.

Jay trug den Kuchen nach draußen. Er hatte extra seine

Mutter angerufen, um sie nach ihrem Mandelkuchenrezept zu fragen, hatte sich dann aber doch für eine Himbeertarte entschieden, Beeren passten besser in die Jahreszeit, und die Himbeeren auf der Tarte stammten zum Teil sogar aus dem Garten. Gebacken hatte er selbst noch nie eine, aber er hoffte, dass sie Alissa schmeckte. Den Teller mit dem Kuchen platzierte er in der Mitte der Tafel, Alissas Mutter würde Bananen-Schoko-Muffins mitbringen. Gloria verließ mit Servietten das Haus. Sie hatte rote Flecken im Gesicht, ihr Lächeln wirkte nervös, und Jay fragte sich, warum.

»Das sieht gut aus«, sagte sie, nicht in einem lobenden Tonfall, sondern als reine Feststellung. Er war sich sicher, dass sie in ihrem Kopf eine Liste abhakte und überlegte, womit sie aus dem »Gut« ein »Perfekt« machen konnte.

»Ja, hervorragend«, entgegnete Jay. »Alissa wird sich freuen.« Natürlich wusste er nicht, ob sie sich wirklich freuen würde, an manchen Tagen war bei Alissa jeder Augenblick ein Abwägen.

Gloria lächelte, aber ihre Gedanken hielten sich nicht, sie wanderten zu anderen Geburtstagen, zu geschmückten Tafeln und Torten und Tischen voller Geschenke, sie versuchte, sich zu erinnern, was ihre Kinder unternommen hatten, als sie in Alissas Alter gewesen waren. Timo wäre ins Kino gegangen oder ins Freibad, er hätte einfach nur Geld für Eintritt und Pommes oder Popcorn haben wollen, dann wäre er losgezogen und irgendwann abends zurückgekommen. Christian hätte sich allein oder mit einem oder zwei Freunden in sein Zimmer verzogen, und Milla, sie hätte hundertmal ihre Pläne geändert. Doch bei allen waren die Geburtstagspartys irgendwann Veranstaltungen ohne die Eltern geworden. Es geschah langsam, dieses Erwachsenwerden, aber der Moment, an dem ihr bewusst geworden war, dass sie gehen würden, hatte sie trotzdem überrascht.

Auf dem Weg waren Schritte zu hören, neben Marion und Thore spazierte ein mittelgroßer Hund, schwarzes Fell, etwas klobiger Kopf. Unsicher schnüffelte er an allen Pflanzen, und als er Gloria bemerkte, winselte er und wedelte mit dem Schwanz. Der Junge zog die Leine an, bevor der Hund an ihr hochspringen konnte.

»Er ist aufgeregt«, sagte Thore, seine Stimme war leise und hell.

Marion gab Gloria die Hand, sie tauschten Begrüßungsfloskeln und einfache Fragen aus: »Haben Sie den Weg gut gefunden?«, »Wo kann ich die Muffins abstellen?«. Thore setzte sich auf einen der Stühle und betrachtete die Teller, als würde sich der Kuchen irgendwann von selbst darauf materialisieren. Der Hund blieb neben ihm, aber er wirkte unruhig, legte sich nicht hin, schaute hin und her, zu Gloria, zu Jay.

»Wo ist denn Alissa?«, fragte Marion, nachdem sie auch Jay begrüßt hatte, ihre Stimme hatte etwas Raues, Abgenutztes, sie klang wie etwas, das repariert werden musste.

Gerade wollte Gloria zu einer Antwort ansetzen, als Alissa auch schon aus dem Haus trat. Sie trug einen weißen Rock mit großen Mohnblumen, dazu ein weißes Oberteil, die Haare fielen offen bis über die Schulterblätter, sie sah aus, als wolle sie den Sommer begrüßen.

»Hallo, Mama«, sagte sie ruhig, sie ließ sich umarmen, dann umarmte sie ihren Bruder, der Hund sprang an Alissa hoch.

Thore schubste ihn weg, umständlich erklärte er Alissa, wieso der Hund das nicht durfte, einfach an ihr hochspringen, er erklärte, was sie in der Hundeschule gerade übten und dass

Pingpong jetzt schon ruhiger war als am Anfang, er erklärte so lange, bis seine Mutter ihn unterbrach.

»Wir haben dir auch ein Geschenk mitgebracht«, sagte sie. Aus ihrem Stoffbeutel holte sie einen verpackten Karton, gelbes Geschenkpapier mit einem lilafarbenen Muster und einer violetten Schleife.

»Wollen wir uns nicht erst mal alle setzen?«, fragte Gloria, aber ihre Frage war keine wirkliche Frage, eher eine Anweisung. Sie verschwand bereits im Haus, um die anderen zu holen, und Marion stand da, mit dem Geschenk in der Hand und dem Lächeln, das nicht wusste, ob es noch gebraucht wurde oder nicht, bis Alissa ihr das rechteckige Paket abnahm.

»Ihr könnt sitzen, wo ihr wollt«, sagte sie zu ihrer Mutter. Marion wählte den Stuhl neben ihrem Sohn.

Vom Ende des Gartens, wo sie bisher von der Brombeerhecke verborgen gewesen war, schlenderte Lou heran. Sie stellte sich Marion vor und begrüßte Thore, danach begrüßte sie auch den Hund, indem sie sich zu ihm hockte und leise mit ihm sprach, bis er sich schließlich hinlegte und sie aufmerksam ansah, als erzählte sie ihm eine Geschichte.

Gloria kehrte mit Herbert und Gregor und einer Tasse Kakao für den Jungen zurück, Lou schlug vor, etwas zu singen, Jay holte sogar seine Gitarre, zum Glück, außer ihm und Gloria konnte niemand eine besonders präsentable Singstimme vorweisen. Nach zwei Geburtstagsliedern setzte sich Alissa zwischen Lou und ihren Bruder. Jay verteilte seine Himbeertarte, Alissa bekam das größte Stück. Neben ihr im Gras lag das Päckchen, das einzige Geschenk, das sie bisher bekommen hatte.

Die Gespräche schwappten hin und her, mal schwiegen alle, dann sprach wieder jemand, meist Marion oder Jay oder

Gloria, manchmal auch Lou, sie sprachen über den Sommer, sie sprachen darüber, welche Pläne sie hatten, wohin sie fahren wollten, während Alissa keinen einzigen Plan hatte, denn für Pläne brauchte man Menschen, mit denen man sie schmieden konnte.

Als sie mit dem Essen und dem Kaffee fertig waren, räumten Gloria und Jay ab, die anderen blieben sitzen. Gloria stellte eine Karaffe mit Wasser und eine mit Eistee auf den Tisch, Letzteren hatte Jay gemacht, nach Alissas Rezept, wie Gloria betonte. Marion bat Alissa, doch endlich ihr Geschenk zu öffnen.

Alle starrten sie an, während sie vorsichtig Schleife und Geschenkpapier löste. Es waren Copic-Stifte, ein Malblock, ein Duschgel, das nach Obstsalat roch. Alissa malte nie mit Farben, schon seit über einem Jahr nicht mehr, aber sie ahnte, wie teuer die Filzmarker gewesen waren. »Danke«, sagte Alissa, sie bügelte ihre Laune glatt, heute wollte sie sich bemühen.

»Ich hoffe, sie gefallen dir«, antwortete Marion.

»Ja, wirklich.«

Pingpong hatte während des Essens zwischen Lou und Alissa gelegen und war mittlerweile auf Alissas Füße gerobbt. Sie kraulte ihn an der Seite, und er streckte sich, damit sie auch seinen Bauch erreichen konnte. Thore fragte, ob sie am Wochenende wieder zusammen spazieren gehen wollten, sie dürfe auch die Leine nehmen, und Alissa bedankte sich, sie wusste, dass das in Thores Augen ein riesiges Geschenk war, sie durfte sich seinen Hund ausleihen, mehr konnte er ihr gar nicht geben.

Marion und Thore gingen wenig später, noch bevor das Abendessen begann, damit Thore nicht zu spät ins Bett kam. Gloria hatte Kartoffelsalat vorbereitet und brachte jetzt den

Elektrogrill nach draußen, obwohl eigentlich alle noch satt waren, Jay und Lou hatten Gemüse mariniert und Herbert Fleisch gekauft. Alissa bekam einen Schluck Weißwein, Gregor zuckte nur mit den Schultern, diese Verantwortung gehörte nicht mehr ihm. Studien zum Alkoholkonsum bei Minderjährigen hatte er ihr schon vor Monaten geschickt.

Als Erstes grillte Herbert das Gemüse, er musste nicht fragen, wie er was zubereiten sollte, immerhin las er im Sommer gern die Grillkochbücher, die durch sein Antiquariat wanderten. Zumindest theoretisch konnte er hervorragend kochen, er wusste, für welche Gerichte Wacholderbeeren geeignet waren und wie man einen Sauerteig ansetzte.

Lou stupste Alissa in die Seite. »Ich habe auch noch ein Geschenk für dich«, sagte sie leise, sodass die anderen sie nicht hören konnten, nicht einmal Gregor, der nah bei Alissa saß, jedoch etwas auf dem Tablet las.

»Was für eins?«

»Das verrate ich dir nicht. Ich zeige es dir nachher.« Lou goss etwas Wasser in ihren Eistee und rührte mit dem Glasstrohhalm in ihrem Getränk.

»Gemein. Du weißt doch, dass ich nicht gerade geduldig bin.«

»Damit wirst du leben müssen.«

Alissa lehnte sich nach vorn. Es wurde langsam frisch, ihre Füße fühlten sich ohne den Hund darauf nackt und kalt an. »Du musst mir nichts schenken. Ich habe nicht damit gerechnet, dass hier überhaupt jemand weiß, wann mein Geburtstag ist.«

»Dein Vater hat uns schon vor drei Wochen sehr förmlich darüber informiert.«

»Was hat er denn gesagt?«

»Nur, wann du Geburtstag hast. Und ob wir nicht zusammen Kuchen essen wollen.«

Immerhin hatte er den Tag nicht einfach verstreichen lassen wie jeden anderen, konzentriert auf seine Arbeit und die Dinge, die erledigt werden mussten. Alissa hatte nicht viel erwartet, vielleicht dass er mit ihr Rommé spielte, auch wenn Dienstag war und nicht Freitag, und ihr dann Geld für einen Eisbecher oder fürs Kino gab. Geburtstage waren nur Daten, mehr nicht.

Herbert schichtete Auberginen- und Zucchinistreifen auf eine Platte, er legte die gegrillten Paprikahälften dazu und gab den Teller an Jay weiter, dann begann er, das Fleisch zu grillen. Alissa nahm sich als Erste, sie nahm sich auch von dem Knoblauchbaguette, das Gloria im Backofen vorbereitet hatte, und von der Tomatenbutter und dem Feigen-Frischkäse-Dip.

Jay hatte kaum Kuchen gegessen, selbst nachdem alle betont hatten, wie gut er gelungen war, war die Nervosität nicht verschwunden. Langsam entspannte er sich. »Wir sollten das häufiger machen«, sagte er.

»Was?«, fragte Gloria.

»Zusammen im Garten sitzen. Dazu ist er doch eigentlich da, oder?«

Gloria blickte sich um, als wäre sie sich nicht sicher, wofür dieser Garten da war und wofür nicht. »Wir essen doch häufig draußen.«

»Das meine ich nicht. Ich meine, danach. Einfach nur hier sitzen.«

»Das Gemüse ist lecker«, sagte Alissa.

Gregor las weiter auf dem Tablet.

»Wir sollten das definitiv häufiger machen.« Lou trank einen Schluck von ihrem Wein, und Herbert brummte etwas zu seinem Grill, was aber niemand hörte, und wenn es jemand gehört hätte, hätte der- oder diejenige ohnehin nicht gewusst, ob es ein zustimmendes oder ein abwehrendes Brummen hätte sein sollen. Genau genommen wusste er das selbst nicht.

Es war ein Gefühl, das Gloria schon einmal gefühlt und wieder vergessen hatte, und nun wagte es sich langsam aus einer der dunklen Ecken in ihren Erinnerungen und blinzelte sie vorsichtig an. Während sie aß, versuchte Gloria, es zuzuordnen, sie leuchtete hinein in die dunkle Ecke, doch alles Licht ging sofort verloren, es versickerte in den Schatten wie Wasser in gesunder Erde, nur das Gefühl blieb.

Sobald sie fertig waren, räumten sie gemeinsam den Tisch ab. Herbert bestand darauf, den Grill zu reinigen, er schob solche Dinge nicht gern vor sich her, Jays Hilfsangebot wies er zurück. Während er einweichte und schrubbte, setzten sich die anderen wieder mit einer neuen Karaffe Eistee und Wein an den Tisch, die Dämmerung überzog den Garten, sie war ein blaugrauer Schleier an einem farbigen Sommerabend.

Eigentlich müsste Alissa bald schlafen gehen, immerhin hatte sie am nächsten Tag Schule. Die letzten vier Jahre hatte sie ihren Geburtstag mit Emily verbracht, sie waren Eis essen gegangen, selbst letztes, als es windig und kühl gewesen war und trotzdem nicht geregnet hatte. Gern wüsste Alissa, ob Emily daran dachte, wenigstens das. Vorhin in der Schule hatte sie sie wie immer ignoriert, keine Schokolade als Geschenk, keine Umarmung, nicht einmal ein Blick in ihre Richtung, sie lebten in zwei Welten, Emily und Alissa, und nichts deutete darauf hin, dass sie sich früher eine geteilt hatten. Alissa schaute auf ihr Smartphone. Ein paar Nachrichten waren eingegangen, das schon, den Anruf ihrer Großeltern hatte sie verpasst, sie würde sie am nächsten Tag zurückrufen.

Und dann erinnerte sich Gloria. Während sich das Licht veränderte und einen Hauch Rosa annahm, während Lou von einem Film erzählte, den sie mit Mels Kindern angeschaut hatte, während Gregor darauf hinwies, dass es langsam spät wurde, während Jay die Kuchenreste auf den Tisch stellte und sich jeder noch ein kleines Stück nahm, außer Gloria, sie hatte wirklich genug gehabt, während all diese Dinge geschahen, erinnerte sie sich. Die Quelle ihres diffusen Gefühls war keine spezifische Erinnerung, sie hatte sich einfach nur ans Jungsein erinnert. Daran, wie es war, in den Abend zu leben, ohne sich Gedanken über den nächsten Tag zu machen, daran, wie es war, sich auf alles Mögliche zu freuen, weil alles passieren konnte. Es war ein Gefühl wie Nächte, die nicht endeten, wie ein Beisammensein, das nichts jemals unterbrechen konnte.

Gloria blickte zu Lou, die die Beine auf den Stuhl gezogen hatte und aufmerksam Jay lauschte. Sie redeten immer noch über den Film oder vielleicht über einen anderen, Gloria war sich nicht sicher. Wenn Lou zuhörte, wirkte sie, als würde sie kein einziges Wort verpassen wollen. Lous Locken erinnerten Gloria so sehr an Alains Locken, auch wenn sie etwas heller waren, aber das Braun ihrer Augen war seins, die Art, wie sie den Kopf ganz leicht neigte. Glorias Herz schlug zu schnell, und Tränen stiegen in ihre Augen. Nein, dachte sie, einfach nein.

»Und dann sind wir gegangen«, sagte Jay, Alissa und Lou lachten, selbst Gregor und Herbert stimmten mit ein. Sie lächelte, um nicht zu sehr zu zeigen, dass ihr die Unterhaltung komplett entglitten war, sie war nur noch eine Zuschauerin, sie puzzelte die Momente zusammen.

Die Dämmerung wurde tiefer. Alissa verabschiedete sich, als der Himmel das Blau von Jays Jeans angenommen hatte, auch wenn sie lieber draußen bei den anderen geblieben wäre, aber sie war müde, die Worte wurden zu viel.

»Schlaft gut«, sagte Alissa, Lou stand auf, um sie zu umarmen. Ihr Atem roch nach Wein, und sie lachte ein bisschen anders als sonst.

Das Haus fühlte sich leer an, die Stille rauschte in ihren Ohren. Fast war es unheimlich, allein im Haus Zähne zu putzen, ohne einen in seinem Zimmer Serien schauenden Jay, ohne eine in der Küche summende Lou, ohne einen schlafenden Gregor.

Auf ihrem Bett lag ein Geschenk, eingewickelt in ein buntes Tuch. Es war ein leerer Bilderrahmen, groß genug für eine ihrer Zeichnungen. Lou musste ihn in einem Antiquitätengeschäft oder auf einem Flohmarkt gefunden und neu angestrichen oder lackiert haben, das dunkle, warme Violett mit den leichten Goldsplittern hatte definitiv sie gewählt. Alissa könnte ihn über die Kommode hängen, die Wand sah noch so leer aus, aber das richtige Bild dafür würde sie erst morgen suchen, heute nicht mehr.

In der Dunkelheit ihres Zimmers beantwortete sie die eingegangenen Nachrichten. Ihre Cousinen hatten ihr geschrieben, ihr Onkel, eine Freundin aus der Grundschule, die Alissa kaum noch sah, eine andere Freundin und deren Bruder, die sie beide vor ein paar Jahren während eines Urlaubs in Schweden kennengelernt hatte. Durch das geöffnete Fenster drangen die Stimmen aus dem Garten, sie plätscherten durch ihr

Zimmer wie ein Waldbach, sanftes Gemurmel als Orientierung in der Dunkelheit. Wenig später hörte sie jemanden im Flur, wahrscheinlich war es ihr Vater, bestimmt war es ihr Vater.

Und dann, gerade als sie das Handy auf den Nachttisch legen und die Augen schließen wollte, kam die Nachricht. *Alles Gute.*

Mehr nicht. Ein Torten-Emoji und zwei Worte, die Alissas Herz schneller schlagen ließen, obwohl sie so belanglos waren. Das *online* unter Emilys Namen blieb, mehr schrieb sie jedoch nicht. Und auch wenn es ihr schwerfiel, schaltete Alissa den Bildschirm aus und legte das Handy weg, ohne zu antworten.

Kapitel 18

Gloria hatte sich krankgemeldet. Das hatte sie noch nie getan, jedenfalls nicht, ohne wirklich krank gewesen zu sein. Heute hatte sie jedoch Kopfschmerzen, und sie fühlte sich behäbig, nicht nur von dem Wein, sondern auch von dem langen Wachbleiben, von den Gesprächen, von der nächtlichen Unruhe. Vielleicht waren es auch einfach die Wechseljahre. Irgendwann mussten sie schließlich mal kommen.

Zum Frühstück aß sie nur eine Banane. In den Garten würde sie nicht gehen, draußen schlug die Sommerhitze zu, nachdem sie sich gestern warm gelaufen hatte.

Zurück im Schlafzimmer klappte Gloria den Laptop auf. Die Vergangenheit brauchte Ordnung. Wenn sie schon zu Hause war, konnte sie einfach ihre Liste weiter abarbeiten, vielleicht endlich die Harfe fotografieren und bei eBay einstellen. Hier oben im Flur gab es einen Schrank, der dringend ausgemistet werden musste. Im Sommer verstaute sie dort die Wintermäntel und umgekehrt im Winter die dünnen Regensachen, was sich in den Schubfächern und Kartons befand, wusste sie nicht genau.

Gloria vergewisserte sich, dass Herbert im Antiquariat war. »Ich lege mich wieder hin«, sagte sie, »mir geht es nicht so gut.«

Konzentriert las er die Definition in seinem Lexikon zu Ende, *intransigent*, dann blickte er auf. »Brauchst du etwas?«

»So schlimm ist es nicht, danke.«

Mit einem Becher Tee ging sie nach oben, öffnete den Schrank und betrachtete die sich auf der Hutablage reihenden Kartons. Sie trat einen Schritt zurück, einen kleinen, mehr ließ der schmale Flur nicht zu, sie schaute nur und bewegte sich nicht, und Alissa, die gerade ins Bad hatte gehen wollen, bemerkte sie und hielt inne. Es passierte selten, dass sie schwänzte, fast nie, doch sie fand, dass der Tag nach ihrem Geburtstag eine Ausnahme sein konnte, wenn sie schon an ihrem Geburtstag selbst zur Schule gegangen war. Sie war nicht einmal besonders aufgeregt gewesen, als sie am Morgen im Schulsekretariat angerufen und sich als ihre Mutter ausgegeben hatte, vielleicht sollte sie Schauspielerin werden.

Für einen Moment war sich Alissa fast sicher, dass Gloria im Stehen gestorben war, so sehr verharrte sie in ihrer Bewegungslosigkeit, ein Stillleben im dämmrigen Flur. Alissa nahm jedes Detail auf, Gloria und die Schatten um sie herum und der auf den Schrank fixierte Blick, als sähe sie in eine andere Welt. Vorsichtig schlich Alissa in ihr Zimmer zurück und suchte ihre Bleistifte, auf die Toilette konnte sie auch später gehen, ein bisschen hielt sie noch aus. Am liebsten hätte sie sich in den Flur gesetzt und diese erstarrte Gloria direkt abgezeichnet, statt sich auf das Bild in ihrem Kopf verlassen zu müssen, ein Blick war nie nur ein Blick, ein Lächeln nicht nur ein Lächeln, jeder Lichtfetzen machte einen Unterschied, aber dafür war sie nicht unsichtbar genug. Selbst in der Abgeschiedenheit ihres Zimmers fühlte es sich merkwürdig an, Gloria zu zeichnen, ohne sie gefragt zu haben, ohne von ihr bemerkt worden zu sein, als wäre Alissa in ihren Traum gewandert und würde nun darin herumwühlen.

Gloria nippte an ihrem Tee, bis die Tasse leer war. Sie war sich nicht sicher, wie lange sie schon im Flur stand und wieso sie nicht einfach mit ihrem Vorhaben begann. Einen Karton herausnehmen, öffnen, Inhalt sortieren, so schwer konnte das nicht sein.

Unten im Schrank, verborgen von den Winterjacken und Mänteln, befanden sich ebenfalls Kartons, hauptsächlich enthielten sie Schuhe. Damit fing sie an, Schuhe, das war einfach, von Schuhen konnte sie sich leicht trennen. Ein Paar Winterstiefel würde sie behalten, die Stiefeletten auch, gefütterte Wanderschuhe hatte sie vor zehn Jahren das letzte Mal benutzt, oder, nein, sie hatte sie nie benutzt, Milla hatte sie sich ein paarmal ausgeliehen. Mehrere Schuhkartons stapelten sich bereits im Flur, auf dem Schrankboden war wieder mehr Platz. Was auch immer in den ganzen Tüten und Beuteln lagerte, würde sich Gloria zum Schluss ansehen. Denn oben im Schrank gab es sehr viel mehr zu sichten, dort standen nicht die Dinge von praktischem Wert, sondern die emotionalen. Gloria hob ein paar Kisten heraus. Groß waren sie nicht, aber schwer, Fotos in Mengen waren immer schwer.

Auf dem Boden sitzend, öffnete sie den ersten Karton. Er enthielt neuere Bilder von den Kindern, die meisten von Milla, sie war schließlich als Letzte gegangen, einige stammten aus gemeinsamen Familienkurzurlauben. Mittlerweile befanden sich im Haus nur noch in ihrem Schlafzimmer Fotos ihrer Kinder. Alle anderen hatte sie abgenommen, bevor sie angefangen hatte, die leeren Räume zu vermieten.

Milla in ihrem Halloween-Kostüm, sie hatte es selbst geschneidert, um es auf der Mitarbeiterparty des Hotels anzuziehen, in dem sie nach der Schule eine Ausbildung angefangen und wieder abgebrochen hatte. Natürlich war sie als Hexe gegangen, in Netzstrumpfhose und kurzem Rock, nur widerwillig hatte sie sich für den Weg eine Hose übergezogen, schließlich war es ein kalter Abend gewesen. Milla mit siebzehn bei ihrem letzten gemeinsamen Urlaub an der Ostsee. Die meiste Zeit hatte sie nur gelesen, in dem Alter hatte sie weder mit Gleichaltrigen noch mit ihren Eltern etwas anfangen können. Später war es glücklicherweise besser geworden, aber damals war für Milla vieles schwerer gewesen. Ihre beiden Brüder waren fünf und sieben Jahre älter als sie, sie war immer nur die nervige kleine Schwester gewesen, und vielleicht hatte sich dieses Gefühl, nicht erwünscht zu sein, doch irgendwie festgesetzt.

Ein paar Fotos gab es mit Milla und Timo. Seit Timo ausgezogen war, verstand er sich besser mit ihr, als hätte er erst weggehen müssen, um sie wirklich wahrzunehmen. Vor zwei Jahren waren sie sogar zu zweit für eine Woche nach London geflogen und hatten ihr jeden Tag WhatsApps und Fotos geschickt. Wie ähnlich sie sich waren, sie hatten das selbst nur nie bemerkt.

Gloria verschloss den Karton wieder, schob ihn zur Seite und öffnete den nächsten, der ältere Familienfotos enthielt. Milla im Grundschulalter, die Kinder am Strand, Milla auf einem Pony, die ganze Familie mit Eiscreme.

Auch den Karton verschloss Gloria und stellte ihn zur Seite. Nachher würde sie recherchieren, wo man Negative digitalisieren lassen konnte. Sie stand auf und holte einen anderen Karton aus dem Schrank. Diesmal war es der, den sie die ganze Zeit gesucht hatte, oder nicht gesucht, sie hatte darauf gewartet, ihn zu finden. Erst jetzt, da sie ihn in den Händen hielt, wurde ihr bewusst, dass er der Grund war, weshalb sie überhaupt hier oben vor diesem Schrank saß und Fotos anschaute, wieso sie überhaupt damit angefangen hatte, all die Spuren der vergangenen Jahrzehnte zu entrümpeln. Gloria bemerkte erst, dass ihre Hände zitterten, als sie den Karton abstellte. Wie albern, nach all den Jahren aufgeregt zu sein. Diese Vergangenheit war so weit weg, dass sie sich manchmal nicht mal mehr wie ein Teil ihres Lebens anfühlte, doch nun hatte sie die längst vergangenen Jahre eingeladen, sie würden nicht einfach wieder gehen.

Nein, der Boden im Flur war nicht der richtige Ort dafür. Es war zu dunkel, es gab kein richtiges Draußen, Gloria wollte sehen, dass um sie herum eine Welt existierte oder wenigstens eine Straße, ein paar andere Häuser, hier und da Menschen, also trug sie den Karton ins Schlafzimmer und setzte sich auf den Sessel am Fenster. Die Tür ließ sie angelehnt, damit sie hörte, falls Herbert nach oben kam. Natürlich hatten sie sich ihre Leben vor dem jeweils anderen erzählt, aber sie hatten ihre Geschichten sauber und schlicht gehalten. Manche Dinge hatten sie sich nie gefragt, und das, was sie sich nicht erzählt hatten, blieb Schatten ohne Form und Tiefe. Möglich, dass es in allen Ehen solche Schatten gab.

Obenauf lagen ein paar Briefe, die Gloria jetzt ganz sicher nicht lesen würde. Vorsichtig hob sie die Blätter an. Das Papier fühlte sich rau an, die Schrift auf ihnen war auf eine ganz spezielle Art eckig. Auch das hatte sie vergessen, ohne es vergessen zu haben, sie hätte Alains Handschrift selbst dann wiedererkannt, wenn sie nicht gewusst hätte, dass diese Briefe von ihm stammten. Unter den Briefen befanden sich Fotoalben, die meisten hatte ihre Mutter zusammengestellt.

Das erste Fotoalbum enthielt nichts, was Gloria nicht erwartet hatte. Ihr Blick flog über die Seiten, er verharrte kaum auf ihnen, genauso beim zweiten Album. Im dritten waren endlich die wenigen Fotos, die Gloria von ihm besaß. Alain stand etwas am Rand, dort, wo Gloria vor zehn Jahren die Azalee eingepflanzt hatte, das Bild musste bei einer Gartenparty ihres Vaters aufgenommen worden sein. Er unterhielt sich mit jemandem, an den sie sich nicht erinnerte, bestimmt einer der Geschäftsfreunde ihres Vaters. Genau wusste Gloria nicht, womit ihr Vater eigentlich sein Geld verdient hatte. Er hatte in aufsteigende Unternehmen investiert, die Details hatten sie nie wirklich interessiert. Immerhin war Alain deshalb bei ihnen gewesen, um berufliche Erfahrungen zu sammeln, eigentlich, mit allem anderen hatte niemand gerechnet.

Es folgte ein Foto von ihr, Gloria, an der Harfe. Sie lächelte, während sie spielte, sie hatte nicht gewusst, dass sie dabei je gelächelt hatte. Das Wohnzimmer war weihnachtlich geschmückt, am Rand erkannte sie ihre Mutter, auch wenn sie halb abgeschnitten war. Neben ihr stand Alain, sein Blick ruhte auf der jungen Frau, die Gloria damals gerade so gewesen war, und sie spürte diesen Blick genau jetzt wieder.

Eilig blätterte sie weiter. Eine Geburtstagsfeier voller belangloser Gesichter, dann wohl ein Ausflug, wo waren sie da? Schließlich wieder eine Gartenparty, sie sah Alain an auf eine Art, die nichts verbarg, und das Wissen, dass sie jemand fotografiert hatte, war beunruhigend, fast schon unheimlich. Vielleicht war es ihr Vater gewesen, vielleicht hatte er etwas geahnt. Aber nein, er hatte nie selbst fotografiert.

Alains Locken entsprachen genau dem Bild in ihrer Erinnerung, aber sein Gesicht war schmaler, seine Augen etwas größer, er hob eine Hand, wahrscheinlich hatte er während der

Fotoaufnahme etwas gesagt, und für einen Moment hatte Gloria das Gefühl, sie müsste nur leise, nur aufmerksam genug sein, um seine Stimme hören zu können, eine zweite Schicht unter dem Bild, genau eingebrannt wie der Garten im Hintergrund und das Licht und die Menschen, seine Stimme konnte doch nicht weg sein, damals hatte sie ihn gehört.

Sie beugte sich weiter nach unten, um das Foto näher zu betrachten, sie wollte sichergehen, dass sie nichts übersah. Die Locken, ja. Die Augen vielleicht, das Braun war sehr ähnlich. Die Art, wie sich das Lächeln ins Gesicht zeichnete, wie es nie wirklich verschwand. Die Aufmerksamkeit, die sich in der gesamten Haltung spiegelte.

Wie nah die Vergangenheit mit einem Mal rückte, als hätte Gloria einen Knopf gedrückt und sie damit reaktiviert. Plötzlich waren das nicht nur Schatten, die sie begleiteten, sondern Momente, die unter dem Jetzt schimmerten. Zeit verlief nie gleichförmig, sie war ein großes Durcheinander aus Jetzt und Gestern und Morgen, sie war alles gleichzeitig, ein einziger Strudel aus so vielen Ebenen, dass Gloria schwindelig wurde.

Ein Geräusch aus dem Flur ließ sie aufschrecken. Sie lauschte, wusste aber nicht, wer dort lauerte, da waren keine Schritte, die sie hätte erkennen können. Lou, der die angelehnte Tür aufgefallen war, verharrte ebenfalls. Die Tür war nie angelehnt, sie war immer nur geschlossen, genau genommen hatte sie sich schon ein paarmal gefragt, wie Herbert und Gloria ihr Schlafzimmer verließen und es wieder betraten.

Die Stille, die langsam aus dem Zimmer quoll, war merkwürdig, wie abgestanden. Lou betrachtete das Chaos im Flur und dann wieder die Zimmertür, sie zögerte, bevor sie sich langsam darauf zubewegte. Doch dann öffnete sich die Tür von selbst weiter, Gloria stand vor ihr, in ihrem Blick eine Art angespannter Distanz.

»Ich wollte nicht stören«, sagte Lou, nur, was hatte sie eigentlich tun wollen, wenn nicht stören, welchen Grund hatte sie, vor Glorias Schlafzimmer herumzulungern? »Entschuldige. Ich dachte nur …«

»Schon gut.«

»Jedenfalls, also, ich lasse dich wohl besser in Ruhe.«

»Schon gut«, sagte Gloria erneut, in ihrer Stimme ruhte eine ungewöhnliche Sanftheit. »Du hast mich nicht gestört. Ich wollte nur nachsehen, wer im Flur ist.« Sie ging einen Schritt zurück, wie um Lou den Weg ins Zimmer frei zu machen, drehte sich um und lief zu ihrem Sessel zurück.

»Was machst du?«, fragte Lou. Sie war an der Tür stehen geblieben, trotz Glorias indirekter Einladung, und betrachtete das Zimmer. Es war schlicht in Weiß und Beige gehalten mit alten Möbeln aus dunklem Holz, den einzigen Farbklecks bildete die gelb-grün gemusterte Bettwäsche auf dem ordentlich gemachten Bett.

»Ich habe mir ein paar Briefe und Fotos angeschaut. Eigentlich wollte ich aussortieren.« Gloria schob die Bilder in das Fotoalbum zurück. Eben noch war alles voller Fragen und Leerstellen gewesen, doch was sollte es bringen, sie jetzt noch füllen zu wollen, sie würden so bleiben, wie sie waren.

»Sich Fotos und Briefe anzugucken ist immer schlecht, wenn man aussortieren will.«

»Hast du viele Briefe, von denen du dich nicht trennen kannst?«, fragte Gloria und blickte Lou an.

»Ich? Na ja, nein. Eher nicht. Aber ich kenne das von damals, als ich bei meinen Großeltern aussortiert habe.« Vor der Frisierkommode stand ein Stuhl, auf dem Lou nun zögernd Platz nahm. »Dinge mit rein ideellem Wert sind sehr klebrig.«

»Klebrig?«, wiederholte Gloria.

»Ja. Ich hatte da Fotos, von denen ich wusste, dass sie einen Wert für meine Großmutter hatten, auch wenn es für mich nur Fotos von Menschen waren, die ich kaum oder gar nicht kannte. Und meine Oma hat so viele Briefe geschrieben und bekommen. Eigentlich hätte ich sie einfach wegschmeißen sollen, aber ich habe angefangen, sie zu lesen, obwohl ich dafür gar keine Zeit hatte, weil die Wohnung gekündigt war und ich bis zu dem Termin alles dort rausschaffen musste.«

»Sie leben nicht mehr? Deine Großeltern?«

»Nein, sie leben nicht mehr.« Irgendwann hatte sie Mel angerufen, weil sie allein nicht weitergekommen war, sie hatte sich an all den fremden Worten festgehalten, während einfach gar nichts weniger in der Wohnung geworden war, obwohl es doch so dringend hatte weniger werden müssen. »Sie sind beide ziemlich schnell hintereinander gestorben. Und dann saß ich da und musste Entscheidungen über ihre Besitztümer treffen, und ich konnte sie nicht mehr fragen, was sie sich gewünscht hätten. Es kam mir so vor, als würden mir all die Entscheidungen nicht zustehen.«

»Du hast dir das ja nicht ausgesucht«, erwiderte Gloria sanft. Sie vermied es, sich vorzustellen, was wäre, wenn sie plötzlich versterben und Herbert oder ihre Kinder diese Fotos und vor allem die Briefe anschauen würden, wie sie sich fühlen würden, etwas aufzudecken, wovon sie nichts geahnt hatten, und dabei würden sie nur den Anfang einer Geschichte erfahren. Vielleicht besaß Herbert ebenfalls Briefe oder Tagebücher, von denen sie nichts wusste, vielleicht war manches davon sogar aus der Zeit, in der sie bereits zusammen gewesen waren. Wenn man nichts ahnte, war alles möglich.

»Nein, aber trotzdem. Meine Freundin Mel hat mir schließlich geholfen, sonst hätte ich das nicht geschafft.«

Diese Art, wie Lou die Schultern nach hinten zog und sich aufrichtete, als würde sie sich auf etwas vorbereiten, sie ging selbstbewusst und aufmerksam allem entgegen, was kam. Genau so hatte er auch immer ausgesehen.

»Was war mit deinen Eltern? Haben sie nicht dabei geholfen?« Gloria legte den Deckel wieder auf den Karton. Sie sollte ihn im Gesamten wegschmeißen, ohne weitere Bilder anzuschauen.

»Sie konnten aus beruflichen Gründen nicht.«

Lou lächelte, doch nicht so wie sonst, sie verbarg sich dahinter, sie lächelte über die Risse in ihrem Leben hinweg, wie Gloria es ebenfalls tat.

»Wie gut, dass du Mel hast«, sagte sie schließlich.

»Wenn du willst, kann ich dir beim Aussortieren helfen. Jetzt weiß ich ja, wie es geht. Ich lese deine Briefe auch nicht, versprochen.«

»Das mache ich selbst«, sagte Gloria viel zu schnell und viel zu grob. Dann stand sie auf und fügte sanfter hinzu: »Aber danke für das Angebot.« An Lou vorbei ging sie in den Flur und schob den Karton in den Schrank zurück.

Lou folgte ihr.

»Wann sind deine Großeltern gestorben?«, fragte Gloria, nachdem sie die Schranktür geschlossen hatte.

»Das ist schon einige Jahre her.« Lou lehnte sich gegen die Wand. Sie schwiegen, und die Stille wurde laut, etwas war anders heute, nur wusste Lou nicht, was. »Ich war zweiundzwanzig, das war während meiner Ausbildung. Damals habe ich noch bei ihnen gewohnt. Ich dachte, ich schaue einfach ganz in Ruhe, ob ich eine günstige Wohnung oder WG finde. Außerdem brauchte ich ja Platz zum Tanzen, meine Großeltern hatten dafür extra das Wohnzimmer umgeräumt.«

»Unser Salon wäre auch groß genug, wenn ich die Harfe loswerden würde.«

»Mein Zimmer hier reicht auch. Willst du die Harfe überhaupt loswerden?«

Unbewusst legte Gloria ihre Hand auf die Schranktür, ihre Finger strichen über das Holz wie über Saiten, doch sie zog die Hand zurück, als sie es bemerkte. »Irgendwann, ja. Jetzt noch nicht.« Sie bückte sich nach der leeren Tasse, die noch neben dem Schrank und den aussortierten Schuhen stand, und richtete sich wieder auf. Weit war sie mit dem Ausmisten nicht gekommen, aber immerhin wusste sie nun, wo sie nicht anfangen würde.

»Deine Eltern …«, setzte Gloria an. »Hast du jetzt ein gutes Verhältnis zu ihnen?« In ihrer Stimme lag ein Zittern, das sie versuchte hinunterzuschlucken.

»Ja, an sich schon. Wir sehen uns aber auch nicht so oft, vielleicht zweimal im Jahr. Wäre es häufiger, würde es wahrscheinlich schwierig werden.« Lou strich sich ein paar Haare aus dem Gesicht, obwohl sie nicht einmal wirklich gestört hatten. »Wir sind in zu vielen Dingen zu unterschiedlich.«

»Umso besser, dass du deine Großeltern hattest.«

»Ja. Umso besser.«

Eine Zimmertür öffnete sich. Beide blickten sie den Flur hinunter, offenbar war Jay doch nicht in die Uni gegangen, aber dann war Alissa diejenige, die um die Ecke bog. Inzwischen musste sie derart dringend auf die Toilette, dass sie es nicht mehr lange aushalten konnte. »Hallo«, sagte sie, möglichst nebenbei, so selbstverständlich, wie sie es eben hinbekam. Rasch schlüpfte sie ins Bad und schloss die Tür.

»Fragen wir einfach nicht«, sagte Lou. »Als Geburtstagsgeschenk.«

Gloria zögerte. Auch wenn sie nicht fragte, müsste sie nicht Gregor erzählen, dass Alissa auffällig früh nach Hause gekommen war? Andererseits, es war nicht ihre Aufgabe, so etwas im Blick zu behalten, also würde sie das auch nicht tun, schon gar nicht an einem Tag wie heute.

»Gute Idee«, sagte sie, etwas zu spät.

Sie standen da, ohne richtiges Ende zu ihrem Gespräch.

»Zeigst du mir irgendwann einmal ein paar Fotos?«, fragte Lou schließlich. »Wenn du magst, meine ich.«

»Weshalb willst du sie sehen?«

»Ich weiß nicht. Es interessiert mich, welche Menschen früher in diesem Haus gewohnt haben.«

Natürlich interessierte sich Lou dafür, sie war immer voller Fragen, sie war eine Entdeckerin, so wie sicher auch dieses Kind, das nicht Glorias Lieblingskind war. »Ja, wieso nicht?«

»Okay. Danke.«

»Gern. Jetzt muss ich aber weitermachen.« Gloria ging zur Treppe, um ihr Handy zu holen, damit sie die aussortierten Schuhe fotografieren konnte. Lou wandte sich um, und Gloria blieb am Treppenabsatz stehen und blickte ihr nach. Als sie schließlich weiterging, fühlte sie sich deutlich schwerer als noch eine Stunde zuvor.

Kapitel 19

Es war der längste aller Tage. Nach dem späten Abendessen hatten sich Lou und Gloria und Jay in den Garten gesetzt, drei Runden Rommé später waren auch Alissa und Gregor nach unten gekommen, und schließlich hatte sich sogar Herbert zu ihnen gesellt, leise, kaum jemand hatte ihn bemerkt. Die Flasche gekühlten Weißwein hatte Lou mitgebracht, sie tranken ihn als Schorle, nur Alissa und Jay hielten sich an Alissas Ingwer-Zitronen-Limonade aus ihren Gartengläsern mit Glasstrohhalm, die wiederum Lou angeschafft hatte, weil sie manchmal Dinge kaufte, nur weil sie sie hübsch fand, und sie anschließend verschenkte.

Musik vom Ende der Straße bügelte über das Quaken der Frösche aus einem der Nachbargärten, Grillgeruch zog bis zu ihnen, zahlreiche Stimmen mischten sich miteinander, dazwischen eruptierendes Lachen. Gloria vermutete eine Geburtstagsparty bei den Webers, sie feierten jedes Jahr um diese Zeit. In der Luft flimmerte ein Gewitter, das ihre Wetter-Apps mal vorhersagten und dann wieder vorbeiziehen sahen, offenbar waren sich die Meteorologen uneinig darüber, ob es tatsächlich kommen würde, ob es so etwas wie Regen und Gewitter überhaupt noch in dieser Stadt gab. Alle paar Minuten schaute einer von ihnen nach, was die aktuellen Prognosen sagten, am Himmel waren nur vereinzelte Wolken zu sehen.

Alissa musste eigentlich für einen Mathe-Test lernen, der letzte in diesem Schuljahr, dann war sie für sechseinhalb Wochen frei, aber an solchen Abenden hatte sie das Gefühl, etwas zu verpassen, wenn sie im Haus blieb, als würde der Sommer ohne sie vergehen, dabei mochte sie den erst, seit Lou sie ständig zu Spaziergängen aufforderte. Das Draußensein war zu einer Unabdingbarkeit geworden, einer Sehnsucht.

»Der Garten braucht mehr Wasser«, sagte Gloria. Sie nippte an ihrem Glas, die ganze Zeit schon hielt sie es fest, statt es, wie die anderen, zwischendurch auf dem Tisch abzustellen.

»Soll ich gießen?«, fragte Jay.

Eigentlich müssten sie, nur war Gloria zu müde dafür. Die Hitze, die unbewegte Luft hielten sie fest. »Wahrscheinlich regnet es nicht mehr«, sagte sie, und auch wenn das nur eine indirekte Antwort war, stand er auf, setzte den Rasensprenger in Gang und wickelte den Schlauch auf, der an den zweiten Wasserhahn angeschlossen war. Glorias Bewässerungssystem war noch recht archaisch, keine Tropfschläuche, keine Zeitschalter, nur Gießkannen und ein abendlicher Rundgang durch das Grün, ihr Rückzug, ihre Meditation, an längst vergangenen Sommerabenden hatte sie diese Stunde im Garten gebraucht, sobald die Kinder endlich im Bett gelegen hatten, um wieder zu sich selbst zurückzufinden.

Das Wasser setzte die Luft in Bewegung, ab und zu spürte Alissa diese kühleren Strömungen auf der Haut. Zu sechst machte Rommé bestimmt viel mehr Spaß, jedenfalls so, wie sie und ihr Vater es spielten. Aus all den Regeln, die es gab, hatten sie sich ihre eigenen zusammengestellt und sie über die Jahre ausgebaut, verfeinert, abgewandelt, sie hatten ihr eigenes Spiel daraus gemacht.

»Am häufigsten gewittert es in Venezuela«, sagte Herbert.

»Über dem Lago de Maracaibo«, ergänzte Lou.

»Woher wisst ihr das?«, fragte Alissa.

Jay füllte die Gießkanne auf.

»Gelesen«, erwiderte Herbert.

»Im Internet gesehen«, erwiderte Lou.

»Sie haben einen eigenen Namen für diese Gewitter. Catatumbo.« Auch wenn es nur ein Wort war, überraschte Alissa die Leichtigkeit, mit der Herbert es aussprach, als würde ihm spanische Phonetik keinerlei Schwierigkeiten bereiten. Auf seinem Gesicht lag die Andeutung eines Lächelns, es wirkte wie ein Versehen, wie verschmierter Bleistift in einer Zeichnung, der statt zu einem Fehler zu einer vertiefenden Schattierung wurde. »Bis zu zweihundertsechzig Gewitter im Jahr.«

»Das ist viel«, sagte Alissa. »Hier kommt nicht mal eins.«

»Falsches Land.« Herbert antwortete so ernst, als wäre er sich nicht sicher, ob Alissa nicht wusste, dass sie sich nicht in Venezuela befanden.

»Vielleicht morgen.« Lou erhob sich aus ihrem Stuhl, streckte sich und ging zu Jay, um ihm mit den Gemüsebeeten zu helfen. Alissa versuchte, ihr nicht hinterherzuschauen, nicht auf den Druck in ihrem Brustkorb zu achten, als Lou selbstverständlich mit Jay sprach, während sie ihm die Gießkanne abnahm. Vielleicht berührten sich ihre Hände dabei, vielleicht lächelten sie deshalb auf diese Art. Lou war mindestens zehn Jahre älter als Jay, zumindest schätzte Alissa sie auf Anfang dreißig. Aber sie lebten nicht im achtzehnten Jahrhundert, außerdem wirkte Lou viel jünger, und am Ende war das Alter sowieso nicht das, worauf es ankam, es sollte jedenfalls nicht nur darauf ankommen, fand Alissa.

»Die Tomaten brauchen noch mehr Wasser«, sagte Jay.

Lou blieb bei den Gemüsepflanzen stehen, obwohl sie gerade hatte weitergehen wollen zu den Erdbeeren.

»Hat dich Gloria zum stellvertretenden Gärtner ernannt?«, fragte Lou und wandte sich ab, um die Kanne aufzufüllen.

»Indirekt vielleicht.«

»Das reicht«, rief Gloria ihnen zu und deutete auf den Rasensprenger. Nur wenn das Gras kurz davor war, zu einer Steppenlandschaft zu werden, wässerte sie es überhaupt, und auch dann versuchte sie, den Verbrauch auf ein Minimum zu reduzieren. Die Bäume und das Gemüse waren wichtiger. Jay stellte den Rasensprenger wieder aus.

»Es wirkt so, als würdest du das schon länger machen, nicht erst seit ein paar Wochen.«

Er rollte den Schlauch noch etwas mehr ab, damit er den Flieder am Ende des Gartens erreichen konnte. Gerade so gelangte der Wasserstrahl bis dorthin. »Meine Eltern haben einen Schrebergarten. Dort musste ich im Sommer meistens abends gießen. Sonst habe ich aber keine Ahnung von Gartenarbeit. Hat mich nie richtig interessiert.« Merkwürdigerweise fühlte es sich hier anders an, sich um die Pflanzen zu kümmern, als freuten sie sich über seine Aufmerksamkeit. »Sie haben sehr genaue Vorstellungen von ihrem Garten. Meine Eltern, meine ich. Alles dient dazu, die Pflanzen und das Wachstum zu optimieren. Es ist nicht wie hier. Glorias Gemüse schmeckt nach Süden.«

Sie lachten, als wären sie schon seit Jahrzehnten beste Freunde. Alissa trank ihre Limonade aus. Gern hätte sie ihr Glas aufgefüllt, aber die Karaffe war leer. Sie lehnte sich in ihrem Stuhl zurück, nur ein bisschen, vielleicht würde sie ein, zwei Worte aufschnappen, doch Lou und Jay waren zu weit entfernt, und das Rauschen des Wassers spülte ihr Gespräch davon. Sie könnten Decken auf den Boden legen, statt in diesen unbequemen Gartenstühlen herumzusitzen, und sie könnten irgendetwas gemeinsam tun, einen Film schauen wie in einem Open-Air-Kino. Das Schweigen war anders, wenn Lou und Jay nicht bei ihnen saßen. Alissa blickte zu ihrem Vater, seine Augen waren geschlossen, doch sie war sich sicher, dass er nicht schlief, sondern nachdachte. Wenn er sonst nichts zu tun hatte, dachte er immer nach.

»Wird es in der Schule besser?«, fragte Gloria, das Schweigen war wohl auch für sie zu dicht und klebrig.

Irritiert sah Alissa sie an. »Es war nie wirklich schlecht«, antwortete sie, was zwar stimmte, aber gleichzeitig auch nicht, denn wenn sie das Gefühl hatte, irgendwo ihr Leben zu vergeuden, musste es ja schlecht sein, auch wenn sie bei genauerem Nachdenken nicht sicher war, ab wann man Lebenszeit als vergeudet betrachten konnte und wann sie noch gelebt war, ob Zeichnen vergeudet war oder Essen ohne Hunger oder Mario-Kart-Spielen.

Gloria schwieg ihr Schweigen voller Fragen, und weil das noch unangenehmer war als ein Gespräch über Schule, versuchte Alissa, sie zu beantworten. »Es ist okay«, sagte sie. »Außerdem sind nächste Woche Ferien.«

»In Physik bist du besser geworden«, sagte Herbert.

»Was?«

»In Physik.«

Sie überlegte, woher er das wissen konnte, und weil es ihr nicht einfiel, fragte sie danach.

»Ich sehe deine Hausaufgaben.« Das war eine überflüssige Frage, fand Herbert. Das Mädchen wusste doch, wo sie die erledigte, im Garten, im Antiquariat. In letzter Zeit saß sie häufig neben der Kasse und arbeitete dort, sie wollte lernen, wie man mit Kunden umging. Ein-, zweimal hatte sie selbst schon jemanden bedient, und Herbert war auf eine seltsame Weise erleichtert gewesen, diese Aufgabe abgeben zu können.

»Vielleicht bin ich in Physik besser geworden, ja«, sagte Alissa zögernd.

»Und in Englisch«, sagte Gregor, die Augen immer noch geschlossen.

»Habt ihr AGs?«, fragte Gloria weiter.

Alissa zuckte mit den Schultern. Es gab welche, das schon, eine Italienisch-AG, eine Badminton-AG, Theater, Philosophie, Fußball, Basketball, aber was sollte sie dort.

»Keine Tanz-AG?«, fragte Lou. Unbemerkt von Alissa hatte sie sich wieder auf ihren Stuhl gesetzt, während Jay die Gartengeräte an ihren Platz zurückräumte.

»Bisher gibt es keine Tanz-AG, nein.« Alissa versuchte, in Lous Gesicht abzulesen, was sie dachte.

»Eigentlich tanze ich auch ganz gern«, sagte Gloria. Als Jugendliche hatte sie Standardtanz gelernt, und ein-, zweimal hatten sie hier im Garten getanzt, Alain und sie, die Musik war nur in ihren Köpfen gewesen. Manchmal reichte das, manchmal war Musik nicht mehr als ein Gefühl. Sie waren sich im Garten begegnet, als die Dämmerung schon tiefe Schatten geworfen hatte und die Erwachsenen im Haus gewesen waren, und sie hatten sich angesehen und ein bisschen geredet und ein bisschen gelacht, das Tanzen war von selbst gekommen, eine Erweiterung ihrer Unterhaltung, weil sich manche Dinge nicht mit Worten sagen ließen, sie ließen sich nicht einmal denken.

Langsam war es Zeit für Alissa, ins Bett zu gehen, aber es war noch nicht dunkel, außerdem fiel morgen die erste Stunde aus, und wenn sie jetzt nach oben ginge, würde sie nur eine Serie oder einen Film schauen, mindestens bis Mitternacht, eher länger, und sie würde sich die ganze Zeit fragen, was sie verpasst hatte. Vielleicht sprachen die Erwachsenen über andere Dinge, wenn sie nicht dabei war, ganz sicher taten sie das.

»Wollen wir den Nachtisch essen?« Nach dem Abendessen waren alle satt gewesen, und Obstsalat war keine Eiscreme, der passte nicht so leicht noch rein, also hatten sie ihn aufgehoben, und weil jetzt doch alle Appetit darauf hatten, ging Gloria ins Haus und kam wenig später mit einem Tablett zurück, hübsch befüllte Bleikristallschüsselchen mit Schokoladeneis und Vanilleeis und Obstsalat, ein Fläschchen Eierlikör für die, die welchen wollten, für die anderen Schokoladensauce.

Aus der Ferne grollte Donner.

»Na?«, sagte Herbert, nur das, es klang wie eine Einladung.

Sie löffelten schweigend, viel zu schnell war der Nachtisch alle.

Die Tage verabschiedeten sich um diese Jahreszeit langsam, als wollten sie nicht gehen, doch allmählich schwand das Licht, und sie sahen ihm dabei zu und füllten den langen Abend mit ihren Worten. Gregor verließ den Garten als Erster. Jeden dritten Abend rasierte er sich, so auch heute, anschließend wusch er sich das Gesicht und putzte die Zähne, das Tablet nahm er mit ins Bett, um vor dem Einschlafen noch ein wenig zu lesen. Er lächelte kurz, als er zwischen den leisen Stimmen aus dem Garten Alissas Lachen hörte.

Im letzten Dämmerlicht hob sich der Wind. Ganz plötzlich raschelte er in den Bäumen, er zerrte an ihren Haaren und huschte durch die Gärten, und von Westen her näherten sich erstaunlich schnell düstere Wolkenberge, die Jay als Erstem auffielen.

»Also doch noch«, murmelte Herbert. Eilig räumten sie das Geschirr und die Stuhlauflagen ins Haus, Gloria ging noch einmal durch den Garten, um sicherzugehen, dass nichts mehr herumlag, doch eigentlich wollte sie nur einen Moment allein bleiben, während der Abend aufgeregt und lauter wurde. Der Geruch von Gewitterregen hing bereits in der Luft, sie spürte ihn auf ihrer Haut, in ihren Haaren, und sie lächelte in die Dunkelheit, so wie damals, als Alain und sie im Garten getanzt hatten, bis der Regen gekommen war. Sie waren nicht ins Haus zurückgegangen, sondern hatten sich auf die alte Bank gesetzt, die damals noch nicht alt gewesen war. Vielleicht zwei, drei Minuten hatte der Regen gebraucht, um sie komplett zu durchnässen, und dann waren sie aufgestanden und durch den Garten gesprungen, bestimmt hatten sie dabei ein paar Beete erwischt und den Schaden später dem Gewitter zugeschrieben. Immer wieder hatten sie sich berührt, Alain und sie, sie hatten es wie ein Versehen wirken lassen, obwohl jede einzelne Berührung Absicht gewesen war.

Die Lichter im Erdgeschoss erloschen, Jay und Lou hatten die Küche wohl fertig aufgeräumt.

Ein Blitz durchzuckte den Himmel. Noch dauerte es ein wenig, bis der Donner folgte, ein tiefes, dunkles Grollen wie eine Warnung. Gloria wollte wieder nass geregnet werden wie damals, sie wollte unbekümmert tanzen und so vieles noch nicht erlebt haben, doch die Erinnerung grub sich tiefer, bis sie zu schmerzen begann, da halfen auch der Wein und der Eierlikör nicht.

Sie kehrte ins Haus zurück und verschloss die Eingangstür. Gerade wollte sie ebenfalls die Treppe nach oben steigen, als sie aus dem Salon Geräusche hörte, leise Stimmen. Nach einem Zögern öffnete Gloria die Tür und betrat das in Dunkel und Fernseherlicht gehüllte Zimmer. Mit angezogenen Beinen saß Alissa auf dem Sessel und sah Gloria an.

»Kannst du nicht schlafen?«, fragte diese.

»Ich habe es noch nicht versucht.«

Der Ton war so leise gestellt, dass Gloria kaum verstand, was gesprochen wurde. »Was schaust du da?«, fragte sie und setzte sich auf das Sofa. Fernsehen im Dunkeln schmerzte in ihren Augen, und normalerweise hätte sie etwas gesagt, aber die Spannung, die im Zimmer hing, hielt sie davon ab.

»Ich weiß es nicht genau. Irgendeine Talkshow, glaube ich.« Harte Konturen zeichneten Alissas Gesicht, flackernd und geisterhaft. »Stört es dich? Soll ich es ausmachen?«

»Nein, natürlich nicht. Oben kriege ich sowieso nichts davon mit.«

Sie schwiegen und lauschten den Menschen in der Sendung, ohne zu wissen, wovon sie sprachen.

»Eigentlich gucke ich nie fern«, sagte Alissa zu dem Moderator, der immer wieder seine Gäste unterbrach, offenbar hatte er nicht die nötige Geduld für seinen Job. »Zu Hause hatten wir zwar einen, aber Thore und ich durften den nicht so oft benutzen. Ich wollte jetzt nur noch nicht hochgehen.«

Unbewegt verharrte Gloria auf ihrem Platz. Es war eine andere Alissa, die gerade hier in ihrem Wohnzimmer saß, und sie wollte sie nicht vertreiben, indem sie das Falsche sagte oder fragte, deshalb wartete sie, ob das Mädchen von allein weiterreden würde. Bei Milla hatte diese Taktik manchmal funktioniert, selbst in den schwierigsten Phasen. »Wieso nicht?«, fragte sie schließlich doch, als Alissa weiterschwieg.

Für eine Weile blieb sie stumm. Die Antwort war ein schwerer Knoten aus Bildern und Worten und Gefühlen in ihrem Inneren, ohne Anfang, ohne Ende. »Da liegt so viel rum. In meinem Zimmer, meine ich. Es wird einfach nicht meins, und ich weiß nicht genau, wo ich anfangen soll, damit es meins wird.« Der Moderator ging ihr auf die Nerven, deshalb wechselte sie den Sender. Ein Motorrad flog durch die Luft, während darunter ein Auto gegen ein anderes krachte und explodierte. »Ein paar aus meiner Klasse lernen in Gruppen zusammen, aber ich muss das alles irgendwie allein hinkriegen. Und dann muss ich jedes Wochenende zu meiner Mutter, und mein Bruder hat diesen Hund, während ich keinen haben darf, und jeden Morgen, bevor ich aufstehe, frage ich mich, was sich ändern würde, wenn ich das nicht tun würde. Ich könnte ja genauso gut einfach im Bett bleiben. Niemand würde das merken. Oder, okay, die Schule, klar. Und vielleicht mein Vater, weil er dann kein Mittagessen hätte. Aber sonst? Sonst besteht zwischen Aufstehen und Nichtaufstehen einfach kein Unterschied.«

»Für dich besteht ein Unterschied«, sagte Gloria leise. »Und der ist wichtig.«

Auf dem nächsten Sender lief eine Tierdokumentation. Sie musste schon alt sein, das Bild war grob, grisselig, für das Nachtpublikum reichten wohl die Wiederholungen aus. »Welcher?«

Sehr sorgsam wägte Gloria ihre Worte ab. »Wenn du aufhörst aufzustehen, hörst du auch mit allen anderen Dingen auf. Du hörst auf, dich über die Sonne zu freuen. Du hörst auf, dein Lieblingsessen zu essen. Du hörst auf zu zeichnen. Und das sind nur ein paar wenige der schönen Dinge, die du jeden Tag machst und die plötzlich nicht mehr da wären.«

»Ich esse nicht jeden Tag mein Lieblingsessen.« In ihrer Stimme lag die tiefe Weichheit von Kinderstimmen, die Ahnungslosigkeit war und Hilflosigkeit und Unverständnis darüber, dass so vieles in der Welt einfach keinen Sinn ergab. Manchmal wunderte sich Gloria selbst darüber, wie leicht sie all diese Unsinnigkeit akzeptierte.

»Vielleicht solltest du mit jemandem darüber reden.«

»Ich rede doch.«

»Nicht mit mir. Es gibt Menschen, die dir dabei besser helfen können als ich.«

Mittlerweile waren sie bei einem deutschen Film in mieser Qualität gelandet, kein einziges Gefühl wirkte ansatzweise glaubwürdig, sie sah nur unbewegte Gesichter und hörte nur zu laute Stimmen. Aber vielleicht war die Qualität auch gar nicht mies, vielleicht waren Gefühle einfach nie glaubwürdig, sondern nur übertriebene Selbstwahrnehmung, vielleicht waren sie grundsätzlich nur Fiktion. »Ich brauche keine Hilfe«, sagte Alissa und schaltete den Fernseher aus.

Gloria hätte gedacht, dass Alissa aufstehen und gehen würde, doch das tat sie nicht, sie blieb im Sessel sitzen und starrte in die Dunkelheit. Ab und zu warf ein Blitz Licht in den Raum, viel zu kurz, um wirklich etwas zu erhellen, und trotzdem war es Licht, und trotzdem war da mehr als nur sie beide und das Haus und die Stille, das Gewitter öffnete den Raum um sie herum mit jedem Donner, der weit, weit rollte.

»Ich bin nicht depressiv oder so«, sagte Alissa schließlich. Noch immer sprach sie zu dem Fernseher, sie wandte den Blick nicht zu Gloria. »Ich würde nicht morgens einfach liegen bleiben. Aber manchmal fühlt sich einfach alles so durcheinander an.«

»Ja«, sagte Gloria, »aber in all dem Durcheinander stecken auch viele schöne Überraschungen.«

»Hm.« Alissa war sich nicht sicher, ob das stimmte, doch langsam kämpfte die Müdigkeit ihre Konzentration nieder. »Was für welche?«, fragte sie leise, die Schläfrigkeit legte sich auf ihre Stimmbänder, sie konnte sie selbst hören, während sie ein Gähnen unterdrückte.

»Das Gewitter dort draußen, zum Beispiel.«

Regen klatschte gegen das Fenster und wusch den Sommerstaub davon.

»Was noch?«

Die Nacht fing ihre Worte auf, nirgendwo waren sie so sicher wie hier. »Jemandem begegnen, der ist wie niemand sonst.«

»Was hast du gemacht, als du so alt warst wie ich? Gab es da jemanden, der so war wie niemand sonst?« Der Tag war anstrengend gewesen, sie hatte mit ihrer Mutter gestritten, die ihr für die Ferien Nachhilfe aufdrängen wollte, sie hatte angefangen, nach Ferienjobs zu suchen. Müde lehnte sie den Kopf zurück.

Als sie so alt gewesen war wie Alissa, hatte Gloria mit Alain im Garten getanzt, sie hatten den Regen gespürt, ohne das Gewitter zu bemerken, sie hatte zum ersten Mal jemanden geliebt. »Ich bin zur Schule gegangen, ich habe Harfe geübt und manchmal auf die Kinder der Nachbarn aufgepasst.«

»Mehr nicht?« Sie nuschelte nur noch. Gloria war sich nicht sicher, ob ihre Augen geschlossen waren, doch falls nicht, würden sie nicht mehr lange offen bleiben.

»Ich habe mich mit Freundinnen getroffen, manchmal habe ich gelesen. Wenn niemand zu Hause war, habe ich ferngesehen.«

»Hm«, murmelte Alissa und anschließend noch ein paar Worte, die wieder nach einer Frage klangen.

Gloria wartete, ob sie sie wiederholen würde, doch als nichts weiter folgte, stand sie auf und breitete eine Decke über Alissa aus. Leise verließ sie den Salon und ging nach oben. Herbert schnarchte schon, nicht laut, er hatte nie sehr doll geschnarcht, gerade laut genug, damit sie nachts wusste, dass sie nicht allein war.

Im Bad putzte sie sich die Zähne, sie putzte ohne Licht und bei geöffnetem Fenster. Die abgekühlte Gewitterluft blies feine Nässe in den Raum, obwohl der Regen schon merklich nachließ und das Grollen nur noch aus der Ferne drohte, sie putzte länger als sonst und blieb auch danach noch auf dem Badewannenrand sitzen und blickte in die nächtliche Stadt, und obwohl sie wusste, dass es nicht mehr dieselbe Stadt war wie früher, dass achtunddreißig Jahre jeden Ort veränderten, lebten alle vergangenen Jahre auch im jetzigen, und deshalb sah sie sich selbst und Alain im Garten, sie sah die Musik, und sie sah den Tanz, und sie sah, wie sie sich küssten, und sie dachte, dass ausgerechnet die Dinge, die sie am dringendsten hatte festhalten wollen, verloren gegangen waren. Sie wischte vereinzelte Tränen von den Wangen und schloss das Fenster wieder, denn das stimmte so nicht, sie hatte Herbert, sie hatte ihre Kinder, sie hatte Arbeit, sie hatte den Garten voller Gegenwart und Vergangenheit, sie hatte mehr als genug. Genug, das konnten Sommerabende wie dieser sein, genug konnte ein leises Lachen sein, genug war manchmal nur ein Stückchen

Schokolade, und trotzdem ließ es eine Lücke aus Locken und Sommersprossen und einem Kind, das in einem fernen Traum tanzte und genauso lächelte wie sein Vater.

Kapitel 20

Den ganzen Tag schon war es diesig und bewölkt gewesen, dabei aber warm und trocken, oder, wie Lou sagen würde, es war trotzdem ein Tag, um Eis essen zu gehen.

Alissa blieb im Vorgarten stehen, unschlüssig, ob sie sich noch ein wenig in den Garten setzen wollte oder direkt ins Haus gehen. Sie hatte sich auf dem Weg von der Bushaltestelle nach Hause Zeit gelassen, offenbar nicht genug, der ganze Nachmittag lag noch vor ihr, und alles, was sie zu tun hatte, war Vokabeln zu lernen und Grammatikübungen für die Französischnachhilfe abzuarbeiten. Gerade mal eine halbe Woche Ferien hatte ihre Mutter ihr gegönnt.

Das Antiquariat war leer, aber Herbert kam aus seinem Büro, als Alissa den Raum betrat, sie wusste nie genau, wie er das machte. Er merkte wohl auch ohne Türglocken oder Bewegungssensoren, wenn mögliche Kundschaft auftauchte.

»Wir müssen nur noch …«, sagte Jay, der Herbert aus dem Büro folgte, aus irgendeinem Grund hatte er dieses Heiligtum offenbar betreten dürfen. »Oh, Ali. Hey.«

»Ich dachte, Herbert hat keine Lust mehr, den Onlineshop einzurichten.«

»Habe ich auch nicht«, brummte dieser.

Jay vermied ein Augenrollen, nur gerade so hielt er seine Geduld zusammen. Würde Herbert nicht ständig andere Aufgaben finden oder an unwichtigen Kleinigkeiten herummäkeln, wäre alles schon längst erledigt, seit Wochen wäre sein Onlineshop fertig. »Es fehlt nur noch der letzte Schliff.«

»Die Arbeit fängt doch dann erst an.« Herbert schob ein paar Bücher hin und her. Mindestens zwei Stunden hatten sie vor diesem Computer gesessen. Es machte ihn nervös, so viel Zeit am Bildschirm zu verbringen, überhaupt gab es Wichtigeres zu tun, es erschien ihm unsinnig, Entscheidungen über Hintergrundfarben und Schriftarten zu treffen für irgendwas, das im Internet war. Und dann würde er sich noch mit dem ganzen Bestellsystem auseinandersetzen müssen, das würde sehr viel Mühe kosten, egal, wie sehr Jay betonte, dass die Software das meiste übernehmen würde.

»So schlimm wird das nicht«, sagte Jay, aber er sagte es leise, mehr zu sich selbst.

»Für heute ist es erst mal genug.«

Alissa war abseits stehen geblieben, um Herberts und Jays Unterhaltung nicht zu unterbrechen, doch nun schwiegen sie beide, etwas hatte sich in der Stimmung verschoben.

»Willst du dir ein Buch ausleihen?«, fragte Herbert.

Sie war sich nicht sicher, was genau sie gewollt hatte, ob überhaupt etwas. »Vielleicht«, antwortete sie zögernd.

»Such dir was aus und sag mir dann Bescheid. Ich bin im Büro.« Herbert schloss die Tür hinter sich, schließlich wollte er nicht, dass Jay ihm folgte und ihn weiter dazu zwang, sein Antiquariat zu modernisieren, was im Grunde ein Oxymoron war, ein modernes Antiquariat. Auch wenn Jay recht hatte. Selbst wenn Herbert nicht antwortete, hörte er Gloria durchaus, er wusste, dass sie sich um ihre Zukunft sorgte, obwohl er keinen dringenden Grund dafür sah. Trotzdem, sie waren verheiratet, Sorgen waren etwas, das sie teilten. So hatte er das Konzept Familie zumindest immer verstanden.

»Er ist nicht gerade gut drauf«, sagte Jay. »Egal, ich hole jetzt mein Unizeug und setze mich in den Garten. Willst du mit rauskommen?«

Für einen Moment erstarrte Alissa angesichts dieser unvorhergesehenen Frage. »Okay«, erwiderte sie dann. »Ich geh schon mal vor.« Sie holte Kissen für die Stühle und breitete ihre Materialien auf dem Gartentisch aus. Das Mädchen, das ihre Mutter als Nachhilfelehrerin ausgesucht hatte, war gerade mal ein Jahr älter als Alissa und begeisterte Anhängerin von farbigen Übersichten und Arbeitsblättern und Hausaufgaben, sie hatte Alissa mehr aufgegeben, als es Frau Kreiski im gesamten letzten Schuljahr getan hatte.

Als Jay in den Garten kam, hatte er zwei Bücher und seinen Laptop bei sich. Er setzte sich ihr gegenüber. Nun, da er sich in seine Unterlagen vertiefte, konnte sie schlecht Bildchen in ihren Block kritzeln, jetzt musste sie auch fokussiert arbeiten, so wie Jay das tat.

Früher hatte sie höchstens mal mit Emily zusammen gelernt. Seit sie ihr vor einem Monat zum Geburtstag gratuliert hatte, hatte sie sich nicht noch einmal gemeldet, es war, als würde diese Nachricht nicht existieren, und vielleicht tat sie das auch nicht, vielleicht hatte Alissa sich nur eingebildet, dass Emily ihr geschrieben hatte. Sie holte das Handy aus dem Rucksack, nur um sicherzugehen, zum bestimmt hundertsten Mal ging sie sicher, ob die beiden Worte immer noch darin standen.

»Worauf wartest du?«, fragte Jay.

»Hm?« Alissa blickte auf. »Ich warte auf nichts.«

»Du starrst seit Minuten auf dein Handy, ohne was zu machen. Sieht nach Warten aus.«

Ertappt legte sie das Gerät auf den Tisch. »Ich hab nur über was nachgedacht.« Sie blickte auf die Grammatikübersicht, lauter Zeitformen, die sie bestimmt noch gar nicht im Unterricht gehabt hatte, oder wenn, waren diese Informationen in einem unerreichbaren Teil ihres Gehirns versickert. »Du arbeitest doch in einem Café, oder?«, fragte sie unvermittelt, sie hatte ihren Gedanken nicht zu Ende gedacht, bevor diese Frage aufgetaucht war.

»Ja?«

»Könnt ihr da noch Mitarbeiterinnen gebrauchen? Eine Kellnerin, zum Beispiel?«

»Kannst du denn kellnern?«

Musste man das vorher können?

»Wieso suchst du einen Job?«

Sie zögerte. »Falls das mit dem Abi nicht klappt, brauche ich einen anderen Plan, nur für den Fall.«

»Und der andere Plan wäre ein schlecht bezahlter Nebenjob?«

»Nicht langfristig, aber als Anfang vielleicht? Außerdem bekomme ich nicht so wahnsinnig viel Taschengeld.«

»Ich kann gern mal fragen, wenn du magst. Am Wochenende können wir gut eine Person mehr gebrauchen.«

»Danke.« Sie tippte auf den Zettel, als könnte sie die französische Grammatik damit in ihrem Gehirn verankern, was natürlich nicht half, so funktionierte Lernen nicht. »Hattest du schon mal …?«, begann sie und unterbrach sich wieder, weil sie eigentlich nicht wusste, wohin dieser Ansatz einer Frage überhaupt gehen sollte.

»Hatte ich schon mal – was?«

Ein paar Vögel sangen im Garten, die Sonne wärmte Alissas bloße Arme, es roch staubig aber gleichzeitig grün. Alles, was fehlte, war ein leckeres Getränk, eine Apfelschorle vielleicht, hatte sie nicht letztens Apfelsaft gekauft? »Wenn ich morgens in die Schule gehe«, begann sie, »sind da nur Erwartungen und Anforderungen, und nie bin ich darauf vorbereitet, aber ich habe das Gefühl, ich bin die Einzige, der es so geht. Alle anderen stehen in Gruppen beieinander, und ich will gleichzeitig dazugehören und nicht. Der Tag streckt sich ewig, und dann ist er plötzlich vorbei, aber ich weiß gar nicht, was genau passiert ist. Wenn ich nach Hause fahre, sitzt manchmal Emily im selben Bus wie ich, ich höre ihr Lachen, selbst wenn ich Kopfhörer aufsetze, selbst wenn ich die Musik laut aufdrehe, ich spüre ihren Blick, obwohl ich weiß, dass sie Besseres zu tun hat, als in meine Richtung zu schauen. Sie steigt vor mir aus, der Bus fährt weiter, ich sehe sie laufen mit ein, zwei Freundinnen, die früher nicht ihre Freundinnen waren, und wüsste ich nicht genau, wer von ihnen sie ist, ich könnte sie nicht auseinanderhalten.« Alissa blickte auf, die ganze Zeit hatte sie mit der viel zu bunten Grammatikübersicht gesprochen, doch jetzt saß Jay ihr gegenüber, er erwiderte ihren Blick, ohne dass sie herauslesen konnte, was er dachte.

»Es wird besser, wenn man älter wird«, sagte er.

»Wird es das?«

»Ja. Manchmal schon im Abi, manchmal erst danach. Nicht von heute auf morgen, klar. Im Studium sind lauter Leute, die man nicht kennt. Sie wechseln mit den Kursen, also hat man mehr Auswahl. Aber dann sitzt man zufälligerweise neben der richtigen Person oder macht mit der richtigen Person ein Referat. Oder steht mit ihr in der Schlange in der Mensa. Oder vor dem Kaffeeautomaten. Es ist mehr Raum für Zufälle.«

»Und wenn man nicht studiert?«

»Dann ist das Konstrukt ein bisschen anders, aber die Anforderungen bleiben ähnlich. Man findet seine Menschen, irgendwo, man findet sie immer.«

Alissa stützte die Ellbogen auf ihren Block, für einen Moment wurde ihre Aufmerksamkeit auf das Leuchten seiner Haare gelenkt, die er letzte Woche hatte schneiden lassen, sodass sie sich jetzt um seinen Kopf strubbelten. »Du hast noch nie Freunde aus der Uni mit hierhergebracht. Eigentlich hast du überhaupt noch niemanden hergebracht.«

»Ist manchmal schwer, Leute mitzubringen. Das geht leichter, wenn man alleine wohnt. Oder in einer kleineren WG.«

»Du meinst in einer, die normaler ist?«

»Zum Beispiel.« Mit dem Bleistift klopfte er auf sein Buch, eher unbewusst, als er es bemerkte, legte er ihn aus der Hand. »Meine besten Freunde habe ich auch erst vor einem Jahr kennengelernt.«

»Was sind das für Freunde?«

»Leute, die zu mir passen. Sie interessieren sich auch für Musik und Filme und die Lage der Welt. Gerade überlegen wir, über Silvester zusammen wegzufahren. Es hilft, wenn man mit Menschen, die so ähnlich ticken wie man selbst, darüber redet, wer man sein will. Welche Ziele man hat und welche nicht.«

»Man muss immer eines haben, oder? Ein Ziel. Wir können nie einfach stehen bleiben. Wir müssen immer irgendwohin wollen.«

Er nahm den Stift wieder auf, vermied es aber, erneut auf sein Buch zu klopfen, das genau genommen nicht sein Buch war, sondern der Universitätsbibliothek gehörte. »Vielleicht ist das so, ja. Aber wenn wir nirgendwohin wollen, was sind wir sonst noch?«

»Keine Ahnung. Mir würde es reichen, den ganzen Tag auf einer großen Terrasse zu sitzen und aufs Meer zu schauen und die Wellen zu zeichnen.«

Sein Lächeln war anders dieses Mal, sie spürte es viel mehr als zuvor. »Das wäre doch ein Ziel.«

»Vielleicht, ja.« Ihr Handy vibrierte, aber es war nur ein Foto von Thore, ein Selfie mit Pingpong, jeden Tag wurde dieser Hund größer.

»Diese Emily«, sagte Jay, »weiß sie, wie du dich fühlst?«

Normalerweise hätte sie gesagt: »Was soll ich denn fühlen, darum geht es doch gar nicht«, doch heute tat sie das nicht. Heute malte die Sonne Wärme auf ihre Haut, heute sangen die Vögel im Garten, heute blieben Worte von ganz allein leise und weich. »Ich weiß es nicht«, erwiderte sie. »Gestern waren wir noch beste Freundinnen und mit einem Mal nicht mehr. Sie wird sich wohl denken können, wie das für mich ist.«

»Menschen verstehen erstaunlich wenig von den Gefühlen anderer.«

»Ja«, sagte sie ruhig. »Wahrscheinlich ist das so.«

»Willst du mir von ihr erzählen?«

Alissa lehnte sich in ihrem Stuhl zurück und blickte auf ihre Hände, der lila Nagellack war abgesplittert. »Wir sind schon in der Grundschule in eine Klasse gegangen«, sagte sie, »und später zusammen aufs Gymnasium. Sie war in allem ein bisschen schneller als ich, aber sie hat immer auf mich gewartet und mir alles erklärt, was ich nicht verstanden habe. Dafür habe ich ihr mal ein riesiges Bild an ihre Zimmerwand gemalt, wir haben es zusammen entworfen, und ich habe ihr Schwimmen beigebracht. Wenn eine von uns etwas nicht konnte, konnte es die andere. In den Hofpausen haben wir meistens auf unserer Bank gesessen und Musik gehört und unser Essen getauscht.« Nun sah sie auf, es war so leicht, Jays Blick zu erwidern, viel leichter als sonst. »Aber irgendwann hat sich ganz langsam etwas verändert. In der Schule gibt es andere Menschen und andere Regeln, und während mir diese Regeln egal waren, waren sie Emily nicht egal.«

Mit einem Nicken fing Jay ihre Worte auf.

»Sie hat angefangen, darauf zu achten, welche Klamotten sie anzieht. Sie hat angefangen, anders zu reden, selbst wenn wir alleine waren. Und dann waren wir auf einmal nie wieder alleine, und ich habe ohne sie auf unserer Bank gesessen und unsere Playlist gehört und mein Brot gegessen.«

»Wie lange ist das her?«, fragte Jay.

»Januar, ungefähr«, antwortete Alissa. »Ein halbes Jahr.«

»Es hilft dir nicht, wenn ich dir sage, dass du andere Freunde finden wirst, oder?«

Sie zuckte mit den Schultern. »Keine Ahnung, ob das hilft.«

»Du wirst andere Freunde finden.«

»Ich weiß.«

Herbert trat aus dem Haus, auf einem Tablett Gläser und eine Karaffe mit Wasser, in dem Zitronenscheiben schwebten, schweigend stellte er es auf dem Tisch ab.

»Willst du nicht einfach deine mit mir teilen?«

Jay schlug sein Buch auf. »Vielleicht mache ich das tatsächlich. Ich glaube, sie würden dich mögen.«

Konzentriert füllte Herbert die Gläser. Es war ein heißer Tag, ausreichend Flüssigkeit war wichtig für den Körper.

»Danke«, sagten Jay und Alissa gleichzeitig.

Herbert murmelte ein »Gern geschehen« und kehrte ins Haus zurück, in sein angenehm kühles Antiquariat, und zum ersten Mal seit langer Zeit wäre er ein bisschen lieber draußen im Garten geblieben als hier zwischen den Büchern.

Kapitel 21

Seit Alissa und Jay sich vor einem Monat zum ersten Mal mittwochs gemeinsam in den Garten gesetzt hatten, war daraus ein Ritual geworden, das sich auf Gregor und Herbert ausgeweitet hatte. Aus vier getrennten Tagesrhythmen wurde für wenige Stunden einer, sie trafen sich, ohne sich zu verabreden. Herbert schloss das Antiquariat etwas früher als an den anderen Tagen, Gregor kam schon am Nachmittag aus der Uni zurück, Alissa setzte sich mit ihren Nachhilfeaufgaben an den Gartentisch, und wenn Jay nach unten ging, um sich mit seiner Bachelorarbeit zu beschäftigen, waren die anderen drei bereits da, sie saßen mit ihren Geräten und Unterlagen beieinander, ohne zu reden, sie schrieben und lasen, blätterten und tippten, es hätte ein Theaterstück sein können, eine einstudierte Szene, in die sie sich auf ein unhörbares Signal hin fallen ließen.

An diesem Mittwoch blieb Jay für einen Moment stehen, wie um sich in seinen Auftritt hineinzufühlen, und beobachtete die Szenerie. Die Augustsonne malte harte Schatten in den Garten, eine leichte Brise spielte mit den auf der Wäscheleine trocknenden Bettlaken und mit den Blättern der Trauerbirke, unter deren Krone Gregor mit seinem Tablet saß. Auf der niedrigen Mauer weiter hinten im Garten, die die Kräuter- und Gemüsebeete einrahmte, warteten ein paar Töpfe mit Pflanzen darauf, eingesetzt zu werden. Rosen, Lavendel, etwas mit hübschen tiefvioletten Blüten, das Jay nicht kannte.

Als er auf den Tisch zulief, blickte Herbert kurz von seinem Laptop auf, er registrierte ihn wie nebenbei und wirkte anschließend wieder sehr beschäftigt, doch Jay begann bereits, die ihm noch zur Verfügung stehenden Sekunden zu zählen. Sechs, und er hatte den Tisch erreicht, acht, und Alissa schaute mit einem zurückhaltenden Lächeln auf, dreizehn, und er saß ebenfalls, neunzehn, und er hatte seinen Laptop ausgepackt, vierundzwanzig, und Herbert räusperte sich, neununddreißig, und er sah wieder Jay an und fragte ihn, ob er einen Moment Zeit hätte. Über eine halbe Minute hatte er ihm gegeben, immerhin, das war nahezu ein Rekord.

Jay hatte Zeit. Oder nein, eigentlich hatte er keine, er wollte sich wenigstens ein bisschen mit der Gliederung für seine Bachelorarbeit befassen, seine Eltern würden ihn sicher danach fragen, wenn er sie am Wochenende besuchte. Er hätte ihnen nicht verraten sollen, dass er die Arbeit Mitte Oktober anmelden musste, denn Oktober, das war schon in zwei Monaten, am besten hätte er sie bis dahin fertig, und wäre er seine Schwestern, wäre das wohl auch so. Wenigstens hatte er schon ein Thema gefunden. Solange aber Herbert so subtil unruhig neben ihm saß, konnte er sich ohnehin nicht darauf konzentrieren.

»Was ist denn?«, fragte er möglichst ruhig.

»Wenn ich hier den Titel eingebe …«

»Du musst nicht jedes Buch einzeln mit allen Details in den Onlinekatalog einpflegen.« Mühsam unterdrückte Jay ein Seufzen. Er war sich sicher, dass Herbert die Hälfte seiner Probleme mit der Software nur erfand, damit er sie doch wieder loswerden und in sein rein analoges Geschäft zurückkehren konnte. Hätte sie kein Geld gekostet, hätte Herbert schon längst aufgegeben. »Dafür gibt es doch die Datenbank.« Noch einmal zeigte er Herbert, wie er seinen Bestand einpflegen konnte, noch einmal erklärte er ihm, was passierte, wenn jemand etwas über den Onlineshop bestellte, und Herbert nickte, machte sich jedoch wieder keine Notizen, sodass Jay morgen oder übermorgen oder nächsten Mittwoch dieselben Fragen von vorn würde beantworten müssen. Jay rechnete nicht damit, dass sie jemals wirklich fertig werden würden, im Gegenteil, Herberts Geschäft würde für immer das unscheinbare Zufallsantiquariat bleiben, das es schon vor seinem Einzug gewesen war, und vielleicht sollte das so sein, vielleicht hätte er die moderne Welt nie in die staubigen Räume zerren sollen.

»Diese Frau bestellt schon zum dritten Mal«, sagte Herbert und zeigte ihm eine E-Mail. »Siehst du? Niemand benutzt dieses Bestellsystem.« Er hatte es ja gleich gewusst, aber Jay hatte einfach nicht aufgeben wollen.

»Es ist ja auch noch nicht freigeschaltet.«

Herberts übertriebener Kampf mit der Technik und Jays betont geduldigen Erklärungen folgten einer ganz eigenen Komposition. Sie redeten ständig aneinander vorbei, aber auf eine sehr ruhige, aufmerksame Art und Weise, als würden sie das absichtlich tun, und obwohl es nicht so wirkte, kamen sie jedes Mal ein Stückchen weiter. Vielleicht würde Jay anfangen, in dem Antiquariat zu arbeiten, das konnte sich Alissa ganz gut vorstellen, Herbert und er, sie würden sich jeden Tag streiten, ohne sich zu streiten. Vielleicht würde er das Studium abbrechen und nur noch dort sein, um Herbert zu helfen, und manchmal würde er zwischen den Regalen sitzen und auf seiner Gitarre spielen, und Menschen würden durch die Räume streifen zwischen Geschichten und Musik, sie würden eine Insel betreten, die sie sofort vermissen würden, sobald sie sie verließen.

»Was ist so lustig?«, fragte Jay, als er ihren Blick auffing.

»Nichts.« Ertappt beugte sie sich wieder über ihre Aufgaben, die Vorstellung von Herbert und Jay und dem musikalischen Antiquariat ließ sie nicht los. Wieso fokussierte sie sich auf so eine absurde Idee, wenn sie doch bis morgen Vormittag diese Aufgaben gelöst haben musste? Während sie hier saß und ihre letzten Ferienwochen in französischen Verbformen dahinschmolzen, waren alle anderen sonst wo, in Italien oder Kroatien oder Portugal oder zumindest an der Ostsee oder im Bayerischen Wald, sie war die Einzige, die sechseinhalb Wochen lang nichts tat, außer zu lernen. Oder nein, das stimmte nicht, ihre Mutter wollte in der letzten Woche mit Thore und ihr nach Tschechien zum Wandern, und sie hatte gesagt, dass ein Freund mitkommen würde, als wäre Alissa fünf und wüsste nicht, was »ein Freund« bedeutete. Selbst Thore hatte das verstanden, obwohl er den Typ genauso wenig kannte wie Alissa. Am Freitag würde es ein gemeinsames Abendessen geben, sie würden alle zusammen in ein Restaurant gehen, Alissa und Thore und ihre Eltern und der Freund, und am Samstag würden sie abreisen, ohne ihren Vater natürlich. Wenn Alissa Glück hatte, wurde sie bis dahin krank.

Pendant les vacances, je mangeais bouillabaisse tous les soirs. War *bouillabaisse* nicht diese merkwürdige Fischsuppe? Ganz bestimmt würde sie die nicht essen, weder im Urlaub noch zu Hause.

La semaine dernière, je me suis baigné dans la mer. Ja, von wegen. Nicht einmal in einem See war sie schwimmen gegangen, im Meer gleich gar nicht. Dabei war das Wetter perfekt für Badeseeausflüge, sie müsste nur zur S-Bahn laufen und an den Schlachtensee oder Wannsee fahren, es wäre nicht einmal weit.

»Darf ich was sagen?«, fragte Jay. »Zu den Aufgaben?«

Alissa sah auf. »Was meinst du?«

»Im letzten Satz fehlt ein E.«

»Was?«

»Bei weiblichen Personen kommt an das ›baigné‹ noch ein E.«

»Du kannst Französisch?«

»Nur ein bisschen. Ich hatte das auch in der Schule, außerdem haben wir früher oft in Südfrankreich Urlaub gemacht. Meine Schwestern und ich mussten dann immer die Sachen fürs Frühstück beim Bäcker holen und solche Sachen. Wegen der Sprachpraxis.«

»Okay. Klar. Und wo kriege ich die Sprachpraxis jetzt her?«

Er zuckte mit den Schultern. »Auslandsjahr?«

Was für ein Vorschlag. Ihr reichte ja schon die Schule in Deutschland, ganz sicher musste sie nicht in ein fremdes Land gehen, um dort an Unterricht teilzunehmen, den sie noch weniger verstand als hier.

»War ja nur eine Idee. Ich hätte das fast gemacht.«

Sie legte den Stift weg. »Und wieso hast du nicht?«

Er lächelte. Inzwischen sah Alissa sehr gut, wenn es nicht echt war, es fehlte etwas wie bei einer angezündeten Kerze, die zwar leuchtet, aber keinen Geruch nach Wachs und Rauch verströmt. »Meine Schwestern waren beide weg. Ich wollte nicht das Gleiche machen wie sie.«

»Und wenn sie nicht gegangen wären, hättest du das gemacht? Ein Jahr Schule im Ausland?«

»Weiß nicht. Vielleicht.«

Herbert beantwortete E-Mails und versuchte, nicht zuzuhören, was schwierig war, wenn sich die beiden direkt neben ihm unterhielten. Dunkel erinnerte er sich an diese Diskussionen bei seinen eigenen Kindern. Timo war in der zehnten Klasse ein halbes Jahr in Irland gewesen, er hatte das selbst vorgeschlagen.

»Man kann auch während des Studiums ins Ausland, oder?«

Schon bereute Jay, das Thema überhaupt aufgebracht zu haben, er hatte einfach nicht darüber nachgedacht. »Kann man, wenn man will«, sagte er nur.

»Wir waren einmal in Frankreich. Als ich zehn oder elf war, glaube ich. Aber mein Bruder und ich mussten keine Brötchen vom Bäcker holen.«

»Umso besser.«

Sie schlug ihr Grammatikbuch auf und suchte nach den Verbtabellen. Wieso war es nur so schwierig, andere Sprachen zu verstehen, wieso gab es überhaupt andere Sprachen und nicht schlicht eine einzige, das wäre doch viel praktischer. Mühsam kämpfte sie sich durch die Übungen, und als sie fertig war, blickte sie zu Jay, der wortlos den Zettel zu sich zog, ihre Fehler dünn mit Bleistift markierte und ihn ihr zurückgab, und nachdem sie alles korrigiert hatte, legte sie das Blatt erleichtert in ihren Block. Immerhin, es war noch nicht so spät, sie könnte jetzt für alle Limonade machen und ein bisschen lesen oder zeichnen oder Musik hören, sie könnte so tun, als wären das echte Ferien und keine um Nachhilfestunden gewickelten Sommertage. »Danke«, sagte sie, als sie aufstand, um nach oben in die Küche zu gehen.

»Gern«, erwiderte Jay.

Durch das geöffnete Küchenfenster war die Wärme des Tages gedrungen, ein paar Fliegen hatten sich ins Haus verirrt. Alissa schnitt Ingwer in Scheiben, goss ihn mit etwas Wasser auf und stellte die Mischung in den Kühlschrank, aus dem sie wiederum die nahm, die sie vor ein paar Stunden angesetzt hatte. Sie fügte noch mehr Wasser hinzu, frischen Zitronensaft und Holundersirup zum Süßen und füllte das Getränk in die Gartengläser, und dabei fiel ihr ein, dass ihr Vater keine Limonade trinken würde, aber Pfefferminztee, sofern sie ihm welchen machte.

Gerade überlegte sie, wie sie alle drei Gläser plus den Tee auf einmal nach unten befördern konnte, als ein Geräusch sie aufschreckte. Es klang hell und irgendwie kaputt, wie das Miauen eines eingesperrten Kätzchens, nur wie sollte ein Kätzchen in die obere Etage gekommen sein, das war doch sehr unwahrscheinlich.

Alissa ging in den Flur, sie blieb stehen, um zu lauschen, das Schaben von Stuhlbeinen auf Holzboden drang aus Lous Zimmer.

Lou weinte sonst nicht. Wenn sie traurig war, sammelten sich keine Tränen in ihren Augen, sie spürte nur eine Art Druck in ihrem Brustkorb und eine tiefe Schwere in ihrem Inneren, und dann versuchte sie, die Tränen wegzuatmen, sie hielt sich nicht gern lange an den Gründen ihrer Traurigkeit auf. Wenn die Gründe Beziehungen waren, ging sie eben, bevor es zum Weinen kam, so einfach war das.

Leise klopfte es an ihre Tür. Erschrocken erstarrte sie, sie hatte die anderen im Garten vermutet.

»Ja?«, sagte sie vorsichtig und beugte sich über ein Buch, das auf ihrem Schreibtisch lag, sie schlug es einfach auf irgendeiner Seite auf.

»Hey.« Alissa betrat zögernd den Raum, blieb in der Nähe der Tür gleich wieder stehen, da Lou sich nicht umdrehte. »Ich wollte nur … Ist alles in Ordnung?«

»Ja, klar.« Lou blätterte eine Seite um, empfand ihr Verhalten allerdings selbst als kindisch und wandte sich daher doch Alissa zu.

»Du siehst nicht so richtig okay aus«, sagte Alissa. »Und wenn ich nicht okay aussehe, aber so tue, als wäre ich okay, findest du das doof und zwingst mich dazu, einen Spaziergang mit dir zu machen.«

Unwillkürlich musste Lou lächeln. »Ich weiß.«

»Also?«

»Es ist wirklich alles in Ordnung. Ich habe nur gerade an etwas gedacht.«

Alissa ging zu Lous Bett und setzte sich ans Fußende, sie versuchte, all ihre Aufmerksamkeit in den Moment zu lenken. »Woran hast du gedacht?«, fragte sie.

Mit der rechten Hand tippte Lou auf ihren Oberschenkel, da war eine Musik in ihr, ein Song, den sie kannte, sie wusste nur nicht mehr, wie er hieß oder wo sie ihn gehört hatte. Er war einfach da und ging nicht weg. »Als ich sechzehn war, war ich kaum zu Hause. Ich habe nicht in Parks herumgehangen und mich betrunken oder Drogen genommen, wie meine Großeltern wahrscheinlich befürchtet haben, sondern bin nur spazieren gegangen. Jeden Nachmittag bis in den Abend hinein war ich in Berlin unterwegs, manchmal bin ich auch mit der S-Bahn oder dem Bus durch die Gegend gefahren und in anderen Bezirken herumgewandert. Ich fand es schön, immer wieder etwas Neues zu entdecken, selbst an Orten, die ich eigentlich schon kannte.«

»Okay.«

»Irgendwann hat mich meine Großmutter zur Rede gestellt. Und als ich ihr gesagt habe, was ich tatsächlich mache, hat sie gefragt, ob sie mal mitkommen kann.«

»Auf einen Spaziergang?«

»Ja. Oder, na ja, sie hat, glaube ich, geahnt, dass es mir nicht nur um das Spazierengehen ging. Ich habe die Ferne vermisst, und gleichzeitig wollte ich nicht weg, ich war ganz froh darüber, in Berlin und bei meinen Großeltern zu sein und Freunde zu haben, aber manchmal kann man zwei völlig gegensätzliche Dinge gleichzeitig wollen und einfach nicht wissen, was davon einem wichtiger ist.«

»Ja«, sagte Alissa nur.

»Also sind wir von Charlottenburg, wo wir gewohnt haben, nach Schöneberg gefahren, wir sind herumgelaufen und in ein Café gegangen, wir haben in einem Einrichtungsgeschäft Kerzen gekauft und noch irgendetwas. Es muss so im Herbst gewesen sein, es war ziemlich kühl draußen, später Herbst, die Bäume hatten keine Blätter mehr.« Ihre Großmutter hatte den Herbst immer gemocht, die Farben und das Verschwinden des Lebens, die Stille, die Wärme von Kerzen und Tee und frischen Keksen. »Dann haben wir Falafel gegessen und sind nach Hause gefahren. Wir haben kaum geredet, aber an dem Tag war etwas anders zwischen uns. Dabei haben wir uns sowieso immer gut verstanden, nur danach eben auf eine andere Art. Und trotzdem … Ich weiß nicht, wieso mich die Erinnerung gerade traurig gemacht hat. Eigentlich ist sie sehr schön.«

»Vielleicht deshalb«, sagte Alissa. »Die schönsten Erinnerungen können sehr traurig sein, wenn man weiß, dass es so einen Moment in der Zukunft nicht mehr geben wird.«

»Oh, hast du meine Weisheit geerbt?«

Alissa lachte. »Ich war schon weise, bevor du hier eingezogen bist.«

Lou erhob sich von ihrem Schreibtischstuhl, sie fühlte sich müde und gleichzeitig kribbelig, sie konnte nicht in ihrem Zimmer bleiben. »Hast du Lust auf einen Spaziergang?«, fragte sie, und Alissa wollte schon den Kopf schütteln, als ihr auffiel, dass sie keinen Grund hatte, nicht mitzugehen.

»Ja«, sagte sie. »Habe ich.«

»Ich muss später ins Kino. Wollen wir einfach dahin laufen, unterwegs essen wir etwas, und wenn du magst, schmuggle ich dich in den Saal, und du schaust den neuen Marvel-Film?«

»Merkt das denn niemand?«, fragte Alissa.

»Das ist schon okay, ab und zu dürfen wir Freunde mitbringen.«

Sie holten ihre Taschen und gingen nach unten. Herbert und Jay saßen immer noch im Garten, Gregor war auf dem Liegestuhl eingeschlafen. Alissa stellte ihnen die Limonade auf den Tisch, dann liefen sie los, Lou und sie, an Sommergärten vorbei.

»Ich mag Marvel gar nicht so besonders«, sagte Alissa.

Lou schob die Hände in die Taschen ihrer Shorts. »Wir haben drei Säle, du kannst auch was anderes gucken.«

»Wie lange dauert es eigentlich zu Fuß zu deinem Kino?«

»Gute Frage. Etwa anderthalb bis zwei Stunden, wenn wir uns nicht verlaufen.«

»So lange?« Sie hätte wohl besser vorher gefragt.

»Du schaffst das schon.«

Ihre Schritte hatten sich einander angepasst, im selben Rhythmus liefen sie die Straße entlang.

»Ist deine Oma danach häufiger auf deine Spaziergänge mitgekommen?«, fragte Alissa.

»Nur wenn ich sie gefragt habe, aber das habe ich nicht so oft.«

»Wieso nicht?«

»Keine Ahnung. Wahrscheinlich hatte sie einfach nicht so oft Zeit dafür wie ich.« Lou zog ihre Tasche zurecht und dachte, dass die Stadt mit jedem Spaziergang eine andere war, jedes Mal hatte sich etwas verändert, begegnete sie anderen Menschen.

»Ich mag sonst eigentlich keine Spaziergänge.«

»Und trotzdem kommst du mit mir mit, wenn ich frage?«

»Ja. Und trotzdem komme ich mit.«

Für eine Weile redeten sie nicht mehr. Sie schwiegen miteinander, bis sie ihre Lieblingseisdiele erreichten, und als sie sich auf eine Bank im Schatten setzten, lehnte Alissa für einen Moment den Kopf gegen Lous Schulter und dachte, dass die Ferien vielleicht doch nicht ganz so schlimm waren. Hier und da waren sie sogar besser als alle anderen zuvor.

Kapitel 22

Die Dunkelheit streckte sich träge über die Straße, als Lou nach Hause kam. Normalerweise bevorzugte sie die letzte Schicht im Kino. In den Ferien, da keine Tanzkurse stattfanden, hatte sie fast jeden Abend dort gearbeitet. Das Aufräumen, nachdem die Besucher verschwunden waren, glich einem Luftholen in der Nacht, bevor der nächste Tag begann. Ihr Kollege hatte sie danach noch auf einen Gin Tonic eingeladen, und sie hatte zu spät verstanden, dass es keine freundschaftliche Einladung gewesen war, jedenfalls nicht nur. Irgendwann war es ihr gelungen, sich höflich zu verabschieden.

Nun öffnete sie das Tor und betrat den Garten. Die geisterhaften Sträucher, die in dem weißen Licht der Solarleuchten blass und vertrocknet wirkten, wiesen ihr zuverlässig den Weg. Sie brauchte fast eine halbe Minute, bis sie den Schlüssel in ihrem kleinen Rucksack fand. So leise wie möglich öffnete sie die Tür, die anderen schliefen wahrscheinlich längst. Außer Jay vielleicht, der manchmal zu den unmöglichsten Stunden wach war. Im Dunkeln schlich Lou die Treppe hinauf, Stufe für Stufe, sie fühlte den Weg, ohne ihn zu sehen. Nur durch die geöffnete Küchentür fiel ein gräulicher Schimmer in den Flur. Ihre letzte Mahlzeit lag schon eine ganze Weile zurück, genau genommen war es auch keine richtige Mahlzeit gewesen, lediglich ein rasch vor der Arbeit zusammengestelltes Sandwich und später ein bisschen Popcorn. Vielleicht war noch etwas Toast oder Müsli übrig, wenn sie jetzt nichts aß, würde sie nachts hungrig aufwachen.

Viel zu lange starrte sie in ihr leeres Kühlschrankfach. Der Aufstrich war schlecht, den musste sie wegschmeißen, und die Avocado hatte sie für ihr Mittagstoast verbraucht. Übrig waren nur ein Stückchen Käse, Butter und zwei Eier, aber die würde sie um diese Uhrzeit sicher nicht braten, dann hätte sie sich auch das Leisesein sparen können.

In ihrem Notvorrat befanden sich noch eine ungeöffnete Packung Pumpernickel und ein Glas Gewürzgurken. Immerhin. Sie sollte sich ein Beispiel an Alissa nehmen und anfangen, Einkaufszettel zu schreiben. Lou wandte sich um und wollte gerade die Küchentür schließen, als sie ein Geräusch aus dem Flur hörte. Kurz darauf tauchte eine Gestalt im Türrahmen auf.

»Gregor?«, fragte sie.

»Es ist ein Uhr zweiundzwanzig«, sagte er.

»Ich weiß. Wieso schläfst du nicht?«

Darauf erwiderte er nichts, blieb nur stumm in der Tür stehen. Lou schaltete die LED-Lampen unter den Oberschränken ein, die den Raum in gedimmtes warmgelbes Licht tauchten. »Hast du auch Hunger?«, fragte sie weiter, denn manchmal brauchte Gregor mehrere Fragen, bis er so weit war, sie auch zu beantworten. Sie öffnete ihre Packung Pumpernickel, den Rücken der Tür zugewandt, Gregor zog einen Stuhl zurück.

»Nein«, sagte er schließlich. »Das Licht ist sehr hell.«

Sie warf ihm einen kurzen Blick zu, schaltete die Lampen jedoch wieder aus. Auch im Dunkeln würde sie ihre Brote schmieren und Gurken aus dem Glas fischen können, sie wollte ihn nicht vertreiben.

Mit ihrem Teller setzte sie sich zu Gregor, das Schweigen war dunkel und schwer.

»Willst du wirklich nichts essen?«, fragte sie.

»Es gab Couscoussalat«, sagte er.

»Ja, ich weiß. Aber das ist schon ein paar Stunden her, und du bist jetzt wach, und ich sitze hier und will dir ungern etwas voressen.«

»Nein«, antwortete er nach einem Zögern, Lou spürte förmlich die Gedankenkette, die er durchlief, bevor er zu einem Entschluss kam. »Warst du im Kino?«

»Ja. Und danach noch mit einem Kollegen in einer Bar.«

Das Konzept von Bars hatte Gregor nie ganz verstanden. Meist waren sie voll und laut, manchmal rauchten die Gäste sogar, auch die Preise erschienen ihm unerhört, und sauber wirkten die allerwenigsten Etablissements. Vermutlich störte sich Lou nicht sonderlich daran. Er hatte ihr Zimmer gesehen. Nicht ganz so schlimm wie das seiner Tochter, doch es gab gewisse Ähnlichkeiten. »Alissa fühlt sich langsam wohl hier.«

Er sagte das wie eine Frage. Lou wartete, ob noch etwas folgen würde, ihr Schweigen stieß gegen seins, und so langsam ahnte sie, wieso Gregor hier bei ihr in der Küche saß und nicht einfach wieder in sein Zimmer ging, wenn er es doch eigentlich hasste, seinen Rhythmus durcheinanderzubringen.

»Zumindest fühlt sie sich sehr viel wohler als am Anfang, würde ich sagen.«

»Ja.« Seine Stimme verlor sich zwischen ihnen. »Sie ist anders als früher.«

»Wie war sie denn früher?« Lou biss ein Stück von ihrem Brot ab und kaute so leise wie möglich.

»Ruhiger.« Nein, das war nicht das richtige Wort, laut oder

unruhig war sie auch jetzt nicht. Gregor wusste nur nicht genau, wie er seine Tochter sonst beschreiben sollte, wie er das Kind beschreiben sollte, das sie einmal gewesen war, dieses stille blonde Mädchen mit den fragenden Augen. Mit Büchern hatte es auf dem Wohnzimmersofa gesessen und gelesen, während sein Bruder Spielzeugautos hatte gegeneinanderkrachen lassen, auf dem Spielplatz wollte es immer nur schaukeln, nie rutschen oder andere mit Sand bewerfen. Er wusste nicht, wie er ihre vorsichtigen Bewegungen beschreiben sollte, als hätte sie stets Angst gehabt, zu viel Platz in der Welt einzunehmen. »Sie hat ständig gelesen. Und viel gelächelt. Irgendwann hat sie damit aber aufgehört.«

Lou war sich nicht sicher, ob Gregor eine Antwort erwartete oder einfach nur sprechen wollte. Manche Nächte waren eng und schmal, sie boten keinen Platz für viele Worte.

»Vielleicht hätte ich vorschlagen sollen, dass sie bei ihrer Mutter bleibt.« Wieder sprach er eine Feststellung wie eine Frage aus, eine Frage auf wackeligen Beinen.

»Kann sein«, sagte Lou. »Aber ich glaube nicht, dass es ihr damit besser gegangen wäre.«

»Was, wenn sie nach dem Urlaub nicht zurückkommt?«

Es war das erste Mal, dass Lou Unsicherheit in seiner Stimme hörte. Er hielt sich an etwas fest, und dieses Etwas würde verschwinden ohne Alissa, nur war sich Lou nicht sicher, was genau das war.

»Wieso sollte sie nicht zurückkommen?«

»Weil es einfacher wäre. Sie könnten eine Familie sein. Marion und Alissa und Thore und Peter.«

»Peter?«

»Marions Freund. Er ist sehr nett.«

»So funktioniert das aber nicht«, sagte sie. »Man tauscht Elternteile nicht einfach so aus.«

»Hast du das nicht auch gemacht? Du bist doch als Kind zu deinen Großeltern gezogen, oder?«

Lou rollte eine Gurke auf ihrem Teller hin und her, als läge darunter die richtige Antwort auf diese Frage. »Nein«, entgegnete sie schließlich. »Also, ja, ich bin zu meinen Großeltern gezogen, aber nicht weil ich meine Eltern austauschen wollte. Es gab mehrere Gründe dafür, und ich war nicht so wie Alissa.«

Gregor schwieg. Nein, Lou war nicht wie Alissa.

»Wie du selbst gesagt hast, sie fühlt sich langsam wohl hier.« Lou schob ihren Teller beiseite und lehnte sich auf die Tischplatte. »Und ich glaube nicht, dass sie glücklicher wäre, wäre sie bei ihrer Mutter geblieben. Du und Alissa, ihr habt eure eigene Sprache miteinander, ihr habt euren Rhythmus, ihr ergänzt euch gut. Ich glaube, bei ihr und Marion wäre das anders.«

Wieder musste Gregor an früher denken. Alissa hatte meistens lieber in seinem Arbeitszimmer auf dem Boden gesessen und gelesen, als mit ihrer Mutter einen Film zu schauen, sie hatte mit ihm Karten gespielt, sie hatte ihm als Erstes erzählt, als sie ihre Tage bekommen hatte, weil sie Angst hatte, seine Frau würde eine große Sache daraus machen. Sicher war er sich nicht, ob all das wirklich etwas bedeutete. Bei Alissa war er sich mit nichts sicher.

»Außerdem hatte sie gar keine Lust auf den Urlaub«, ergänzte Lou.

»Das stimmt.« Marion hatte lange auf ihn eingeredet, damit er Alissa davon überzeugte mitzufahren, obwohl Marions Urlaube nicht in seiner Verantwortung lagen. »Letztes Jahr wollte sie auch nicht mit ihr nach Paris fahren.«

»Und dann hat es ihr doch gefallen?«, fragte Lou.

»Ja. Sie waren in Disneyland.«

»Sie? Habt ihr letztes Jahr nicht noch alle zusammengewohnt?«

»Ich bin nicht mitgefahren.«

»Wann warst du das letzte Mal im Urlaub?«

Gregor bemerkte, dass seine rechte Hand einen Rhythmus auf seinen Oberschenkel klopfte. Manchmal tat er so etwas unbewusst, wenn er sehr konzentriert war oder, da musste er wohl ehrlich sein, nervös. »Vor fünf Jahren«, sagte er schließlich. »Wir waren an der Nordsee. Marion hat das ausgesucht.«

»Hat es dir Spaß gemacht?«

»Es war sehr heiß. Wenn es nicht heiß war, war es windig.«

»Okay.« Lou aß ihr Pumpernickel auf, sie aß auch die Gurken dazu und versuchte, ihre eigenen Kaugeräusche zu ignorieren, die ihr Schweigen in tausend Teile zerhackten. »Also magst du keinen Urlaub.«

»Ich habe viel zu tun.«

»Man kann immer viel tun, aber man kann auch weniger tun.«

Manchmal sagte Lou solche Unsinnigkeiten. Er hatte sich angewöhnt, nicht zu lange darüber nachzudenken. »Es ist gut, dass sie jemanden hat, mit dem sie sich versteht.«

Dass er sie meinte, wurde Lou erst nach mehreren Sekunden bewusst. »Hatte sie vorher niemanden?«

Gregor legte die Hände vor sich auf den Tisch. »Sie hatte Emily, aber die ist irgendwann nicht mehr zu uns gekommen.«

Sie waren eine merkwürdige Gruppe an Menschen, dachte Lou. Alle zusammen in dieses Haus geschüttet, und manchmal war es so, als gäbe es keine Außenwelt mehr, nur sie, sechs

Personen, die einander genug sein mussten, dabei konnte das doch nicht genug sein.

In dem Alter hatte Lou auch selten andere zu sich nach Hause eingeladen. Natürlich konnte sie niemanden mit zu ihren Großeltern nehmen, ohne ihre halbe Lebensgeschichte erzählen zu müssen, dass ihre Eltern nicht tot waren, zum Beispiel, nur in einem anderen Land. Sie hatte das nicht erklären wollen, jede Erklärung wäre eine Art Rechtfertigung für ihre Entscheidung gewesen, und Rechtfertigungen kosteten viel Kraft. »Es ist normal, dass du dir Sorgen machst. Eltern machen sich ständig Sorgen um ihre Kinder.«

»Woher weißt du das? Du hast doch keine.«

Auch wenn sie wusste, dass er bloß eine Feststellung formulierte, ohne irgendeine Wertung, hinterließen die Wörter ein seltsames Gefühl in ihr. »Ich weiß auch, dass man seine Hunde füttern muss, ohne selbst welche zu haben«, entgegnete sie. »Das ist Allgemeinwissen.«

»Das mit den Hunden?«

»Das mit den Hunden und den Kindern.« Lou stand auf, füllte etwas Wasser in ein Glas und trank es langsam in kleinen Schlucken. »Wenn du Angst davor hast, dass es ihr nicht gut geht, solltest du mit ihr darüber reden. Vielleicht ist das ja alles, was ihr fehlt. Vielleicht möchte sie nur, dass ihr Vater sich dafür interessiert, was sie will und was sie nicht will. Das ist der Deal zwischen Kindern und Eltern, den kauft man immer mit.«

Gregor hatte keinen Deal gekauft. Er hatte nur diese Kinder, und offenbar hatte er sich nicht genügend mit ihren Leben befasst, weil er davon ausgegangen war, dass Leben einfach passierten. »Alissa redet nicht gern«, sagte er nun.

»In den richtigen Momenten schon.«

»Kannst du nicht …? Du kannst das besser.«

»Weil ich nicht ihre Mutter bin. Beziehungsweise ihr Vater. Aber das ist der entscheidende Unterschied, auf den es manchmal ankommt.«

Eigentlich hatte Gregor nur sichergehen wollen, dass Alissa inzwischen mit den Veränderungen zurechtkam, so wie er auch, doch nun war das Thema viel zu groß geworden und viel zu schwierig. »Ich gehe jetzt schlafen«, sagte er und erhob sich bereits. »Ich muss morgen ein paar Dinge erledigen.« Normalerweise formulierte er seine Pläne ungern derart unpräzise.

»Okay. Gute Nacht. Und mach dir nicht zu viele Sorgen. Alissa wird zurückkommen, und ja, es geht ihr gut hier.«

Vielleicht nickte er, eine verschwommene Bewegung im Grauschwarz der Küche. »Gute Nacht.«

»Schlaf gut.«

Er verschwand nahezu unhörbar wie ein Geist. Lou stellte das Geschirr in die Spüle. Nach einem Abstecher ins Bad ging sie auf ihr Zimmer zu, blieb jedoch davor stehen und blickte auf die Tür, hinter der Alissa sonst schlief. Es fühlte sich so an, als würde sich das Haus über die Abwesenheit beschweren. Vielleicht lebten sie deshalb alle hier. Nicht Gloria hatte sie ausgesucht, sondern das Haus hatte das getan. Und sobald sie nicht vollständig waren, sobald einer von ihnen fehlte, wurde es unruhig, bis derjenige zurückkehrte.

Kapitel 23

Lou hatte gesagt, sie wolle das Ende des Sommers feiern, doch Alissa hatte das Gefühl, eigentlich feiere sie etwas anderes. Im Garten nistete noch eine letzte Wärme, es roch nach den Herbstblumen, die Gloria und Jay gepflanzt hatten, Astern und Dahlien und irgendetwas Gelbes. Der Apfelbaum hing voller Früchte, im Gegensatz zu den beiden Kirschbäumen, die kaum etwas getragen hatten, schien er den trockenen Sommer halbwegs überstanden zu haben.

»Wieso warst du eigentlich noch nie hier?«, fragte Alissa. Mel saß mit den Kindern auf einer Picknickdecke, Alissa ließ sich neben den dreien nieder, um ein bisschen mehr Sonne abzubekommen.

»Mel war schon ein paarmal hier«, sagte Lou und setzte sich auf die letzte freie Ecke. »Da warst du aber weg, glaube ich.«

Ich bin doch immer zu Hause, dachte Alissa, obwohl das nicht stimmte.

Lou hatte eine Dose mit Keksen mitgebracht und verschloss diese sofort, nachdem sich alle genommen hatten, um sie vor den Wespen zu schützen. Jetzt, da sie langsam starben, wurden sie wütend, als wehrten sie sich dagegen, ihr Leben beenden zu müssen, sie wollten mehr sein als nur einen Sommer lang.

»Dürfen wir Cola?«, fragte einer der Jungen.

Mel schüttelte den Kopf. »Es gibt gar keine Cola«, sagte Lou und kitzelte ihn, Alissa musste Armen und Beinen ausweichen.

Gloria brachte das Ofengemüse und die Würstchen für die Kinder, Jay hatte Alissas Ingwerlimonade gemacht und eine Quarkcreme mit Granatapfelkernen, und als Gregor in den Garten trat, trug er Datteln im Speckmantel auf einem großen Teller, und alle starrten ihn an, als hätte ihn jemand ausgetauscht.

»Das Rezept hat mir ein spanischer Kollege erklärt«, sagte er. »Es ist ganz einfach.«

»Danke«, sagte Gloria, nicht einmal Alissa kommentierte die Tatsache, dass ihr Vater so etwas Ähnliches wie gekocht hatte. Die Jungs sprangen auf, um Schnecken zu sammeln.

»Ich sollte häufiger kommen«, sagte Mel. »So ein Garten ist schon ganz nett.«

»Ist er.« Lou streckte sich auf der Decke aus, die Arme unter dem Kopf verschränkt. Gemächlich schwappte der Nachmittag über sie hinweg, ein bisschen zu warm für Ende September.

»Wollt ihr auch etwas essen?«, fragte Mel und stand auf.

»Ich hole mir selbst was«, antwortete Alissa.

»Später«, erwiderte Lou.

Mel lief zum Tisch, wo Gloria sie nach dem Rezept für den Zitronenkuchen fragte, den sie mitgebracht hatte.

»Ich habe eine Zwei in Französisch. Aber wenn ich das Mama erzähle, kommt sie bestimmt auf die Idee, mir für alle Fächer Nachhilfe zu organisieren.«

Der Himmel schmückte sich mit weißen Flockewölkchen. »Dir fehlt nur Motivation, keine Nachhilfe.«

»Die ist leider meistens ausverkauft.« Auch Alissa erhob sich, blieb aber unschlüssig neben der Decke stehen.

»Ist sie nicht, du findest sie ja, wenn du willst.«

Sie könnte sie alle zeichnen, wie sie hier saßen und den Sommer verabschiedeten und nicht wussten, ob sie eigentlich etwas anderes feierten. Irgendwann würde sie Lou danach fragen, heute aber nicht mehr. Alissa ging zum Tisch, um sich von dem Gemüse zu nehmen, bevor es kalt wurde, Jay lächelte ihr zu und sie lächelte zurück.

»*Les légumes sont délicieux*«, sagte er.

»*J'espère que tu as raison.*«

Sie aßen und redeten, selbst Herbert redete, er war ein bisschen stolz darauf, im September zehn Prozent mehr Bücher verkauft zu haben als in den Monaten davor. Alissa saß auf dem Liegestuhl im Schneidersitz, sie zeichnete die Schatten der Bäume und die Schatten der Menschen, während sie das Gemüse aß.

»Du hast nichts gegessen«, sagte Jay und setzte sich zu Lou auf die Decke.

Lou richtete sich auf, sie blinzelte. »Mache ich gleich.«

Schweigend reichte ihr Jay sein Glas, denn getrunken hatte sie genauso wenig.

Lou beobachtete Mel und die Kinder, sie beobachtete, wie sie durch den Garten tobten und lachten und sich immer wieder fingen und immer wieder losließen, sie fühlte sich zu einem Leben hin, das nicht ihres war. »Es gibt tausend Möglichkeiten«, sagte sie. »Und immer leben wir nur eine.«

»Die dafür voll und ganz.« Er war sich ziemlich sicher, dass das nicht stimmte, die Antwort klang nur gut, sie klang fast ein bisschen wahr.

»Vielleicht.« Es war wieder so weit, um diese Jahreszeit war es oft so weit. Etwas brodelte in ihr, und sie konnte versuchen, es zu ignorieren, doch ewig würde ihr das nicht gelingen, irgendwann würde es hinauswollen und sie mit sich ziehen. Außer, diesmal war es anders. Sie wartete immer darauf, dass es anders wurde. »Was wirst du tun, wenn deine Bachelorarbeit fertig ist?« Lou trank von der Limonade, bald schon würden sie aufhören, welche zu machen, jedenfalls, bis der nächste Sommer kam.

»Das dauert zum Glück noch ein paar Monate.«

»Ja, aber dann?«

»Dann suche ich mir einen anderen Job und einen Masterstudienplatz.«

»In Berlin?«

Jay zog die Beine an und umschlang seine Knie. »Wahrscheinlich. Sonst müsste ich ja hier ausziehen, und ohne mich kommt ihr doch gar nicht zurecht.«

»Wir würden verhungern und einsam sterben.«

»Eben. Also bleibe ich und gehe dann irgendwann in die Politik. Das bietet sich doch an.«

»Irgendwie habe ich das Gefühl, das bietet sich für dich überhaupt nicht an.«

Er lachte, kurz und ein bisschen traurig. »Es gibt ja auch viele andere Möglichkeiten. Die wenigsten studieren Politik, um in die Politik zu gehen.«

»Klar. Ergibt Sinn.« Sie stellte das Glas am Rand der Decke ab.

»Ich werde vielleicht an der Uni bleiben und andere unterrichten und viele schlaue Bücher schreiben, mit denen ich reich und berühmt werde.«

»Das ist ein guter Plan. Vielleicht sollte ich das auch machen.«

»Du bist leider nicht der Typ für reich und berühmt, tut mir leid.«

»Wofür bin ich der Typ? Arm und unbekannt?«

Jay neigte leicht den Kopf, als müsse er über die Antwort nachdenken. »Ja, zum Beispiel.«

»Wenigstens hast du nicht gesagt, dass ich nicht der Typ für schlaue Bücher bin.«

Immer wieder verschwand die Sonne hinter Wolken und überließ den Garten einem auffrischenden Wind, der bereits nach Herbst roch.

»Aber ganz im Ernst …«, begann Lou.

»Ich habe keinen richtigen Plan. Ab und zu schaue ich nach Jobs, die besser zu meinem Studium passen, bisher habe ich aber noch nichts Spannendes gefunden. Wird schon kommen, irgendwann.«

»Darauf warten wir immer«, sagte sie leise. »Auf ein Irgendwann.«

Jay lehnte sich gegen sie, manchmal tat er das in letzter Zeit. Vielleicht war das schon ein Irgendwann, vielleicht war alles ein Irgendwann, sobald sich etwas nur ein winziges bisschen veränderte. »Du solltest nicht ewig warten, sonst ist es zu spät.«

Gloria probierte von den Datteln und lobte sie überschwänglich, Gregor zuckte lediglich mit den Schultern. So schwer waren sie wirklich nicht, da musste jetzt niemand so ein Theater machen.

»Ich weiß. Das gilt auch für dich.«

»Ich warte ja nicht, ich suche nur und mache Dinge fertig.«

Zwei Portionen Gemüse mussten reichen, beschloss Alissa und nahm sich von dem Zitronenkuchen, er schmeckte tatsächlich gut, saftig und fluffig und sehr zitronig. Vielleicht sollte sie mal versuchen zu backen. Seit ein paar Wochen kochten Jay und Lou regelmäßig für alle. Zwei-, dreimal hatte Alissa ihnen dabei geholfen, sie hatten ihre Playlists zusammengeworfen und die Küche und das Essen mit Musik gefüllt, nicht einmal Herbert hatte sich bisher über die Ergebnisse beschwert.

»Wieso sind Weintrauben in dem Nudelsalat?«, fragte er nun.

»Äpfel sind auch drin. Ich wollte was ausprobieren. Findest du ihn nicht gut?«, erwiderte Gloria.

Unsicher betrachtete Herbert die Schüssel. Noch hatte er den Salat gar nicht probiert.

»Ich finde ihn gut.« Gregor legte das Tablet beiseite und lehnte sich in seinem Stuhl zurück, die Sonne schien ihm ins Gesicht.

Missmutig nahm sich Herbert eine Portion.

Lous und Jays Schatten verschmolzen auf Alissas Zeichnung zu einem, nahezu bewegungslos saßen sie dort auf der rot-schwarz karierten Picknickdecke unter der Trauerbirke. Hinten im Garten, beim Schuppen, sprangen die Kinder in Laubhaufen.

»Glaubst du, Lou hat heute Geburtstag?«, fragte Alissa Gloria.

»Wie kommst du darauf?« Sie nippte an ihrem Weinglas, schon das zweite heute, danach sollte sie aufhören, wenn sie morgen keine Kopfschmerzen haben wollte.

»Ich weiß es nicht. Es kommt mir so vor, als würden wir eigentlich etwas anderes feiern als einen Sommerabschied, aber das ist nur so ein Gefühl.«

»Hm.« Glorias Blick wanderte zu Lou.

»Wir sollten Lichterketten in den Garten hängen«, sagte Jay. »Über den Eingang vielleicht und dort, wo der Tisch steht.«

»Nächsten Sommer«, erwiderte Lou.

»Im Herbst und Winter geht es sicher auch. Passt gut zu Lagerfeuer und Glühwein.«

»Du trinkst doch keinen Glühwein.«

»Dann eben Kinderpunsch.«

Lou sah den dunklen Garten, sie sah die kahlen Bäume und Sträucher, sie sah die Dunkelheit und das rot-orange flackernde Feuer, sie sah Alissa mit einem dicken Strickschal und der bis über die Ohren gezogenen Mütze, sie sah Gregor still auf einem Stuhl. »Ausprobieren können wir es ja.«

Jay schwieg. Manchmal spürte er, wie Lou wegdriftete, sie war hier und gleichzeitig nicht. In letzter Zeit geschah das häufig.

Mel kam auf sie zu. »Wir müssen langsam los.« Ihre Wangen waren gerötet vom Herumtoben mit den Kindern, die nun zu Lou liefen und sich neben sie fallen ließen, an jede Seite eins.

»Jetzt schon?«

»Ja, leider. Heute Abend kommt doch meine Mutter für ein paar Tage zu Besuch.«

»Oma bringt immer Gummibärchen mit«, erklärte eines der Kinder, Jay hatte sich die Namen nicht gemerkt.

»Und Hosen«, ergänzte das andere.

»Seid ihr satt?«, fragte Mel. »Es gibt erst zu Hause wieder was, ich habe nichts für die Fahrt dabei.«

Darüber mussten die Kinder ein wenig nachdenken, entschieden sich dann aber, doch noch ein Würstchen und ein paar Gurkenscheiben zu essen, während Mel ihre Sachen zusammenpackte. Lou begleitete sie zum Tisch, wo Alissa Gurkenscheiben auf einem Teller zu einem Gesicht anordnete und das Gesicht Viktor, den Gurkenmann, nannte. Die Kinder aßen alles auf.

»Wann kommst du mal wieder vorbei?«, fragte Mel, als sie fertig war.

Lou reichte ihr eine Dose mit dem restlichen Zitronenkuchen und ein paar von Jays Brownies, dann ließ sie sich am Tisch nieder. »Bald«, sagte sie.

»Sehr bald?«

»Ja, sehr bald.«

Nach dem Gurkenmann wollten die Kinder auch noch ein Käsebrötchen essen, eines setzte sich auf Lous Schoß.

»Eigentlich war es ganz nett, als du bei uns gewohnt hast.«

»Ich weiß. Das sagst du jedes Mal.«

Lou brachte ihre Freundin und die Kinder bis zum Bus und lief durch die spätsommerliche Straße zurück. Die Sonne sank leuchtend orangegelb dem Horizont entgegen und nahm die Wärme mit sich, die Stimmung veränderte sich bereits, ganz leicht nur. Im Garten waren fast alle Spuren ihres Picknicks beseitigt, Jay fegte den Weg, und Gregor sammelte die Sitzkissen und Decken zusammen. Auch in den Nachbargärten war es stiller geworden.

»Es gibt sogar eine Feuerschale«, sagte Jay, als Lou an ihm vorbeilief. »Hab im Schuppen nachgeschaut.«

»Ein Grund mehr, sie auszuprobieren.« Sie ging nach oben in ihr Zimmer, das ausnahmsweise aufgeräumt war, vor ein paar Tagen erst hatte sie ihr Hab und Gut sortiert und alles verschenkt, was sie nicht behalten wollte.

Ein Geräusch ließ sie herumfahren.

»Ich mag das Violett«, sagte Alissa. »Das will ich auch.«

»Wofür?«

»Als Farbe für meine Wände. Du hast gesagt, du streichst sie mit mir, sobald ich mir eine Farbe ausgesucht habe.«

»Und für diese Entscheidung hast du ein halbes Jahr gebraucht?« Lous Blick wanderte zu ihrer Wand, zu den Fotos daran, alle wichtigen.

»Ungefähr, ja. Ich muss doch sicher sein, dass ich mich damit wohlfühle.«

»Wirst du?«

»Werde ich. Danach können wir die Möbel umstellen. Ich fand deinen zweiten Entwurf gut, den mit der Leseecke.«

Aus Jays Zimmer drangen leise Gitarrenklänge in den Flur. In den letzten Wochen hatte er wieder häufiger gespielt, vielleicht weil Alissa ihn darum gebeten hatte, sie hatte seine Musik vermisst. Diesmal waren die Tonfolgen schneller als sonst, etwas weniger melancholisch, er schwebte nicht in ihnen, sondern ließ sie einfach los.

»Wenn du willst, können wir morgen in den Baumarkt fahren. Donnerstag geht auch.«

»Donnerstag wäre super. Danke.« Alissa wandte sich um. Sie wollte in ihrem Zimmer an der Collage weiterarbeiten, die sie an der Wand aufhängen würde, sobald diese gestrichen war, neben das Bild von Gloria, wie sie im Flur stand und ins Nichts schaute. Diese Zeichnung hatte am besten zu Lous Rahmen gepasst.

Nacheinander öffnete Lou die Schubfächer ihrer Kommode. Irgendwann im Juli hatte sie es endlich geschafft, sie abzuschleifen und neu anzumalen, alle Kleidungsstücke waren ordentlich zusammengelegt, es gab nichts mehr zum Aufräumen in diesem Zimmer. Vielleicht konnte Gloria Hilfe gebrauchen.

Die Räume unten waren still und leer, nicht einmal Herbert schien sich im Antiquariat oder Salon aufzuhalten. In der Küche stand nur noch das Geschirr herum, die Essensreste waren bereits weggeräumt. Kurz erwog Lou, das Radio einzuschalten, entschied sich jedoch dagegen. Eine angenehme Ruhe nistete in den Ecken, eine Zwischenstimmung zwischen zwei Ereignissen, die sie nicht mit Musik verdrängen wollte.

Sie ließ Wasser und etwas Spülmittel über das ölige Gemüseblech laufen und begann damit, die Teller in den Geschirrspüler zu räumen. Allmählich zog die Dämmerung ein, das Draußen jenseits des Fensters sank in gräuliches Blau. Lou schaltete das Licht ein und überlegte, wo die anderen wohl waren, und noch während sie das dachte, betrat Gloria die Küche.

»Oh, du hast schon aufgeräumt. Danke. Der Wein hat mich ziemlich müde gemacht.«

»Klar, immer gern.«

Gloria ließ sich auf den Küchenstuhl sinken, ihr Blick blieb an Lou haften, an den dunklen Locken, mal wieder. Was, wenn Alissa recht hatte?

»Als ich sechzehn war, war ich sehr verliebt in einen französischen Jungen«, sagte Gloria.

Lou griff nach dem Geschirrtuch, um die eben abgewischte Arbeitsfläche zu trocknen, so wie Gloria das immer tat.

»Er hat eine Weile bei meinem Vater gearbeitet und in der Zeit hier bei uns im Haus gewohnt. Manchmal hat er gesungen, wenn ich Harfe gespielt habe. Beim Gehen hatte er einen ganz eigenen Rhythmus. Und er hatte dunkle Locken und Sommersprossen und ein einzigartiges Lächeln.«

Ordentlich hängte Lou das Geschirrtuch zurück und wandte sich um.

»Man verliebt sich sehr schnell und sehr heftig, wenn man jung ist«, sagte Gloria. »Und man verliebt sich mit allem, was man ist.«

»Ja«, sagte Lou. »Häufig ist das so.«

»Alain war zwei Jahre älter als ich. Er hat vier Monate bei uns gewohnt, und nach den vier Monaten musste er wieder zurück nach Frankreich.«

»Hattest du großen Liebeskummer?«

»Den größten. Ich habe ihm geschrieben, und er hat mir geschrieben. Die Briefe haben aufgehört, als meine Eltern gemerkt haben, dass ich schwanger bin.«

Still verharrte Lou. Sie atmete flach, so leise wie möglich.

»Ich wollte ihm weiter schreiben, aber ich durfte nicht, und falls er mir geschrieben hat, habe ich diese Briefe nie erhalten. Einmal hat er angerufen, und ich bin rangegangen, aber mein Vater hat es mitbekommen, bevor wir wirklich miteinander sprechen konnten. Und dann sind wir weggegangen, meine Mutter und ich. Für fünf Monate waren wir in einem kleinen Dorf irgendwo im Harz, wo niemand uns kannte. Ich durfte eigentlich nichts machen ohne Aufsicht, und mir ging es auch nicht so gut. Die ganze Schwangerschaft über war mir schlecht. Wir sind dortgeblieben, bis der Herbst gekommen ist.« Gloria blickte auf den Tisch, ein paar Krümel lagen noch darauf. »Nach der Geburt war es noch schlimmer. Sie hat lange gedauert, und ich habe viel Blut verloren, einen ganzen Tag war ich kaum ansprechbar. Als ich wieder halbwegs zu mir gekommen bin, war mein Vater da, und mein Kind war weg. Ich weiß nur, dass es ein Mädchen war, weil ich meine Mutter so lange bearbeitet habe, bis sie es mir erzählt hat.«

Die Stille war groß geworden in der Dunkelheit, sie war alt und schwer und sehr, sehr müde.

Vorsichtig sah Gloria auf.

Lou lehnte an der Arbeitsplatte. »Wann war das?«, fragte sie leise.

»Neunzehnhundertfünfundachtzig.«

Noch bevor Lou antwortete, spürte es Gloria bereits, sie spürte, wie etwas zerbrach, was sie nie hatte fühlen wollen.

»Ich bin drei Jahre jünger, Gloria.«

Sie weinte nicht, und sie weinte doch, stille Tränen liefen über ihre Wange, die Nacht fing sie auf.

Lou kam auf den Tisch zu, rückte einen Stuhl neben Glorias und setzte sich, sie lehnte sich gegen sie und wartete, bis die Tränen versiegten.

»Es hätte sein können«, sagte Gloria irgendwann. »Ich dachte nur, weil ihr euch ähnlich seht. Weil ihr euch auf eine Art ähnlich seid. Er hatte auch manchmal solche Gedanken wie du. In meinem Kopf war es so eindeutig.«

»Seit wann überlegst du, ob ich deine Tochter bin?«

»Seit einer Weile.«

»Einer Weile?«

»Ich weiß es nicht genau. Seit drei Monaten, ungefähr. Manchmal war ich mir sicher und dann wieder nicht, denn so groß sind Zufälle selten, und das wäre ein riesiger Zufall gewesen. Ein unglaublicher.«

»Wäre es.« Lou richtete sich auf. »Du musst deine Eltern gehasst haben.«

»Ja, deshalb bin ich auch nicht zurück zur Schule gegangen,

sondern weit weg oder, na ja, so weit weg, wie ich konnte. Es hat mich viel Kraft gekostet, meine Ausbildung zu machen, eine Arbeit zu suchen, irgendwann wieder zufrieden zu sein.« Sie strich sich über die Stirn, mit einem Mal war ihr so warm.

Leise brummte der Kühlschrank.

»Wenn ich diese Seele in der Welt vor der Geburt gewesen wäre«, sagte Lou, »hätte ich dich ausgesucht.«

»Du bist nicht diese Seele.«

»Nein. Aber weißt du, Gloria, jemand anders ist es. Und vielleicht sucht sie nach dir.«

Es wäre nur eine einzige Frage gewesen, mehr nicht, diese eine, unwesentliche Frage nach einer Jahreszahl, auf die sie einfach nicht gekommen war. »Ich weiß nicht, ob ich sie suchen kann. Ein paarmal habe ich es probiert, aber meine Mutter war keine große Hilfe. Vielleicht hat mein Vater ihr auch nie gesagt, wie die Adoption genau gelaufen ist. Mir jedenfalls hat er nichts erzählt, bis zu seinem Tod nicht. Ich war bei der Geburt noch minderjährig, es gab Vormundschaftsgesetze, die es ihm leicht gemacht haben, meine Entscheidungen zu treffen. Und er hat immer viele Menschen gekannt. In all den Jahren habe ich nicht einmal herausgefunden, wo ich anfangen könnte.«

»Vielleicht fängst du bei ihm an. Bei Alain.«

Sie waren beide so jung gewesen, damals.

»Ich bin alt und verheiratet.«

»Du bist nicht alt, und es geht nicht darum, eine Affäre mit ihm zu beginnen. Nur darum, ein paar Antworten zu finden, die er vielleicht genauso sucht wie du.«

In solchen Dingen brachte jede Antwort nur weitere Fragen, sie streckten sich durch alle Tage und alle Jahre, und Gloria war sich nicht sicher, ob sie bereit dafür war. Ob sie jemals bereit für so etwas sein konnte.

»Herbert würde sich sehr wundern, wenn ich einfach nach Frankreich fahren würde, um meine Jugendliebe zu suchen. Und nach einem Kind, von dem ich ihm nie erzählt habe.«

»Dann erzähl ihm davon.«

Leicht neigte Gloria den Kopf. »Das sagst du so einfach. Ich habe es schon ein-, zweimal versucht.«

»Es ist viel schwerer, die Vergangenheit immer mit sich herumzutragen. Da stimmen mir die meisten Psychotherapeuten zu, glaube ich.« Damit stand Lou wieder auf und schob den Stuhl an den Tisch. »Außerdem ist Frankreich sicher ganz hübsch um diese Jahreszeit.«

»Vielleicht lebt er nicht mehr. Oder er ist verheiratet und hat ein großes Haus und drei Kinder und will wirklich nicht wissen, dass es irgendwo noch ein viertes gibt.«

»Du weißt das doch auch. Und du bist auch verheiratet mit drei Kindern und einem großen Haus.«

»Ja«, sagte Gloria. »Aber anders.«

Lou fragte nicht, wie man anders verheiratet sein und Kinder haben konnte. Sie ging auf die Tür zu, wandte sich jedoch wieder um, bevor sie sie erreichte. »Wenn du willst, komme ich mit. Vielleicht ist das keine Reise, die du allein machen möchtest.«

Überrascht sah Gloria sie an. »Würdest du?«

»Natürlich würde ich.«

Kapitel 24

Niemand sah Herberts Lächeln, während er Alissa und Jay dabei beobachtete, wie sie Dekoration verteilten. Lou hatte gerahmte Bilder aufgestöbert, Stillleben in warmen Farben. Eigentlich waren sie ihm zu kitschig, doch sie behauptete, die Motive und Farben würden mehr Gemütlichkeit in das Antiquariat bringen, zusammen mit den Sesseln und dem Tisch, die nun im zweiten Raum standen. Im Keller hatte Gloria noch eine Stehlampe gefunden, und in den Regalen hatten sie LED-Leuchten angebracht, es waren ganz andere Räume geworden. Dazu kam all die neue Arbeit. Mehrmals die Woche stellte er Päckchen zusammen, zweimal schon waren Leute aus der Umgebung gekommen und hatten ihn gebeten, Nachlässe zu sondieren, ganze Bücherkisten hatte er aufgekauft, die er anschließend sortieren und in die Datenbank einzupflegen hatte, ab und zu musste er auch was wegschmeißen.

»Und?«, fragte Alissa. Ihre Zeichnung hing gleich bei der Kasse, Lou hatte sie gefragt, ob sie nicht ein Bild für das Antiquariat anfertigen wollte. Nun war es da, und aus irgendeinem Grund wirkte es so, als hätte es sich schon immer dort befunden.

»Sieht toll aus«, sagte Jay und meinte es so. Gelegentlich hatte er ihre Skizzen gesehen, doch nie eine vollständige Zeichnung, nie eine wie diese, schroffe Linien, die weich ausliefen, das Bild zeigte sie alle in Glorias Garten, und gleichzeitig zeigte es sie nicht, sie waren nur eine Version ihrer selbst.

Herbert sagte nicht, dass sich niemand für die Bilder hier interessieren oder die Sitzecke nutzen würde, denn natürlich war ihm bewusst, welche Umstände sich alle mit seinem Laden machten.

»Jetzt ist es hier ein bisschen wie in einer Bibliothek«, sagte Jay.

»Ja, man will kommen, um zu bleiben«, ergänzte Alissa.

»Bloß nicht.« Herbert schüttelte den Kopf, also wirklich, das hatte ihm gerade noch gefehlt, Besucher, die sich in seinen Räumlichkeiten einnisteten.

»Kann ich die neuen Sessel mal ausprobieren?«, fragte Alissa. Genau genommen waren sie nicht neu, sondern gebraucht, Lou und Mel hatten sie aufgestöbert und hertransportiert.

»Ja«, sagte Herbert, gegen ein Ausprobieren hatte er nichts. Doch Alissa holte ihre Schulsachen aus ihrem Zimmer und Jay seine Unisachen, und dann saßen sie in dieser Ecke für Besucher, als hätten sie sie eigentlich für sich selbst eingerichtet. Die Vorhänge waren zurückgezogen, die Stehlampe eingeschaltet, draußen entlud sich der Herbst in Wolken und Wind.

Herbert sortierte ein paar neue Bücher in die Regale, während die beiden sich auf ihre Arbeit konzentrierten, dann ging er wieder in den Nebenraum zur Kasse, von wo aus er sie nicht mehr sehen konnte. Manchmal hörte er sie allerdings leise mit ihren Bibliotheksstimmen miteinander sprechen. Er könnte noch einen dritten Sessel besorgen und seine Buchhaltung, beispielsweise, auch dort erledigen, so könnte er besser achtgeben, dass sie nichts durcheinanderbrachten.

Jemand betrat den Laden, die Tür war nur angelehnt. Die Besucherin fragte nach ein paar Autoren, Herbert zeigte ihr einige Bücher, dann überließ er sie sich selbst. Sie stöberte sich durch die Regale und unterhielt sich nebenan mit Alissa und Jay, ganz selbstverständlich, als würden sie sich kennen.

Alissa beobachtete die Frau, und nachdem sie herausgefunden hatte, dass sie schon Bücher für den Adventskalender ihrer Tochter suchte, stand sie auf und schlug der Kundin ein paar Romane aus dem Jugendbuchregal vor. Es war erstaunlich einfach, mit einer Fremden über diese Geschichten zu reden, Alissa war überrascht davon, wie selbstverständlich es sich anfühlte.

»Du kennst dich aus«, sagte die Frau. Alissa zuckte mit den Schultern. Sie hatte zwar nur einen Bruchteil der Jugendbücher in Herberts Laden gelesen, aber ihr gefiel die Idee, dass bald schon ein anderes Mädchen in ihrem Alter denselben Roman lesen würde wie sie, vielleicht würde sie sogar an denselben Stellen lachen oder weinen.

»Ein bisschen«, sagte sie schließlich.

Die Frau kaufte sechs Bücher, sie kaufte auch einen der neuen mit dem ebenfalls neuen Antiquariatslogo bedruckten Stoffbeutel, die Herbert gar nicht hatte anschaffen wollen.

»Vielleicht solltest du lieber im Laden als im Café arbeiten«, sagte Jay. »Bücher kannst du besser verkaufen als heiße Getränke.«

»Hey, ich übe noch.«

Letzte Woche hatte sie endlich ihren Probearbeitstag gehabt, nachdem mehrmals etwas dazwischengekommen war. Sie hatte weniger falsch gemacht, als sie befürchtet hatte.

»Ich weiß«, sagte Jay. »Du wirst das super hinkriegen.«

»Auf jeden Fall werde ich das Mitarbeiterangebot für einen Chai Latte pro Tag ordentlich ausnutzen.«

Alissa griff nach ihrem Block, um die Bio-Hausaufgaben endlich abzuschließen. Sie zog die Beine auf den Sessel, ein Kissen für den Rücken fehlte noch, vielleicht sollte sie für die kalten Monate warme Socken hier unten deponieren, ein paar Stifte wären auch sehr praktisch, ein karierter Ersatzblock. »Das nächste Mal nehmen wir uns Tee mit hierher. Oder Kakao. Ich hätte jetzt wirklich Lust auf einen Kakao.«

»Wollen wir welchen machen?«

Das war keine Frage, zu der sie Nein sagen konnte, wirklich nicht, Bücher und Kakao, die perfekte Kombination, in dem Fall konnte das Buch sogar ein Biologiebuch sein.

Herbert wollte keinen. Jay und sie verließen gemeinsam das Antiquariat und gingen nach oben, Jay hatte noch Milch und Alissa dunkle Schokolade, aus Lous Schrank borgten sie sich das Kakaopulver.

»Mehr Schokolade«, sagte Alissa, »Lou würde bestimmt eine halbe Tafel reinmachen.« Sie zog sich hoch auf die Arbeitsfläche und beobachtete Jay, der anhand der Farbe des Getränks zu erahnen versuchte, wie nah sie Lous Rezeptur waren.

»Wieso spielst du eigentlich nicht mehr so oft?«, fragte sie.

Mit einem Schneebesen rührte er in dem Milchtopf. »Ich versuche, mich mehr auf die Uni zu konzentrieren, aber ich habe ein paar Songtexte geschrieben. Mir fehlen noch die Melodien.«

»Das geht? Man kann beides getrennt schreiben?«

»Zusammen funktioniert es meistens besser, wegen der Rhythmik und Silbenlänge und so.« Die Schokolade hatte sich vollständig aufgelöst. »Wenn du magst, kannst du mal mit zu

Merlin und Lizzy kommen. Mittlerweile spiele ich häufiger mit den beiden als allein.«

»Ich kann doch gar kein Instrument.«

»Aber du kannst zuhören. Hinterher gucken wir meistens Filme oder kochen was. Ich glaube, es würde dir Spaß machen.«

Alissa ließ sich von der Arbeitsfläche gleiten, um Tassen aus dem Schrank zu nehmen. »Bist du dir sicher, dass ich euch nicht störe?«

Langsam wurde die Milch schaumig, Jay schaltete den Herd aus. »Ja, sehr sicher.«

»Okay. Dann komme ich mal mit. Danke.«

Gerade so ergab der Topfinhalt zwei Portionen.

»Wir trinken den besser hier oben. Herbert kriegt sonst einen Herzinfarkt.«

»Bloß nicht.« Alissa schaute aus dem Fenster, der Wind war stärker geworden und verwehte Glorias Haare, während sie den Weg hinunterlief.

Durch den Haupteingang betrat sie das Antiquariat. Es war still im Raum, wenigstens das.

»Herbert«, sagte Gloria.

Er blickte von seiner Liste auf, mittlerweile notierte er sich, wann er was erledigen wollte, um nicht die Übersicht zu verlieren. »Du bist früh da«, sagte er und lächelte. Vielleicht wollte sie ein bisschen hierbleiben bei ihm, das tat sie viel zu selten.

»Ja, ich habe früher Schluss gemacht.« Seit über einer Woche war ihr durchgehend schlecht, seit dem Gespräch mit Lou, und wenn sie abends im Bett lag, starrte sie den schlafenden Herbert an und suchte nach Worten, sie flüsterte sie in die Nacht, doch nie hörte er sie. »Ich wollte … Ich muss dich etwas fragen. Oder, nein, ich muss dir etwas erzählen.«

Herbert trat ein Stückchen von der Theke zurück. »In Ordnung«, sagte er. »Erzähl.«

»Können wir uns dafür setzen?«

Das würde wohl ein längeres Gespräch werden. Eigentlich hatte er dafür gerade keine Zeit, aber etwas war anders an ihr, ihre Haltung, ihr Blick, sie wollte nicht warten, bis er die Zeit fand. Vielleicht nahm er sich die tatsächlich zu selten. Also gingen sie beide zu der Sitzecke, Jays und Alissas Sachen lagen noch auf dem Tisch. Sie setzten sich, Regen tropfte gegen die Fenster.

Gloria suchte. Sie suchte nach den richtigen Worten oder zumindest nach einem richtigen Anfang, und obwohl sie ihn in dunklen Nächten so leicht fand, fiel ihr jetzt keiner ein. Es war so viel einfacher, in die Dunkelheit zu sprechen.

»Geht es um das Hundethema?«, fragte Herbert.

»Welches Hundethema?«

»Ich weiß nicht. Ich habe das Gefühl, du willst, dass wir uns einen Hund anschaffen.«

»Nein. Nein, das ist es nicht.« Sie atmete ein und wieder aus, nur ein Anfang, nur ein paar Worte, so schwer war das nicht. Und dann fing sie schließlich an. Bei Alain und den Gartenpartys und dem Tanzen im Regen, sie erzählte, wie sie gemeinsam musiziert hatten und geredet, sie hatten so viel miteinander gesprochen. Wie alles neu gewesen war und anders als sonst, nie hatte sich etwas so leicht und richtig angefühlt. Wie er hatte gehen müssen, aber wiederkommen wollte, nur dass er nie wiedergekommen war. Sie erzählte von dem Kind.

Herbert schwieg. Kein einziges Mal unterbrach er sie, kein einziges Mal fragte er etwas, bis sie sich leer geredet hatte. Der Regen blieb das einzige Geräusch.

»Du hast also noch eine Tochter«, sagte er schließlich, weil er ja irgendetwas sagen musste.

»Ja.«

Er spürte ihren Blick, aber es fiel ihm schwer, sie anzusehen, er konnte nicht, nicht jetzt schon, nicht bevor er sicher war, alles verstanden zu haben. »Aber du weißt nicht, wo sie ist.«

»Genau. Ich weiß nichts über sie.«

»Wieso willst du dann nach Frankreich?« Er musste sehr hübsch gewesen sein, dieser Alain. Bestimmt war er das immer noch, diese Franzosen alterten höchst attraktiv, das wusste doch jeder.

»Weil ich nichts anderes habe. Meine Mutter weiß nicht, wie und wo mein Vater die Adoption in die Wege geleitet hat, oder sie sagt es mir nicht. Ich habe in der letzten Woche bei so vielen Jugendämtern angerufen, aber niemand kann mir weiterhelfen. Oder vielleicht wollen sie nicht. Keine Ahnung, es ist ja schon eine Weile her. Alles, was ich habe, ist Alains Name und eine Mail-Adresse. Ich muss ihm nur schreiben, mehr nicht. Und, sofern er mich sehen will, nach Frankreich fahren.«

Sie würde nicht zurückkommen, wenn sie fuhr, das wusste Herbert. Es gab keinen Grund dafür oder nur ihn und dieses alte Haus. Wenn er morgens aufwachte, wäre die andere Bettseite leer und kalt, er müsste allein Krimis anschauen, er müsste das essen, was Lou und Jay kochten.

»Wo willst du leben?«, fragte er. »Bei Alain?«

»Leben? Ich will nicht wegziehen, Herbert. Es werden nur ein paar Tage sein, vielleicht ein paar Wochen.«

Er schwieg, er musste ihr wohl glauben.

»Du kannst mitkommen, wenn du magst.«

Sonst fiel es ihm nicht so schwer, sie anzusehen. Gloria streckte eine Hand aus und legte sie auf seine. Natürlich würde er nicht mitkommen, und wenn sie ehrlich war, wollte sie das auch nicht. Diese Reise musste sie allein antreten. Fast allein.

»Ich werde nicht mitkommen«, sagte Herbert. »Aber ich bleibe hier und warte auf dich.«

Kapitel 25

»Haben wir alles?«, fragte Gloria zum fünften oder sechsten Mal und öffnete zum fünften oder sechsten Mal ihren Koffer, um einen Blick hineinzuwerfen, Pullover, T-Shirts, Hosen, Socken, Unterwäsche, Kosmetiktasche, Schlafanzug, Handschuhe und Mütze, es könnte kühl werden.

»Ja«, sagte Lou, obwohl sie nicht wusste, was Gloria eingepackt hatte und was nicht, aber sie ging davon aus, dass Gloria sowieso alles doppelt mitnahm.

»Haben wir genug zu essen dabei?«

»Ja und auch genug zu trinken.«

»Was, wenn …?«

»Das werden wir dann sehen.« Alle Wenns hatten sie bereits hundertfach durchgesprochen. Die Zugtickets waren gebucht, jetzt würden sie abreisen, egal, ob sie nun die Zahnbürste vergessen hatten oder die warmen Schuhe. Diesen Teil am Unterwegssein liebte Lou am meisten, das Nichtwissen, das leichte Kribbeln, weil alles passieren konnte.

Das Fenster im Schlafzimmer stand offen, der Herbst zeigte sich mild, fast warm, verfärbte Blätter bedeckten die Straßen und Gehwege und Gärten. Gloria zog den Reißverschluss des neuen Koffers zu. In einer Seitentasche befanden sich die alten Fotos und Briefe, sogar die Mail hatte sie ausgedruckt, diese eine E-Mail, die ihr Alain geschrieben hatte, nachdem sie ihn im Internet gefunden hatte, auf der Kontaktseite eines Unternehmens, das Wasserfiltersysteme herstellte. Offenbar machte er etwas ganz anderes, als er ursprünglich vorgehabt hatte, sie waren beide von ihren Lebensplänen weggedriftet. Bestimmt hatte auch er seine Gründe dafür. Sie würde sie erfahren, nahm sie an, sie hatten Handynummern ausgetauscht und sich verabredet, ein Abendessen in zweieinhalb Tagen.

Jemand klopfte gegen die Zimmertür, Gloria und Lou wandten sich um.

»Hallo«, sagte Herbert. Er wirkte fast schüchtern.

»Ich trage schon mal das Gepäck nach unten.« Lou hob den Koffer vom Bett. Er war schwer, Gloria hatte definitiv zu viel eingepackt. Drei Wochen hatten sie sich beide freigenommen, das Rückfahrticket würden sie spontan buchen. Mit dem Gepäck drängte sie sich an Herbert vorbei, der in das Zimmer trat und unschlüssig stehen blieb.

»Ich wollte …«, begann er, wusste jedoch nicht, was er sagen sollte, ob überhaupt etwas. »Glaubst du, dieses Kind wird in Frankreich sein?«, fragte er schließlich.

»Nein.« Ihre Füße taten weh, die letzten Tage war sie so viel durch die Gegend gelaufen, um Dinge zu erledigen, um Essen vorzubereiten, wenigstens für ein paar Tage hatte sie denen, die hierblieben, etwas vorkochen wollen, auch wenn die betont hatten, dass sie allein zurechtkamen. Natürlich würden sie das, aber es hatte sie beruhigt. Rezepte führten sie Schritt für Schritt durch einen Prozess, dessen Ergebnis sie vorher kannte.

Nun setzte sie sich auf das Bett. Bald mussten sie los zur S-Bahn, für einen Moment würde sie sich ausruhen, bevor sie aufbrachen. »Ich denke, ich schulde es Alain, ihm von ihr zu erzählen. Würdest du nicht wissen wollen, dass du irgendwo ein Kind hast, selbst wenn du es vielleicht nie kennenlernen würdest?«

Über diese Frage hatte Herbert in den letzten beiden Wochen, nach dem Gespräch mit Gloria, sehr oft nachgedacht. »Wahrscheinlich, ja«, antwortete er, Gloria hörte das Zögern in seiner Stimme. »Ich würde nicht darüber nachdenken, solange ich es nicht weiß. Aber wenn ich es weiß, schon. Und dann würde ich es wohl auch gern finden.«

»Ja«, sagte sie. »Das ist das Problem. Das Finden.«

Er setzte sich neben sie, sie blickte auf und lächelte. Vielleicht hätte er doch mitfahren sollen, aber es hatte sich so angefühlt, als wäre das keine Reise, auf der er dabei sein sollte. Lou war besser geeignet für so ein Unternehmen, sie wusste, was zu tun war, wenn man Züge verpasste, wenn man das Hotel nicht fand, wie man sich im Ausland verständigte, eine bessere Reisebegleitung hätte Gloria sich nicht aussuchen können.

»Eigentlich geht es nicht wirklich um das Finden. Es geht um das Suchen.«

Zögernd erwiderte er ihr Lächeln. »Ich wäre mitgekommen«, sagte er schließlich.

»Wärst du?«

»Ja. Hättest du das gewollt?«

Sie beugte sich zu ihm und gab ihm einen vorsichtigen Kuss. »Ich hätte mich über das Angebot gefreut. Aber ich werde jeden Tag schreiben oder anrufen.«

»Ich weiß.«

»Du kannst natürlich auch anrufen.«

»Ja. Ich weiß.«

Ein paar Sekunden lang saßen sie schweigend nebeneinander, in dem sauberen, aufgeräumten Schlafzimmer, und Herbert versuchte, nicht daran zu denken, dass sie vielleicht nie wieder so hier sitzen würden. Er würde nichts verlieren, bisher hatten sie das kaum getan, und trotzdem fühlte es sich anders an.

»Langsam müssen wir los«, sagte Gloria und erhob sich, um das Fenster zu schließen.

Nacheinander gingen sie die Treppe hinunter, aus dem Salon gluckerten Stimmen.

»Ihr wollt uns nicht wirklich alle verabschieden, oder?«, fragte Gloria überrascht. Die anderen hatten Drinks in die Cocktailgläser ihrer Großeltern gefüllt, nur Ananassaft mit ein wenig Grenadinesirup, sie sollten ja nicht betrunken in falsche Züge steigen.

»Ist feierlicher so«, sagte Jay.

Gloria nahm sich ein Glas, sie prosteten sich zu, und dann trat Alissa zu ihr und umarmte sie. Sie wusste selbst nicht, wieso sie dieser Abschied plötzlich traurig machte, sie gingen ja nicht für immer, nicht einmal für lange, sie gingen einfach nur. »Passt auf euch auf«, sagte Alissa. »Paris ist gefährlich.«

»Wir bleiben nicht in Paris«, sagte Lou.

»Ich weiß. Bestimmt ist ganz Frankreich gefährlich.«

»Ja, sicher.« Lou lachte leise und legte einen Arm um Alissas Schultern. »Du hättest mitfahren können, dafür sind Ferien schließlich da.«

Nur kurz sah Alissa zu ihrem Vater. »Irgendwer muss ja auf die anderen aufpassen.«

»Ich kann selbst auf mich aufpassen«, sagte Gregor. »Dieses Getränk hier ist sehr süß.«

»Das stimmt.« Lou trank ihren Saft aus, ohne klarzustellen, ob sie sich auf das Aufpassen oder auf den Drink bezog.

»Wir sollten gehen«, sagte Gloria.

Jay nahm ihr das Glas ab, bevor sie auf die Idee kommen konnte, es abzuwaschen. »Geht«, sagte er.

Gloria griff nach ihrem Koffer, Lou warf sich ihre Reisetasche über, die nicht einmal halb so groß war. Durch das Antiquariat manövrierten sie das Gepäck bis zur Haustür, die Treppe hinunter, alle anderen folgten ihnen bis zum Gartentor.

Ein letztes Mal drehte Gloria sich um. »Brennt nicht das Haus nieder«, sagte sie.

»Esst viel Schokolade«, sagte Lou.

Noch einmal umarmten sie alle, Herbert hielt Gloria nur ein winziges bisschen länger fest, als die anderen es taten.

Eine Windböe wirbelte Herbstblätter auf.

»Gehen wir?«, fragte Lou.

Gloria nickte. »Gehen wir.«

Leseprobe

320 Seiten / Auch als eBook

Kapitel 1

Die Grenze zwischen Erinnerung und Zukunft ist nur ein Netz aus ungefühlter Zeit, das immer dünner wird.

Wo habe ich diesen Satz gelesen? Und wieso fällt er mir ausgerechnet jetzt wieder ein?

Der Bus schlängelt sich um eine Kurve, durch das Fenster entdecke ich erste Häuser. Wahrscheinlich deshalb. Weil diese Häuser Erinnerung sind und Zukunft und gerade beides gleichzeitig passiert und ich selbst nicht wirklich verstehe, wieso überhaupt. Gestern um diese Zeit befand ich mich noch auf dem Rückweg nach Hause, in einer Großstadt voller Menschen und betonter Geschäftigkeit, und dieses Zuhause war eine mit schweren Möbeln vollgestellte Vierzimmerwohnung, waren ein Mann, mit dem ich dreieinhalb Jahre geteilt habe, und zwei Wellensittiche namens Hugo und Stoffel.

Vorsichtshalber drücke ich den Halteknopf, weit wird die Station nicht mehr entfernt liegen.

Specthausen. So ein malerischer Name. Genau richtig für ein Dorf inmitten von Wäldern und unglaublich passend zur Leere dieser Landstraße, an der der Bus nun hält.

Ich schultere meinen Rucksack und wuchte meinen Koffer aus dem Gefährt. Kaum dass ich vollkommen orientierungslos auf dem Bürgersteig stehe, schließen sich die Türen hinter mir, und der Bus fährt wieder an. Nur eine ältere Dame mit einem dicken grauweißen Dutt ist mit mir ausgestiegen und entfernt sich nun mit raschen Schritten, trotz des Gehstocks, den sie verwendet. Kurz blicke ich ihr nach, bleibe an der Überlegung hängen, ob ich sie nach dem Weg fragen sollte, doch bis ich einen Entschluss treffen kann, ist sie bereits zu weit entfernt. Sonst befindet sich niemand auf der Straße, vor mir die freiwillige Feuerwehr, hinter mir etwas, das ein Schild als ehemalige Papierfabrik ausweist.

Die Stille stammt aus einer anderen Zeit. Genervt schüttle ich den Kopf über meine wirren Gedanken, lasse den Blick schweifen und versuche, Orientierung zu gewinnen. Ich war so oft hier. Wann das letzte Mal? Mit elf? Oder zwölf? Auf jeden Fall ist es fast zwanzig Jahre her, natürlich erkenne ich kaum etwas wieder. Es ist es ein Wunder, dass ich mich noch an den Namen des Ortes erinnern konnte. Immerhin scheint er klein genug zu sein, dass ich in kurzer Zeit alles ablaufen könnte.

Tief atme ich ein, bevor ich einfach in die Richtung weitergehe, in die der Bus gefahren ist. An der ersten Abzweigung entscheide ich mich für eine Kopfsteinpflasterstraße, weil die gemütlich wirkenden Ziegelbauten etwas in mir anstoßen, das mich mit leisem Klingen weiterträgt, bis ich vor einem der Gebäude stehen bleibe. Vielleicht ist es der Rhododendron vor dem Haus, vielleicht die Holzbank neben der Treppe, von der die grüne Farbe blättert.

Gerade als ich auf die Klingel drücken will, fällt mein Blick auf den Namen. Zeiler. Nicht der Nachname meines Vaters, nicht der Nachname, den ich selbst noch trage.

In dem Moment, in dem ich mich umdrehen und weiterlaufen will, öffnet sich die Haustür. Ein etwa siebenjähriges Mädchen geht einen Schritt vor in den Türrahmen, blonde

Zöpfchen mit Schleifen, ein weißes Kleid, sie sieht aus wie aus einem anderen Jahrhundert. Schweigend starrt sie mich an.

»Hallo«, sage ich nach einer Weile.

Wieder Schweigen.

»Ich bin … Ich wollte zu meinem Großvater.«

Das Mädchen schüttelt den Kopf. Unwillkürlich drängt sich mir die Frage auf, ob es stumm ist oder einfach nur schüchtern. Sie sagt nichts, sieht mich aber weiter aufmerksam an.

»Mia? Was machst du da an der Haustür?« Der Stimme folgt eine Frau, eine ältere Version des Kindes. Größer, etwas rundlicher, ein paar Fältchen um die Augen, die Haare – dunkler, aber ebenfalls blond – umrahmen ihr Gesicht, werden allerdings von einem bunten Tuch aus der Stirn gehalten. Das ausgestellte Kleid unterstreicht den Sechzigerjahre-Look. In diesem Dorf ist wohl die Zeit stehen geblieben. »Oh, hallo.« Ihr Blick zuckt zu meinem Koffer, mit einem fragenden Ausdruck sieht sie wieder zu mir. »Wir haben gar keinen Besuch erwartet.«

»Ja. Nein. Also, ich suche Siegfried Engelhardt. Ich dachte, er wohnt hier, aber das war wohl ein Irrtum.«

»Ach so, okay.« Sie lächelt mit einer einladenden Offenheit, mit der Menschen selten lächeln. Fast nie eigentlich. »Er wohnt hier nicht mehr. Das Haus hat er uns vor ein paar Jahren verkauft.«

»Oh.« Die ganze aufgestaute Erschöpfung der Reise lässt meinen Körper schwer werden.

»Keine Sorge, er wohnt nur ein Stückchen weiter.« Die Frau legt eine Hand auf die Schulter ihrer Tochter. »Wollen Sie kurz reinkommen, während ich versuche, Siegfried zu erreichen? Manchmal nimmt er sein Handy mit, aber meistens vergisst er es.«

»Mit wohin?«

»In den Wald. Um diese Uhrzeit geht er gern spazieren und schaut nach den Bibern.«

»Biber. Okay. Also ja, es wäre nett, wenn Sie ihn anrufen könnten. Danke.« Ich folge der Frau in einen schmalen Flur. Rechts von uns führt eine Treppe ins obere Stockwerk, wo sich die Schlafräume und Großvaters Arbeitszimmer mit den riesigen Bücherregalen befanden. Für einen Moment bleibe ich stehen, versuche, die diffusen Bilder festzuhalten, die aus den Tiefen meines Gedächtnisses an die Oberfläche treiben und sofort wieder verschwinden. Hing dort bei der Treppe ein Bild von Monet? Oder waren es gerahmte Fotos? Stand rechts vom Eingang früher auch eine Kommode? Falls ja, lagen auf ihr wahrscheinlich nicht lauter Kinderbilder und Sommerhüte und aller möglicher Kleinkram, wie jetzt. Meine Großmutter war immer sehr auf Ordnung bedacht.

Geradeaus, am Ende des Flurs, führt eine weitere Tür hinaus in den Garten, die früher im Sommer abends immer offen stand. Die neue Besitzerin dieses Hauses tritt hindurch und wendet sich wieder zu mir um, sodass ich ihr rasch folge.

»Ich bin übrigens Isabel«, stellt sie sich vor. »Wenn Sie mögen, setzen Sie sich doch dort unter den Pavillon. Wir sehen übrigens normalerweise nicht so aus, wir sind nur demnächst zu einer Vintageparty eingeladen und stellen gerade unsere Kostüme zusammen.«

»Danke. Ich heiße Alina. Und die Kostüme sind ziemlich überzeugend.«

»Alina.« Nachdenklich mustert sie mich. »Bist du Siegfrieds Enkelin?«

Mit einem Lächeln nicke ich. Achtzehn Jahre ohne Kontakt,

trotzdem hat er von mir erzählt. Allerdings kann ich an Isabels Gesicht nicht ablesen, ob das gute oder schlechte Erzählungen waren.

»Willst du etwas trinken? Einen Kaffee vielleicht?«

»Ja, sehr gern. Nach ungefähr sechs Stunden Zugchaos würdest du mir damit das Leben retten. Ich komme gerade aus Frankfurt.«

»Nimmst du auch Hafermilch? Kuhmilch ist gerade alle.«

»Sogar lieber. Danke.«

Den Koffer lasse ich neben der Terrassentür stehen und laufe das Stückchen zu dem Pavillon. Meine Großeltern hatten nur einen schlichten mit weißen Kunststoffplanen, den sie an besonders heißen Tagen, oder wenn Besuch kam, aufgebaut haben, keinen aus glattem Holz mit zurückgebundenen Stoffvorhängen und gemütlichen Loungemöbeln. Großmutters Blumenbeete, die meiner Erinnerung nach immer sehr gepflegt waren, haben sich zu einer Wildwiese entwickelt, in einem Hochbeet versuchen zwei Paprikapflanzen verzweifelt, ein paar mickrige Früchte am Leben zu halten, und überall liegt Spielzeug herum. Ich fühle mich, als würde ich in zwei Gärten gleichzeitig stehen, einer wie eine verblasste Fotografie in Sepia und der andere nah und lebendig.

Erleichtert lasse ich mich auf einem der Holzsessel nieder. Kurz blicke ich auf mein Handy. Kein verpasster Anruf, keine Nachricht von Fabian. Ich bin selbst überrascht davon, wie wenig mich diese Tatsache berührt. Außer leiser, von dem anstrengenden Tag erschöpfter Wut regt sich kein Gefühl in mir, da sind nur Leere und Orientierungslosigkeit, die auch mit dem Finden dieses Hauses nicht verschwunden sind. »Deinen Kram kannst du ein anderes Mal holen«, das waren Fabians letzte Worte, bevor er die Wohnungstür hinter mir zuknallte und mich in dem weißgrau gestrichenen Treppenhaus allein zurückließ.

Isabel kommt mit zwei Tassen zurück. Ihre Tochter ist wohl im Haus geblieben, ebenso wie das Kostüm. Sie trägt nun eine Jeans und ein gerafftes Top, das ihre Schultern freilässt.

Schweigend trinken wir den perfekt zubereiteten Cappuccino. Ich bin dankbar für diese Stille, dafür, dass Isabel keine neugierigen Fragen stellt, denn ich würde ihr keine Antworten geben wollen.

»Wir haben hier noch viel Arbeit vor uns«, sagt Isabel unvermittelt. »Elias und ich, wir haben tausend Pläne, nur leider schaffen wir es nie, sie umzusetzen. Was vor allem meine Schuld ist, weil mir eigentlich permanent etwas dazwischenkommt. Meistens Zeitmangel, und wenn es der nicht ist, dann Faulheit.« Ihr Lächeln wirkt fast entschuldigend.

»Das wäre bei mir genauso«, erkläre ich rasch, bevor sie auf die Idee kommen kann, ich würde den Zustand des ehemaligen Grundstücks meines Großvaters bewerten wollen. Immerhin weiß ich nur noch vage, wie es früher ausgesehen hat.

»Siegfried habe ich nicht erreicht, ihm aber auf die Mailbox gesprochen. Er wird sie wahrscheinlich nicht abhören.«

Die Tasse stelle ich auf den Tisch zwischen uns. »Das macht nichts«, antworte ich. »Du kannst mir auch einfach zeigen, wo er jetzt wohnt, und ich warte dort auf ihn.«

»Dann wirst du von den Mücken zerfressen. Es stört mich wirklich nicht, wenn du hierbleibst. Ich muss nur langsam das Abendessen vorbereiten. Mia geht früh ins Bett.«

»Ich will nicht …«

Ihr Lächeln unterbindet weitere Worte. Immerhin kann ich sie überreden, mir ein Schneidebrett und ein Messer herauszubringen, sodass ich kurz darauf neben dieser fremden Frau sitze und Paprika zerlege, während sie Möhren raspelt.

Im Nachhinein betrachtet, war meine überstürzte Flucht aus Frankfurt, ohne mich bei meinem Opa anzukündigen oder mich zumindest nach seinem aktuellen Wohnort zu erkundigen, keine besonders schlaue Idee. Nicht einmal eine mittelschlaue. Es war eben die Art Idee, die man hat, wenn man gerade von seinem Freund aus der gemeinsamen Wohnung geworfen wurde und die Nacht in einem Hotel verbringt, weil man zwar sehr viele Bekannte in der Stadt hat, aber keine Freunde. Die Art Idee, der man einfach folgt, nachdem man am nächsten Morgen seinen Chef anruft und um ein paar Tage spontanen Urlaubs bittet und dafür angeschrien wird, wie man schon wegen Tausender Dinge angeschrien worden ist, und dann am Telefon kündigt, weil das in den Filmen auch immer so gemacht wird. Mir ist nicht ganz klar, ob ich meinen Job jetzt wirklich los bin oder ob es dafür nicht noch eines schriftlichen Dokuments bedarf, etwas, das ich im Zug hatte recherchieren wollen, doch dann war ich zu erschöpft von dem Streit mit Fabian und der schlaflosen Hotelnacht und dem Gedanken an die beiden Wellensittiche, die ich nie wirklich wollte und die ich dann so plötzlich vermisste.

»Wir haben als Kinder mal zusammen gespielt«, unterbricht Isabel meine Gedanken.

»Wir? Du und ich?«

Sie nickt. »Elias, du und ich, wir haben ab und zu etwas zusammen unternommen. Wir haben hier mit meinen Eltern fast jeden Sommer Urlaub gemacht, aber nicht immer zur gleichen Zeit wie du. Ich war als Kind furchtbar schüchtern, noch schlimmer als Mia jetzt, und Elias, der fand Mädchen grundsätzlich doof. Dich wohl ein bisschen weniger.«

»Ist Elias dein Bruder?«

»Genau. Er wohnt hier mit Mia und mir.«

»Wieso wart ihr für den Sommerurlaub ausgerechnet hier? Das ist ja nicht gerade ein Touristenort«, frage ich nach einem Moment des Schweigens. Die Paprikastücke schiebe ich in die große Glasschüssel, die Isabel mit herausgebracht hat, und widme mich anschließend der Gurke. Biogurken aus dem Garten meines Großvaters, wie mir Isabel vorhin erklärt hat.

»Kann sein. Aber wir sind immer gern hier gewesen. Als Kinder waren wir beide totale Leseratten. Uns war es lieber, einfach im Garten herumzuliegen und zu lesen, als ständig was zu unternehmen.« Mit dem Handrücken wischt sie sich ein paar Haare aus dem Gesicht. »Unsere Eltern sind früher immer an denselben Ort gereist. Inzwischen sind sie unternehmungslustiger geworden.«

Ich lächele in Isabels Richtung und versuche, in ihrem Gesicht etwas zu entdecken, das mir bekannt vorkommt. »Haben wir Federball gespielt?«, frage ich, weil es zwischen den dunklen Flecken in meinen Erinnerungen ein Mädchen gibt. Ein Mädchen und einen Jungen, ebenso blond wie Isabels Tochter, und eine Picknickdecke in einem Garten, das Geräusch von Federbällen, die auf Schläger treffen.

»Ja, oben beim Wald. Und Karten. Deine Oma hat uns Rommé beigebracht. Manchmal sind wir mit meinen Eltern an einen See gefahren.«

»Rommé, stimmt. Das war das einzige Spiel, das sie mochte. Sonst hat sie kaum gespielt.« Ich erinnere mich nicht daran, viel Zeit mit ihr verbracht zu haben. Vielleicht hätte ich das tun sollen, als es noch möglich war. Ganz sicher hätte ich das.

»Einmal haben wir zusammen eine Hütte im Wald gebaut. Siegfried hat uns gezeigt, wie es geht.«

»Kannst du das noch?«

»Waldhütten bauen?« Nachdenklich legt sie das Messer beiseite. »Wahrscheinlich schon. Ich sollte Elias überreden, dass wir das mal zusammen mit Mia ausprobieren. Er weiß bestimmt noch genau, wie das geht. Solche Dinge merkt er sich ewig.«

Isabel öffnet eine Packung Feta, hält jedoch inne, bevor sie den Käse zu schneiden beginnt. »Isst du Milchprodukte?«, fragt sie.

»Milchprodukte ja, wenn auch nicht viel, Fleisch gar nicht.«

»Wie ich«, antwortet sie und lächelt wieder dieses offene Lächeln.

Zwanzig Minuten später ist der Salat fertig. Wir essen draußen, das Licht ist noch warm und hell, ein Sommerabend, der sich endlos anfühlt, als könne nie mehr Winter werden. Die wenigen Erinnerungen, die ich an den Ort habe, sind voller Sonnenschein und kurzer Kleidung. Vielleicht ist das hier so, dass der Winter niemals kommt.

Kapitel 2

»Am besten zeige ich dir jetzt Siegfrieds Haus«, sagt Isabel, nachdem wir die Spülmaschine eingeräumt haben. »In einer halben Stunde muss ich Mia ins Bett bringen.«

»Du kannst mir einfach sagen, wo es ist. Weit kann der Weg ja nicht sein.«

Die Haustür wird geöffnet und fällt wieder ins Schloss, Mias Schritte tapsen die Treppe hinunter. »Eli, ich habe einen Drachen gebastelt. Aus Knete!«, sagt sie, zum ersten Mal höre ich ihre Stimme. Das ganze Abendessen über hat sie mich nur stumm angesehen, während sie ihren Salat weggepickt hat. Immer nur ein einzelnes Gemüsestück landete in ihrem Mund, nie mehr, den Feta hat sie sich bis zum Schluss aufgehoben.

»Wow, großartig. Zeig ihn mir gleich, ja? Ich will nur erst deiner Mama Hallo sagen.« Elias betritt die Küche, die Haare genauso weizenblond wie Mias, blaugraue Augen wie seine Schwester und seine Nichte.

»Oh, wir haben Besuch. Hallo.« Kurz flammt ein Lächeln auf, er nickt mir zu und umarmt dann Isabel.

»Elias, das ist Alina, Siegfrieds Enkelin.«

»Siegfrieds Enkelin«, wiederholt er und mustert mich. »Ich hätte dich nicht erkannt, glaube ich. Siegfried hat gar nicht erzählt, dass du ihn besuchst.«

»Er weiß es auch noch nicht.« Laut ausgesprochen, klingt das Ganze noch dämlicher, als es sich ohnehin schon anfühlt. Die Befürchtung, er könnte mich einfach davonschicken, wird immer größer, eigentlich hat er keinen Grund, sich über meinen Besuch zu freuen. Nicht nach all den Jahren. Nicht nachdem ich mich so lange kaum gefragt habe, wie es ihm überhaupt geht.

Offenbar sieht Elias das ähnlich. Ohne weitere Worte wendet er sich ab und folgt Mia, die schweigend im Türrahmen gewartet hat, nach oben.

»Ich weiß auch nicht, was ich mir dabei gedacht habe«, murmele ich, mehr zu mir selbst als zu Isabel, die trotzdem eine Hand auf meinen Rücken legt.

»Irgendwas wirst du dir dabei schon gedacht haben.« Eine Frage schwingt in ihrer Bemerkung mit, und für einen Moment bin ich tatsächlich versucht, ihr alles zu erzählen, halte die Worte dann aber zurück.

»Ihr versteht euch gut, oder? Dein Bruder und du?«

»Klar, sonst würden wir kaum zusammenwohnen.« Sie zieht das Haargummi aus ihrem Pferdeschwanz und bindet ihn neu.

Bevor ich noch mehr sagen kann, brüllt Mia in einer Lautstärke von oben, die ich ihr nicht zugetraut hätte. »MAMA!«

Mit einem entschuldigenden Blick verlässt Isabel die Küche. Ich schaue aus dem Fenster in den Garten, den die frühe Abendsonne mit einem warmen Gelborgange übergießt. Gerade als ich in den Flur gehe, um mein Gepäck zu holen, kommt Elias die Treppe herunter.

»Isabel sagt, du weißt gar nicht, wo dein Großvater jetzt wohnt?«

»Nein. Er … Wir haben nicht so viel Kontakt.«

Elias nickt, als wüsste er das bereits. Am Fuße der Treppe bleibt er stehen. »Ich bringe dich schnell. Mia muss jetzt ins Bett. Siegfried ist aber sicher noch unterwegs.«

Ich frage nicht, wo genau mein Großvater unterwegs ist und was er da macht bei den Bibern, ohne Handy. All das kann ich ihn selbst fragen, sofern er überhaupt mit mir reden will. Was ich mache, wenn er das nicht tut, wenn ich einfach wieder nach Hause fahren muss, dorthin, wo es kein Zuhause mehr gibt, darüber will ich nicht weiter nachdenken.

Der Koffer rattert hinter uns her, als ich Elias die Straße zurück in Richtung Busstation folge. Diesmal biegen wir auf einen anderen Weg ab, er führt einen Hügel hinauf in den Wald hinein. Ein braunes Schild weist Richtung Zoo, wieder spüre ich, wie sich eine Erinnerung in mir bewegt, das Bild eines kleinen Äffchens, das munter außerhalb seines Käfigs herumturnt.

»Soll ich deinen Koffer nehmen?«, fragt Elias.

»Geht schon, der rollt hier ganz gut.«

Für eine Weile schweigen wir, nur das Poltern des Koffers begleitet uns. War dieses Dorf schon immer so klein? In den Ferien war es meine ganze Welt.

»Wie lange wohnt ihr schon hier?«, frage ich schließlich, um die Stille zwischen uns zu füllen.

»Noch nicht so lange. Siegfrieds Haus haben wir vor drei Jahren gekauft.«

»Wo hast du vorher gewohnt?«

»In Berlin.«

Isabel hätte ich vielleicht weiter ausgefragt, doch Elias' Schweigen ist dicht und betont, eine Mauer, hinter der ich nichts zu suchen habe. Deshalb frage ich nicht weiter, sondern ertrage dieses Schweigen, bis er ein, zwei Minuten später vor einem großen Grundstück stehen bleibt.

»Hier ist es schon.« Links von uns beginnen die ersten Ausläufer des Waldes, rechts vom Weg schmiegt sich das Grundstück an die Straße. Auf einer umzäunten Fläche picken ein paar Hühner auf dunkler Erde herum. Von dem zurückgesetzten zweietagigen Wohngebäude blättert bereits der graubraune Putz, eine Renovierung würde dem Haus guttun. Man könnte eine Villa daraus machen mit hübschem Garten – optimale Ruhelage, gute Verkehrsanbindung. Ich sollte Maklerin werden.

»Hier wohnt er jetzt?«, frage ich, nachdem ich den ersten Eindruck verarbeitet habe. »Ich hätte gedacht, er hat das Haus verkauft, um weniger zu tun zu haben, nicht dreimal so viel.«

»Das war nicht der Grund«, antwortet Elias. »Das Gartentor ist meistens offen, geh einfach rein. Der Schlüssel zur Hintertür ist in der kleinen Laterne versteckt, die neben dem Eingang hängt.« Er redet dicht an mir vorbei, als spräche er mit einem der Bäume hinter mir. Etwas leiser fügt er hinzu: »Siegfried hat panische Angst davor, unbemerkt zu sterben und erst drei Wochen später gefunden zu werden. Deshalb wissen ein paar Leute aus dem Ort, wie man ins Haus kommt.«

Etwas sticht in meinem Magen, aber ich sage nichts, nicke nur stumm.

»Du kommst zurecht?« Für einen Moment trifft mich sein Blick, mit einem Mal wirkt er offen und fragend, doch dann verabschiedet sich Elias knapp und läuft die Straße wieder zurück.

Durch das Tor betrete ich den weitläufigen Garten. Hinter dem kleinen Häuschen rechts von mir, wahrscheinlich eine

Art solide gebauter Schuppen, erstreckt sich das Grundstück sogar noch weiter, als ich auf den ersten Blick vermutet hätte. Überall stehen Obstbäume – Kirschen, Äpfel, Birnen, Zwetschgen –, es gibt ein paar Hochbeete und neben dem Hintereingang, den ich nach einer halben Umrundung des Gebäudes entdecke, einige Töpfe mit Kräutern. Erst erwäge ich, tatsächlich das Haus zu betreten, gehe dann jedoch zurück zum Vordereingang und lasse mich auf den Stufen nieder. Letztlich ist es das Zuhause eines Fremden, daran ändert auch die Blutsverwandtschaft nichts, und vor allem will ich meinen Großvater nicht erschrecken, indem ich unerwartet in seinem Wohnzimmer sitze. Die ganze Fahrt über habe ich versucht, mir eine Begrüßung zu überlegen, aber noch immer nicht die richtigen Worte gefunden. Wie begrüßt man jemanden, der einem als Kind so wichtig war, der danach aber einfach aus dem eigenen Leben verschwunden ist? Wie begrüßt man jemanden, den man trotz allem fast vergessen hat?